한신대 75학번 동기 문집

임마누엘 광야 40년

한신대 75학번 동기 문집

임마누엘
광야 40년

한신대 신학과 75동기회 편집위원회 엮음

동연

회상과 전망

정상시
(한신 75 동기회 회장)

　그해 봄은 참 아름다웠습니다. 우리가 한신에 입학하여 처음 교문에 들어섰던 40년 전인 1975년 3월 개나리, 진달래가 만발해 있었지요. 진달래보다 아름다운 싱싱한 웃음꽃도 만발했습니다. 그 향기가 참 아름다웠습니다. 지난 40년 그 향기를 맡고 살았는지 모릅니다.

　그 때는 몰랐습니다. 살벌한 겨울공화국, 유신 군사독재의 한복판에 서 있는 줄! 에덴동산 같던 그 해 봄은 짧았습니다. 입학 한 달 만에 강제 휴업령이 내려졌고 차가운 철제 교문은 굳게 닫힌 채 우리는 쫓겨났습니다. '기관원'이라 불리는 사람들이 점령군처럼 드나들었습니다. 우리는 비로소 '때의 징조'를 분별하기 시작했습니다. 우리는 그렇게 역사, 민족의 현실에 눈을 뜨게 되었고 그렇게 '신학'을 공부했습니다. 한신 75동기는 유난히 고난을 많이 겪었습니다. 1977년 봄 '4.7 한신 고난선언' 사건과 그로 인한 여러 동기들의 제적, 투옥은 그 대표적 사례일 뿐입니다. 이후 1970-80년대, 군사독재 우상숭배에 항거한 '행동하는 신앙 운동'의 중심에 우리 한신 75동기들이 있었습니다. 우리는 그렇게 역사와 함께 온 몸으로 '신학'을 했습니다. 하나님 나라와 그의 의를 구하며, 그렇게 행동하고 그렇게 목회를 했고 그렇게 각자의 삶의 현장에서 열심히 살았습니다. 눈물로 씨를 뿌리고 생명나무를 가꾸어 왔습니다. 그 모습이 참 아름답고 예쁘고 대견하고 자랑스럽습니다.

시대의 광야길 40년을 걸어온 동기들이 기념문집을 내게 되었습니다. 동기들의 설교, 논문, 수기, 수필 등 글 모양은 다르지만 모두 각자의 『임마누엘 광야 40년』이 녹아있는 글들입니다. '적은 무리' 한신 75동기 기념문집이 나오게 되어 감격스럽습니다. 먼저 하나님께 영광을 돌리며 이성춘 편집위원장을 비롯한 편집위원(강원돈, 김창규)의 헌신에 감사드립니다. '수판이 맞지 않는 일'을 흔쾌히 맡아 출판에 나선 동연출판사 김영호 사장님께도 깊이 감사드립니다.

이제 새로운 시작입니다. 『임마누엘 광야 40년』 기념문집 발간이 걸어온 광야 길에 대한 회상을 넘어 새로운 미래로 나아가는 계기가 되길 바랍니다.

소명의 초심, 그 순수성과 단순성이 보물

김경재

(한신대 명예교수)

한신 입학 동문 75학번 동기동창들이 소명 받아 수유리 교문을 두드린 지 40주년을 기념하여 기념문집을 발간하고, 모교를 방문하는 것을 진심으로 축하드립니다. 20대 전후 청년으로 성령에 이끌리어 임마누엘 동산을 찾은 지 어느덧 40년이 지났으니 그 감회가 깊지 않을 수 없습니다. 나이로는 이제 60환갑을 전후하여 인생 여정의 완숙기에 접어들었고, 신앙적으로는 이스라엘 광야생활 40년을 마치고 가나안 땅에 입주하게 되는 인생 계절이기 때문입니다. 축하드리면서 몇 가지 소회를 기탄없이 피력합니다.

첫째, 20대 전후에 소명을 받아 임마누엘 동산을 찾아들 때 지녔던 소명의 그 초심을 '은총의 시간'이었다는 것을 회상하고 귀중한 보물처럼 맘 깊이 간직하십시오. 불가佛家에서는 "초발심이 등정각이다."(初發

心等正覺)라는 말이 있습니다. 깨달음을 얻고자 분연히 출가 맘을 일으켜 사미승으로서 첫발을 내딛는 그 때가, 알고 보면 가장 높은 깨달음의 상태라는 뜻이지요. 출가 정신의 귀중함을 강조하는 것입니다. 그리스 도교 관점에서 본다면 20대 전, 후 "복음을 위하여 일생을 헌신하리라." 고 결단하고 신학의 길을 걷기로 결단하였을 때, 지내놓고 보니 그 소명이 나의 선택임을 넘어서, 성령이 인도하시고 부르신 것이라는 감격과 깨달음을 회상합니다. 신학이 무엇인지, 목회가 무엇인지 몰랐더라도 그 소명 초심 안에 있는 순수성과 단순성은 분명 주님이 주셨던 가장 귀중한 '은총의 선물'이기 때문입니다.

젊은 시절 한때 가졌던 남녀의 '첫사랑' 경험을 흔히 철모르던 시절의 풋내기 사랑이라고 말들 하지만, 정말 첫사랑을 깊이 해본 사람은 평생 잊지 못합니다. 세상물정 모르고 저질렀던 '첫사랑'일는지 모르나 가장 순수한 처녀와 총각의 사랑이었기 때문입니다. 호세아 선지자는 가나안 땅에 들어와 변심한 이스라엘 백성의 신앙심을 꾸짖으면서 말하기를, "보라 내가 그를 타일러 거친 들로 데리고 가서 말로 위로하고 … 거기서 응대하기를 어렸을 때와 애굽 땅에서 올라오던 날과 같이 하리라."(호 2:14-15)고 하였습니다. 복음과 기독교에 전문가란 있을 수 없습니다. 언제나 새롭고 낯설고 서투른 것 앞에 서 있다는 겸허가 필요합니다.

둘째, 가나안 땅은 광야 생활 보다는 풍요롭지만, 바알 신앙과 성전 종교와 다윗 왕가 예속 종교에로 전락하기 쉬운 유혹의 땅임을 명심합시다. 한신75학번의 학창시절은 군부독재 유신시대와 전투 시절이어서, 남다르게 고생과 수고가 많았습니다. 감옥 생활을 한 동기들도 많고, 민중들과 바닥에서 함께 울부짖으며, 이 땅에 '생명, 정의, 평화'가 이루어지이다, 라고 몸부림쳐왔던 지난 40년이었지요. 한신75학번 졸업 동문들을 생각하면 모두 군대로 말하면 최전방에서 전투 실전을 경험한 '실전 용사들'이라는 느낌이 듭니다. 그 뒤로 이어지는 신군부 시절, 광주민주항쟁 사건, 민주 시민 항쟁, 잠시 국민의 정부, 금융 위기, 신자유주의 도도한 물결, 4대강 자연 훼손과 세월호 참사, 또다시 보수 정부 등장 등등 숨 쉴 틈 없었지요. 한신 75학번은 그 역사의 현장 한복판에서 항상 최선을 다했습니다.

그러나, 세월의 흐름을 막을 용사가 없듯이 75학번 졸업생들이 60세 환갑 나이가 되었습니다. 연세대 원로교수 김형석 명예교수(96세) 회고에 의하면 "인생의 최고 절정기는 60세에서 75세까지"라고 합니다. 한신 75학번은 인생의 최고 절정 활동기에 막 들어서고 있는 것입니다. 노회, 총회, 학교, 기독교 기관 등에서 중책도 맡을 것이고, 존경과 명예와 예우도 받을 나이에 집어들었습니다. "광야 40년 순례 여정이 끝나고 가나안 땅에 입주한 셈"입니다. 그러나 조심해야 할 땅은 광야 시절이 아니라 '젖과 꿀의 땅' 가나안입니다.

가나안 땅은 여호수아와 사사들을 지도자로 삼아 이방족들과 싸우는 토지 점령 싸움이 본질적 싸움이 아니라 문화 싸움이요, 이교와의 정신 싸움이요 가치관 싸움입니다. 한마디로 황금과 권력과 다산 축복을 강조하는 바알 종교에 대항하여 정의와 성실과 인간다움을 지켜내려는 야훼 종교의 싸움입니다. 현대도 마찬가지입니다. 예수의 갈릴리 복음은 실종되고, 종교개혁의 근본 정신은 장식품이 되고, 금력과 권력이 야합한 '21세기 기독교적 바알 종교'가 득세 중입니다. 우리가 흔들려서는 안 됩니다. 장공 김재준, 늦봄 문익환, 심원 안병무, 죽제 서남동, 전경연, 박봉랑, 이우정 선생님 등이 가르쳐주신 복음이 '정도 복음'입니다. 다윗 왕가에 예속된 사제 집단이 되어서는 안 됩니다. 주님 그리스도 예수에게 돌아갈 영광을 중간에서 가로채는 '중간 브로커 전문 종교 지도자'가 되지 않도록 스스로 더욱 자기성찰에 게으르지 말아야 하겠습니다.

셋째, 나의 경험에 의하면, 진정한 신학 공부는 60세부터입니다. "평생 학도로서 지낸다."는 장공의 좌우명을 우리의 좌우명으로 삼고 진정한 신학 하는 즐거움과 진리의 향연에 참여하시기 바랍니다.

나는 한신 59학번입니다. 회고하면 진짜 신학 공부는 60세(2000년도) 이후부터였습니다. 그 이전 단계는 글자그대로 풍부한 동·서 신학자들의 사상을 소개 받아 배우는 데 대부분 시간을 사용했던 것 같습니다. 60세 이후부터는 신간서적 독서와 이전에 읽었어야 할 명저를 읽지 못하고 사정상 남겨두었던 것들을 찾아 읽는 기쁨에 넘쳐납니다. 이제는 새김질하면서 읽고, 생각하고, 명상하는 단계로 들어갑니다. 성경구절의 오묘한 뜻이 파악되고, 설교 주제가 더 풍요롭고, 깊어지고, 높아집니다. 학교에서 가르치는 교사들은 무엇을 어떻게 가르쳐야 하는지 60세부터 보이기 시작합니다.

한신 75학번 동문들 중엔 유달리 저명한 목회자, 설교가, 학자 그리고 문인이 많습니다. 풍성한 결실의 수확인 셈입니다. 독서는 기독교 신학 분야만이 아니라 거대한 인류문명의 전환기에 기독교 종교 지도자로서 책임을 감당하려면 인문과학, 사회과학, 자연과학 분야의 책도 부지런히 읽어야 합니다. 전문서적까지는 아닐지라도, 적어도 우리 사회 최고 지성인들이 읽는 인문, 사회, 자연과학 분야의 수준 높은 교양서적을 계속 독서해가는 즐거움을 가져야 합니다.

마지막으로 드릴 말씀은, 나의 말이 아니고 장공 선생이 캐나다에서 10년간 계실 때 편지 끝마다 당부하셨던 말씀입니다. 열심히 일하되 "마음은 항상 비워라."입니다. 『장공기념사업회회보』 지난 가을호에 소개했던 노자도덕경 한 구절로 옛날 훈장 노병의 잔소리를 마감하려 합니다.

좌기예(挫其銳), 해기분(解其紛), 화기광(和其光), 동기진(同其塵).

2015년 10월 가을에, 감사합니다.

차 례

〈머리말〉 정상시 _회상과 전망 | 5
〈격려사〉 김경재 _소명의 초심, 그 순수성과 단순성이 보물 | 7
〈헌시〉 김창규 _수유리의 부활 | 14

1부_ 40년의 회고 그리고 사역

강원돈   나의 한국신학대학 시절 | 019
김치홍   꿈꾸며 제자의 길을 배우고 걷게 한 한신 | 034
진 철   성령의 검을 빼어 들고 | 043
정상시   다시 쓰는 자술서 | 049
김하범   진보의 줄기세포를 찾아
        ― 7080 민주화운동 세대, 우리는 누구인가 | 057
이성춘   나의 40년 그리고 사역 | 064
이성근   오늘도 산길을 걸으며… | 070
김일원   지역 사회와 함께 하는 교회 | 076
이형호   시베리아를 다녀오다 | 088

2부_ 영혼의 울림을 나누는 메시지

김현수   소소한 일상, 나누는 묵상 | 099
김진덕   선한 일을 위하여 | 112
정상시   그는 우리의 평화통일입니다 | 118
이형호   "홀로 있음"과 하나님 체험 | 124

진 철 소재와 적용들 | 134

주용태 미련한 것이 답입니다 | 138

김철환 나그네, 거지, 머슴의 신학 | 146

김일원 사순절 묵상 자료 | 150

유재훈 알아두어야 할 영적 상식 | 155

강남순 남성은 페미니스트가 될 수 있는가? | 159

김창규 파블로 네루다 저항시인처럼 살고 싶다 | 163

3부_ 논문

임희숙 근본주의 연구의 최근 동향과 그 기독교교육학적 함의 | 177

강원돈 기본소득 구상의 기독교윤리적 평가 | 205

이영재 성경에 비추어 본 효(孝) | 241

이성춘 道家思想에서 본 생명존엄과 비움의 미덕
　　　　— 신자유주의를 넘어 | 263

권명수 성장하는 교회의 관심은? | 283

〈편집후기〉 이성춘(편집위원장) | 299

〈 한 신 7 5 동 기 들 에 게 바 치 는 헌 시 〉

수유리의 부활

고난의 길을 가야하는
푸른 사월 눈부신 진달래 만발하였다
민중들 처절하게 짓밟히는 가운데
우리는 자유의 횃불을 들었고
독재에 저항하는 길을 가게 되었다

연행과 구속 그리고 모진 고문으로
숨을 제대로 쉬지 못하는 이웃들에게
우리는 민주주의와 자유를 갈망했다
서대문 구치소에서 죽어간 형제들과
양심을 속일 수 없어 자결한 학생의 얼굴
붉은 사월은 그렇게 찾아왔다

수유리의 첫사랑과 또한 우정과
끊을 수 없는 질긴 투쟁으로 살아남아

가던 길 멈출 수 없어 또 다시 고난의 길에
끝까지 갈수 밖에 없으니
물가에 심어진 나무를 노래하고
독재를 끝장 낸 경험으로 살아왔던 날
다시 돌아가게 되었다

박정희보다 더한 친일파 주구들과
독재에 기생했던 무리들이 판치는 세상
권력과 부와 명예를 거머쥔 저것들이
민주주의를 배신하고 타락의 길을 가고 있으니
어찌 다시 혁명의 시대로 돌아가지 않을 수 있겠나

한신75학번들이여
살아남은 자의 기쁨이 충만하였던
6.15남북공동선언과 10.4선언 행복하였지
그런데 지금의 나라는 공안통치의 국가가 되었다
죽음의 나라가 되었다
세월호 참사로 304명이 죽었다

진달래 떨어져 죽어도
강물에 질수 없는 4대강 참혹함이
푸른 강산 조국을 쑥밭으로 만든 원수를
어찌 용서 할 수 있겠는가
또 다른 5.18광주민중항쟁의 피를 원하는가

이한열, 박종철의 피가 식지 않았다
우리가 걸어야 했던 75년 겨울의 서울
죽음이었다
강정과 밀양과 한진중공업과 쌍용차와
용산참사 세월호 참사 어찌 기억하지 아니 하리요
빛나는 사월 광야의 40년을 시작하자
우리 일어나서 다시 민주주의를 합창하자
손잡고 하나가 되자

봄은 가고 오지만
사월혁명 탑 185개의 돌들이 외친다
광야의 소리가 들린다
저 도탄에 빠진 민중을 구원하자
수유리의 봄, 부활을 위해

2015년 7월 4일
남북7.4공동성명의 날에

영원한 시인 김창규

1부

40년의 회고
그리고 사역

나의 한국신학대학 시절

강원돈

(한신대학교 신학과 교수)

한국신학대학에서 처음 맞이한 봄

고등학교를 다닐 때 철학이나 종교학을 전공하고자 했던 나는 1975
년 봄에 신학의 자유와 저항의 중심지로 알려져 있었던 한국신학대학
에 입학하였다.

입학 직후에 한국신학대학에 입학하고 나서 나는 장일조張日祖 교수
의 개학 강연을 인상 깊게 들었다. 장 교수는 「프랑스 혁명의 이념적
비판」이라는 주제로 강연을 하였는데, 그 내용은 프랑스 혁명을 통하여
부르주아 계급은 자유, 평등, 박애의 시민적 가치를 정치적으로 실현할
기회를 얻게 되었지만, 이러한 시민적 가치를 실질적으로 구현하기 위
해서는 부르주아 사회를 근본적으로 변혁하는 사회주의 혁명이 필요하
다는 것이었다. 프랑스 혁명이 진전되면서 바뵈프F. N. Babeuf가 "인권선언
만으로는 굶주림을 달랠 수 없다."고 외치며, 교육과 노동의 기회 균등,

토지 소유의 제한, 소유의 평등 같은 사회주의적 요구를 내세운 것은
이를 보여주는 좋은 증거라는 것이다. 사회주의는 부르주아 사회의 지
양으로서 역사적으로 요청되었다는 것이 개학 강연의 주요 테제였다.

나는 장일조 교수의 개학 강연을 들으며 한국신학대학에 오기를 참
잘했다고 생각하였다. 한국신학대학이 한국기독교장로회의 목사 후보
생 교육을 담당하는 신학교이기에 혹시나 고리타분하지나 않을까 하는
기우는 사라졌다. 장 교수의 개학 강연은 그 동안 실존주의에 깊이 빠져
있었던 나를 뒤흔들어 현실의 구체적 문제들에 관심을 갖게 하였다. 실
존은 더 이상 삶의 진정한 의미를 찾기 위하여 일상적 현실로부터 벗어
난 존재일 수 없었다. 그것은 세계의 현실 속으로 던져진 존재이다. 나
는 현실의 존재로서의 실존에 충실하기 위해서는 인간의 존재를 에워
싸고 있는 현실의 구조를 분석하고 이를 변화시킬 수 있는 능력을 갖추
어야 한다고 생각하기 시작했다.

한국신학대학에서 처음 맞는 봄 학기는 유신 철폐를 위한 반정부 시
위로 점철되었다. 3월 26일에는 150명의 학생들이 반정부 침묵 시위
를 벌였고, 4월 1일에는 독재 타도, 민주화, 인권 회복을 요구하는 반정
부 성토대회가 열렸고, 4월 3일에는 채플이 끝나자마자 학생들이 스크
럼을 짜고 교문을 향해 나아가 경찰 병력과 충돌했다. 4월 9일 한국신
학대학 학생들과 감리교신학대학 학생들은 서울 명동의 YWCA 강당
에서 유신 철폐를 요구하는 공동 대회를 열었고, 명동 일대에서 간헐적
인 시위를 벌였다.

4월 10일 문교부(오늘의 교육부)는 한국신학대학에 휴업령 조치를
내렸다. 휴업령은 시위가 벌어진 뒤에 학교 당국이 취했던 휴강 조치와
는 판이하게 다른 엄중한 행정 조치였다. 휴업령이 지속되는 동안에 학

생들은 학교 출입조차 금지되었으며, 학교를 유지하기 위한 가장 기본적인 업무 이외에 일체의 학사 운영이 중지되었다. 휴업령 조치와 더불어 문교부는 안병무安炳茂 교수와 문동환文東煥 교수에 대한 해직 명령과 4학년 학생 12 명에 대한 제적 명령을 내렸다. 휴업령은 7 월 중순까지 이어졌다. 1975년의 봄은 그 당시『한국신학대학보』에 기록된 대로 "검은 4월"이었다.

장일조 교수

휴업령이 계속되자 나로서는 책을 읽는 일 이외에 딱히 할 일이 없었다. 나는 장일조 교수가 교양 철학 시간에 특유의 표정으로 데까르트의 "방법적 회의"에 대해 설명하던 장면을 떠올리고는『방법서설』을 정독하기로 마음을 먹었다. 데까르트는 지식의 확실성을 추구하며 거의 모든 것에 대해 의심하였지만, 끝없이 의심하고 있는 자신의 존재에 대해서만큼은 더 이상 의심할 수 없다는 결론에 이르게 되었다. 그는 이와 같이 자명한 의식의 토대 위에 지식의 확실성을 세우고자 하였는데, 이러한 생각을 응축한 명제가 바로 '꼬기토 에르고 숨'(cogito ergo sum)이다. 나는 이 고전적 명제에 응축되어 있는 데까르트의 의식 철학이 어떤 계보를 그리며 발전하였는가를 더 추적하고 싶었다.

나는 철학도였던 사촌형 김규직金圭稷의 도움을 받으며 의식 철학의 계보를 연구했다. 데까르트의 의식 철학은 칸트의 인식론에서 인식의 통일성을 보장하는 의식의 통각統覺이라는 개념에 뚜렷한 흔적을 남겼고, 엄밀한 학으로서의 현상학을 발전시킨 에드문트 훗설Edmund Husserl에게 이어진다. 이러한 계보를 파악하자 나는 훗설의 책을 읽어야겠다고

생각하였다. 그 당시 훗설의 책 가운데 번역되어 있었던 것은 『현상학
서설』(서울: 대양서적, 1971)과 『현상학의 이념』(서울: 삼성출판사, 1973)
이었다. 나는 이 책들을 정독하면서 현상학적 판단중지를 감행하면서
의식의 현상을 있는 그대로 서술하고자 하는 현상학의 방법적 엄밀성
에 경탄하였다. 휴업령 기간 동안에 훗설의 현상학에 몰두한 나머지 나
는 나중에 마르틴 하이데거의 실존 분석이나 메를로퐁티의 현상학적
사회이론에 쉽게 접근할 수 있는 능력을 갖추게 되었다.

나는 데카르트로부터 훗설에 이르는 의식 철학의 계보에 대한 글을
써서 장일조 교수에게 제출했다. 그 글은 200자 원고지로 200매 가량
되었다. 나는 그 글을 제출하기 위해 6월 중순에 수유리 학교로 갔는데
휴업령으로 인해 출입이 제한되었다. 정문에 서 있던 경찰이 장 교수
댁에 전화를 걸어 내가 교수 사택을 방문하기로 약속되어 있다는 것을
확인한 다음에야 비로소 출입 허가를 받았다. 나는 교수를 만나러 가는
일조차 당국의 허락을 받아야 하는 세상이 과연 제대로 된 세상인가 하
는 생각을 하며 착잡한 마음을 금하지 못했다.

장 교수는 큰 글을 써 온 학생을 치하해 주었다. 나는 의식 철학을
공부하면서 궁금하였던 것을 장 교수에게 물으며 토론을 벌였는데, 이
일이 있고 난 뒤에 나는 장 교수를 자주 찾아가 철학에 관한 토론을 벌
였다. 나의 신학교 시절에 장 교수와 벌인 토론은 참으로 다양한 주제들
을 망라하였는데, 대학원을 졸업할 때까지 나는 이와 같은 토론을 통하
여 해석학, 변증법 등의 방법론을 익혔고, 특히 프랑크푸르트 학파의
비판이론을 섭렵하였다.

유신독재 시절의 대학 생활

한국신학대학에 입학해서 졸업할 때까지 4년간(1975-1979)은 유신독재가 극에 달했던 시기였다. 그 시기에는 긴급조치 9호가 공포되어 있었다. 긴급조치 9호는 1975년 5월 13일에 공포되었는데, 당시 박정희 대통령은 베트남이 패망한 직후에 "국가 안전과 공공질서의 수호"를 명분으로 내걸면서 극단적인 억압조치를 취했던 것이다. 긴급조치 9호로 인해 유신헌법에 반대하는 일은 그 어떤 일도 허용되지 않았고, 긴급조치 9호 위반자들에 대한 일체의 보도도 용인되지 않았다. 이로써 한국 민주주의는 죽었다. 긴급조치 9호를 위반했다고 해서 많은 사람들이 체포되었고, 이들에 관한 언론보도가 금지되었기 때문에 유비통신이 난무하였다.

1975년 7월 초순에 한국신학대학에 내린 휴업령이 풀리자 나는 『한국신학대학보』 기자로 활동하기 시작했다. 당시 편집장 이진숙(李眞淑, 현재 중국연변직업기술학교 선교사)은 나에게 한국기독교장로회 전북노회의 인권운동을 취재하라고 지시했다. 그 당시 전북노회에서는 강희남姜希南 목사, 은명기殷明基 목사, 양교철梁校喆 목사 등 수많은 목회자들이 민주화 인권 운동에 앞장서고 있었다. 취재를 마치고 나서 나는 "전북노회, 인권의 횃불을 높이 들다."는 큰 기사를 써서 전북노회의 목회자들이 긴급조치 9호 치하의 깜깜한 현실 속에서 민주주의와 인권을 수호하기 위해 투쟁하고 있음을 알렸다. 그 기사와 더불어 나는 당시 여산교회에서 시무하던 양교철 목사의 기고문을 받아 학보에 게재하도록 했다. "총회에 바란다"는 제목의 기고문에서 양 목사는 기장 총회가 유신 독재의 엄혹한 시대에 교회 내부의 행정적인 일들에 붙잡혀 있기

보다는 민주화, 인권운동 같이 우리 국민이 나아가야 할 큰 방향을 제시
하여야 한다는 강력한 논조의 글을 썼다. 나도 "자유와 평등"을 보장하
는 국가를 건설하여야 한다는 기명 칼럼을 써서 학보에 발표했다.

학보가 나오자 서울지방경찰청 북부경찰서 형사들이 학보사 편집
장 이진숙과 학생기자 인태선印泰善, 김하범金夏範 등을 체포했다. 양교철
목사도 체포되어 취조를 받았다. 나는 일단 몸을 피해서 장기간의 구금
만은 면했다. 동료들이 체포된 뒤에 약 보름가량 여러 지인들의 집을
옮겨 다녔던 나는 검찰, 정보부, 북부경찰서 라인에서 이루어지는 취조
에 마침내 응했다. 그래야 수사가 끝날 수 있다는 이야기를 들었기 때문
이었다. 내가 경찰서에 출두하자 동료들은 나를 보고 기뻐했고, 인태선
은 무릎을 꿇고 있다가 자리에서 벌떡 일어나 "야, 원돈아!" 하고 외쳤
는데, 이로 인하여 그는 형사들로부터 5분 이상 죽지 않을 정도로 얻어
맞았다. 그는 학보에 "제 철도 아닌데 개나리가 교정에 만발했다."고 써
서 교정에 들어와 학생들의 동태를 감시하던 형사들을 개나리에 빗댔
는데, 이에 약이 오른 형사들이 때를 놓치지 않고 그를 흠씬 두들겨 팼
던 것이다.

나에 대한 형사들의 취조는 엄혹했다. 굴욕감을 느끼게 하는 것은
다반사였고, 국가가 자유와 평등을 보장하여야 한다고 주장한 나의 칼
럼을 손가락으로 짚고서는 "너 공산주의자지!" 하고 윽박지르며 말도
안 되는 자백을 강요하는 식이었다. 그러나 나를 구속하면 양교철 목사
도 구속해야 할 판인지라 며칠 동안 취조를 받고난 뒤에 나는 검찰의
지휘를 받고서 다른 동료들과 함께 석방되었다. 오직 편집장 이진숙만
이 구속되어 징역 1년 6개월 형을 선고받았다.

한국신학대학 시절에 심취했던 사회과학

한국신학대학 동기들 가운데 조성범^{趙聖範}은 조용범^{趙容範}의 『후진국 경제론』(서울: 박영사, 1973)을 읽는 독서 모임을 만들어 사회과학 공부를 주도했다. 고려대학교 경제학 교수였던 조용범 박사의 책은 후진국 경제를 마르크스주의적 관점에서 분석한 역작이었는데, 한국 경제를 비판적으로 인식하고 그 대안을 찾고자 했던 당대 지식인들의 필독서로 꼽히는 책이었다. 나는 그 책을 읽으면서 한국 경제가 해외 자본의 지배 아래서 종속적 지위에 있음을 인식할 수 있었고, 우리나라 경제가 대외종속성 지양, 매판세력 제거, 농민 주체의 실질적 토지개혁 완수, 외국자본 활동의 제한, 국제 분업 지양 등을 통하여 자주적 근대화 과정에 나서야 한다는 생각을 갖게 되었다.

나는 조용범의 책을 읽고 난 뒤에 경제사 공부에 몰두하였다. 그 당시 출판되어 있었던 유력한 경제사 책들로는 최호진^{崔虎鎭}이 맑스주의적 관점에서 쓴 경제사와 조기준^{趙璣濬}이 막스 베버의 관점에서 쓴 경제사가 있었다. 앞의 것은 경제사를 계급투쟁의 관점에서 보았고, 뒤의 것은 정치적 전통과 문화적 전통 같은 다양한 요소들을 고려하며 경제사의 전개 과정을 설명하였고, 특히 게르만 봉건경제의 전개와 초기 부르주아 계급에서 나타난 자본주의 정신의 태동을 매우 상세하게 서술하였다. 나는 경제사를 보는 서로 다른 두 가지 관점을 나름대로 소화하기 위해 노력하였으며, 관련 서적들을 찾아 읽는 과정에서 맑스주의적 역사 해석에 많은 관심을 갖게 되었다.

그 당시 맑스와 맑스주의에 대한 연구는 금기시되어 있었고, 해당 주제에 대한 원서를 입수하는 것은 거의 불가능하였다. 헤르베르트 마르쿠제의 『이성과 혁명: 헤에겔과 사회이론의 융성』(서울: 문명사, 1970), 시드니 후크의 『맑스와 맑스주의자들』(서울: 思想界社, 1961), 로버트 헤일브로너의 『경제사상사』(서울: 문명사, 1975), 에드윈 셀리그만의 『경제사관의 제문제』(서울: 한마당, 1979) 등이 번역되어 있어서 맑스와 맑스주의에 대한 젊은 지성의 갈증을 간신히 해소해 주었을 뿐이다.

나는 1976년 6월 불의의 사고로 세상을 떠난 사촌형 김규직의 서재를 둘러보다가 맑스-엥겔스 선집 영문판과 엥겔스의 『안티 뒤링』 영문판을 발견하고는 이를 집으로 가져다가 읽기 시작했다. 장일조 교수에게 그 책들을 읽고 있다고 말씀드렸더니 그분은 전문적인 안내를 받으며 읽는 것이 좋을 것이라고 조언을 하였다.

학부 시절에 나는 몇몇 선후배들과 함께 독서회를 조직하여 장일조 교수의 지도를 받아가며 헤르베르트 마르쿠제의 책들을 읽었다. 위에서 말한 『이성과 혁명』을 위시하여 그 당시 번역되어 있었던 『에로스와 문명』(서울: 왕문사, 1973), 『일차원적 인간』, 『부정(否定)』(서울: 삼성출판사, 1976) 등을 함께 읽고 토론하며 나는 맑스주의적 사회분석과 프로이트적 심리 분석을 결합시켜 비판이론을 발전시킨 마르쿠제의 입장에 깊이 공감하였다.

학부 시절에 읽고 토론하였던 사회과학 서적들과 사회철학 서적들을 여기서 다 열거할 수는 없다. 이러한 독서는 내가 훗날 신학적 성찰과 맑스주의적 현실분석의 결합에 바탕을 둔 신학적 해석학을 모색하면서 "물物의 신학"을 전개하는 데 밑거름이 되었다.

사회운동이념사와 학문 이론 강의

한국신학대학 시절에 사회 문제에 깊은 관심을 갖고 연구하기 시작한 것은 나에게는 매우 중대한 경험이었다. 아마 이 경험이 있었기에 훗날 사회 문제를 제도적인 측면에서 다루는 기독교 사회윤리학을 나의 전공 분야로 선택하였을 것이다.

그러나 그 당시 현실에 대한 본격적인 사회과학적 분석을 시도하기는 어려웠다. 사회과학적 현실분석을 위한 엄격한 방법론 훈련을 할 수도 없었고, 이와 관련된 서적들이나 자료들조차 거의 없었다. 이러한 상황에서 장일조 교수가 몇 학기에 걸쳐 연속으로 개설한 사회운동이념사 강의는 나에게 많은 도움이 되었다.

그는 고대 사회로부터 현대 사회에 이르기까지 사회변화 과정에서 새로운 이념이 어떻게 정립되고 발전해 갔는가를 체계적으로 분석하였고, 정치적, 경제적, 사회문화적 요인들이 서로 얽혀 진행되는 혁명 과정에서 지배 세력과 변혁 세력 사이의 이데올로기 갈등이 어떻게 전개되었는가를 매우 입체적으로 그려냈다. 내가 사회운동이념사 강의를 수강하기 시작했던 1976년 가을 학기에 장일조 교수는 고대로부터 중세 후기까지의 강의를 일단 마무리 짓고서 근대 유토피아 사상의 태동과 전개를 막 다루려던 참이었다. 그는 근대 세계에서 유토피아가 현실을 총체적으로 부정하고자 하는 의식의 태동을 알리는 신호였지만, 그와 같은 의식이 유토피아로 표현된 것은 현실을 총체적으로 변혁할 수 있는 주체가 아직 등장하지 못했기 때문이라고 해석했다. 이와 같은 방식으로 사회운동이념의 전개를 설명하는 장일조 교수의 강의는 나를 크게 매료시켰다. 나는 그분의 강의에 계속 참석하면서 사회운동과 이데올로기의 관계에 주목하였고, 특히 근대 세계에서 태동한 이른바 공상적 사회주의, 무정부주의, 맑스주의적 사회주의, 라쌀레주의적 사회주의에 큰 관심을 기울였다.

장일조 교수의 강의는 주로 받아쓰기 방식으로 이루어졌다. 그 당시 그 강의를 위해 사용할 수 있는 교과서가 거의 없었기 때문에 그는 자신이 연구한 내용을 200자 원고지에 일일이 적어 와서 그 원고를 강의록 삼아 천천히 읽어나갔고, 학생들은 그 내용을 꼬박꼬박 필기했다. 간혹 학생들의 질문이 있을 때에는 설명을 덧붙였다. 그 원고는 고 안병무安炳茂 박사가 편집한『현존』지에 연재되었고, 1979년에는 전망사에서 단행본으로 출간되었다. 그 책의 제목 역시『사회운동이념사』였다.

내가 한국신학대학을 다니는 동안에 장일조 교수가 학부에서 개설한 교과목은 사회운동이념사 이외에 논리학, 학문의 체계와 방법 등이었다. 학문의 체계와 방법도 네 학기에 걸쳐 연속으로 개설되었는데, 그것은 학문이론을 연습할 수 있도록 고안된 교과목이었다. 나는 이 교과목들을 하나도 빠뜨리지 않고 이수함으로써 논리실증주의, 변증법, 현상학, 해석학, 구조주의 등을 체계적으로 연습할 수 있었다. 이 훈련은 훗날 내가 기독교 사회윤리를 전개하면서 사회과학적 현실분석과 신학적 성찰을 서로 매개시키는 과정을 방법론적으로 검토하는 작업을 수행할 수 있도록 철학적 소양을 확고하게 갖출 수 있게 하였다.

한국신학대학에서의 신학 수업

내가 한국신학대학에서 받은 신학 교육은 세계적인 수준을 자랑하였다. 한국신학대학 신학과의 커리큘럼은 1970년 이 학교에 부임한 뒤에 교무과장을 역임했던 고 안병무 박사의 주도로 짜여졌다. 그분은 전통적인 독일 신학부의 커리큘럼을 참고하여 교과목을 편성하였다. 그당시 한국신학대학의 학생들은 약 50학점의 교양과목 이외에 구약학, 신약학, 조직신학과 윤리학, 교회사, 실천신학 분야에서 약 110학점의 전공과목을 이수하여야 하였다.

구약학의 경우에는 구약입문, 이스라엘 역사, 히브리어 문법, 구약개론 1과 2, 구약신학 1과 2, 구약주석 1과 2를 필수로 들어야 했고, 신약학의 경우에는 신약입문, 예수 시대사, 희랍어 문법 1과 2, 신약개론 1과 2, 신약신학 1과 2, 신약주석 1과 2를 필수로 이수해야 했다. 구약학과 신약학 분야에서 이수해야 할 전공필수 교과목만 해도 40학점에 달했고, 전공선택 교과목들도 많이 개설되었다. 구약학과 신약학 연구는 엄격한 역사적-비평적 방법에 근거하였다. 그 당시 학문적인 성서학 연구와 교육을 체계적으로 진행한 곳은 한국신학대학밖에 없었다. 그것은 김재준金在俊 목사의 역사적-비평적 성서연구를 둘러싸고 일어난 장로교회의 신학 논쟁과 장로교회의 분열 과정에서 교권으로부터 신학의 자유를 강력하게 주장하며 학문적인 성서학 연구를 옹호하였던 한국신학대학의 전통 때문이었다.

교회사 분야에서는 서양기독교교회사 1과 2가 필수과목으로 개설되었고, 기독교사상사, 한국교회사, 에큐메니칼 운동과 신학 같은 교과목이 선택과목으로 개설되었다. 조직신학 분야에서는 교의학 방법론, 신론, 그리스도론, 성령론과 교회론이 필수과목으로, 철학과 신학의 관계를 다루는 학문이론과 신학, 신학적 인간학 등이 선택과목으로 개설되었다. 기독교윤리학 교과목들은 필수로 지정되지는 않았지만, 매 학기 두 과목 이상 개설되어 선택과목으로 이수할 수 있었다.

실천신학 분야에서는 예배학, 설교학, 목회학, 상담이론, 기독교교육, 예배실연, 목회실연 등이 필수과목으로 설치되어 있었다. 이렇게 설치된 전공필수 교과목의 총 이수학점은 80학점 이상이었다. 당시 한국신학대학 학생들은 전공필수 교과목들 이외에 다양하게 개설되는 전공선택 교과목들 가운데 최소한 30학점 이상을 이수해야 했다. 학부를 다니는 동안에 나는 전공필수 교과목이 너무 많아서 전공선택 교과목을 많이 들을 수 없다는 것을 은근히 불만스럽게 생각하고 있었다.

그러나 훗날 독일에서 유학 생활을 하면서 독일대학교 신학부에서 더 배울 것이 없을 만큼 한국신학대학의 신학교육이 체계적으로 이루어졌고, 그 내용도 매우 알찼다는 것을 알고서는 한국신학대학에서 신학교육을 받은 것에 큰 자부심을 느꼈다. 한국신학대학 교수들은 열악한 환경에서도 그 당시 세계 최첨단의 신학 이론을 소화해서 학생들을 가르쳤고, 신학 교과서가 거의 없는 상황에서 교과서를 저술하거나 교과서로 쓸 만한 책들을 골라 번역하는 데 큰 수고를 아끼지 않았다.

고 박봉랑(朴鳳琅) 교수

한국신학대학에서 수학할 때 나에게 깊은 인상을 남긴 교수들이 많았지만, 박봉랑 교수는 특히 더 그랬다. 그분은 조선신학교를 졸업하고 모교에서 교편을 잡다가 한국전쟁 직후에 미국에 유학하여 하버드대학교 신학부에서 석사학위 과정과 박사학위 과정을 이수했다. 칼 바르트의 성서론을 주제로 논문을 제출하여 신학박사 학위를 받았다. 미국 유학 생활을 마치고 귀국한 뒤에 건국대학교에서 가르치다가 1970년에 한국신학대학에 부임하였다.

그분은 한국신학대학 교수로서 중등교육 교사보다 적은 박봉으로 청빈한 생활을 하면서 훌륭한 인품과 학문적 성실성으로 학생들을 사로잡았다. 신학생들은 3학년 과정에 진학한 뒤에야 비로소 바봉랑 교수의 교의학 강의를 듣기 시작했다. 그분의 강의는 성서의 말씀이 일점 일획도 거짓이 없다고 굳게 믿었던 대다수 신학생들의 소박하지만 뜨거운 신앙이 역사적-비평적 성서 연구 앞에서 처참하게 무너질 무렵 신앙을 재정립하고 신학적 사유를 철저하게 훈련하도록 이끌었다. 그분은 방법론을 다루는 교의학 서론을 "프로레고메나Prolegomena"라는 라틴어로 표현하곤 하였는데, 프로레고메나의 처음 몇 시간 동안 그분은 교의학을 교회의 학문으로 규정하는 까닭을 설명하고, 교의학적 사유를 하는 사람은 교회를 비판적으로 섬기고 세상의 물결을 거슬러 배를 저으며 가는 사람이라고 강조하였다. 그분은 이성과 계시의 관계를 규명하고, 계시의 책으로서 성서의 권위를 옹호하고, 성서 해석의 다양한 관점들과 방법들을 하나하나 음미하면서 신학생들을 교의학의 세계로 능숙하게 이끌어갔다.

그분의 교의학은 칼 바르트의 신학을 기본적인 틀로 하였지만, 교리사에 대한 해박한 지식과 칼빈, 슐라이에르마헤르, 바르트, 몰트만으로 이어지는 개혁교회 신학 전통에 대한 깊은 이해에 바탕을 두고 있었다. 그분은 예의 칼 바르트를 위시하여 폴 틸리히, 에밀 브룬너, 디트리히 본회퍼 등 20세기 전반기의 탁월한 신학자들과 하비 콕스, 토마스 알타이저, 반 뷰렌 등의 세속화 신학자들, 판넨베르크, 몰트만, 구티에레스 등 현대의 최첨단 신학에 이르기까지 폭넓은 스펙트럼의 신학사상을 명료하게 설명하며 신학연구를 위한 훌륭한 지도를 학생들에게 쥐어 주었다. 나는 그분의 교의학 강의에 매료되었다.

나는 학부에서 박봉랑 교수의 강의를 네 과목 들었고, 대학원 과정
에서는 4개의 세미나에 참여하였다. 대학원에서 박봉랑 교수는 칼빈의
기독교강요에 관한 세미나를 한 번 열었고, 나머지 세 번은 모두 칼 바
르트의 교회교의학 II의 선택론, III의 창조론, IV의 화해론을 주제로 세
미나를 이끌었다.

박봉랑 교수는 논문 지도를 받는 학생들에게 칼빈이나 바르트의 텍
스트를 중심으로 석사학위 논문을 쓰도록 권유하곤 하였는데, 나에게
도 그런 조언을 하였다. 당시 나는 대학원장으로 봉직하던 박봉랑 교수
의 조교였다. 박 교수는 나에게 두 차례나 자장면 곱빼기를 사 주면서
바르트의 교회교의학에 관한 논문을 쓰라고 말씀하셨지만, 나는 그것
을 끝내 거절했다. 그 당시 나는 위르겐 하버마스의 비판이론에 깊은
관심을 가지고 있었다. 박봉랑 교수에게서는 학부와 대학원 과정에서
언제나 최고의 평점을 받았고, 나 또한 교의학에 깊은 관심을 갖고 있었
지만, 사회철학에 관한 논문을 쓰겠다는 나의 의지가 더 강했던 것이다.

한국신학대학에서 공부한 경험이 나에게 남긴 것

나는 20대 초반의 6년 동안에 한국신학대학에서 학부 교육과 대학
원 교육을 받은 것에 대해 늘 긍지를 느끼며 살아가고 있다. 한국신학대
학은 교권으로부터 신학의 자유를 구현한 우리나라 유일의 신학교였
고, 정치권력과 자본의 권력에 굴하지 않고 그 권력의 횡포에 저항할
수 있는 용기를 길러준 배움의 터전이었다. 한국신학대학은 세계적인
수준의 신학 교육을 체계적으로 전개하고, 우리 시대의 문제들과 대결
하면서 우리 나름의 신학을 수립할 수 있는 역량을 갖추고 있는 대학이

었다. 바로 거기서 세계 신학계에 "한국신학"으로 소개할 수 있는 유일한 신학, 곧 민중신학이 태동하였다.

한국신학대학과 그곳에서 나를 가르쳤던 스승들은 나를 신학하는 사람으로 훈련시켜 주었다. 신학의 자유, 신앙 양심의 자유, 권력의 횡포와 부조리한 현실에 대한 분노와 불굴의 저항 의식, 우리 시대의 과제들과 씨름하면서 자기 자신의 신학적 언어를 형성하는 것이 신학자의 과제라는 깨달음 등은 신학을 하고 있는 나를 떠받치고 있는 디딤돌이다. 내가 그 디딤돌을 딛고서 신학을 하는 신학자가 되도록 훈련시켜 준 한국신학대학과 그곳의 스승들께 마음 깊이 감사드린다.

꿈꾸며 제자의 길을 배우고 걷게 한 한신

김치홍
(교동교회 담임목사)

참으로 감개무량하다. 지나간 40년을 가리키는 말이다. 여기에는 회한과 감사가 들어있다. 40년을 돌아보면서 어찌 상념이 없겠는가? 그러나 이 세월은 은혜를 알고 따라가는 여정이었기에 감사할 뿐이다. 이런 마음으로 적었던 글을 그대로 소개한다.

1. 『세계와 선교』

『세계와 선교』에는 한신인이라면 누구나 지닌, 임마누엘 동산에서 살아온 신학적 몸부림의 기억을 담고 있다. 한신의 1970년대는 『신학연구』와 『세계와 선교』라는 양 날개로 학문의 높은 곳을 향해 날아올랐다고 기억된다. 현장의 소리에 민감했던 『세계와 선교』는 비록 얇았지만 오히려 출간이 기다려지는 소중한 면이 있었다. 나는 『세계와 선교』와 1980년대 초 잠깐의 인연이 있은 후, 이렇게 "한신과 나"라는 회고적 글을 싣게 되니 감회가 새롭다. 한 번 글을 써 보라는 교수님의 권면이 와 닿는다. "우리도 어느새 이런 글을 쓸 나이가 된 것 아닙니까!" 이 말에 응하고 있는 셈이다. 주로 선배님들의 회고담이 실리던 이 난을 통해 한신 전통을 전승할 책무도 느꼈던 입장에서, 나는 누를 끼치지 않을까 실로 조심스럽다.

2. 한신과의 만남

1970년대 중반 대학입시제도는 요즘과 사뭇 달랐다. 예비고사라는 제도가 있던 시절이다. 나는 두 곳만 허용되던 대입 지망 지역을 경기와 전남을 택하였기에 서울 소재 한국신학대학을 지원할 수 없었다. 지금은 사정이 많이 달라졌지만, 당시만 해도 내가 나고 자란 해남은 그야말로 땅 끝이었다. 세상이 어찌 돌아가는지 도통 알기 어려운, 그곳은 웃다리 아닌 땅 끝이었다!

내가 다니던 교회에 유독 나의 앞날을 걱정해 주던 집사님이 계셨다. 예비고사 합격증을 들고 돌아오는 나를 만난 집사님께서는 한국신학대학에 지원하기를 권하셨다. 그는 그 때 나의 몽학선생이었던 셈이다(갈 3:24). 그는 총신대와 한신대를 추천하면서 자신이라면 한신을 택할 것이라 말씀하셨다. 우리 교회가 기장에 속한 경우였기에 어쩌면 당연한 조언이었다. (이 교회는 지금 통합으로 넘어갔다.) 그는 후일에 다른 경로로 타 교단의 목사가 되었다. 그러나 앞서 이야기한 대로 예비고사에서 서울을 지원하지 않은 관계로 한신을 응시할 수 없었으나, 당시 '선과'라는 제도가 있었기에 시험에 응시할 수 있었다. 나는 집안이 월남 가족이기에 신학 지망 동기를 설명하면서 북한선교를 언급했던 기억이 난다. 면접을 보시던 교수님들은 조금 웃었던 것 같다. 나는 이렇게 선과를 통해 한신 75학번이 되었다. 선과에 미리 들어온 일은 한신에서의 생활에 얼마 후 조금은 굴곡이 된다.

나는 입학 후 있었던 오리엔테이션에서 문동환 교수님 순서가 희미하게나마 기억에 남는다. 모든 것이 새롭고 또한 낯설었다. 특히 3월 중순부터 학우들은 동아일보 백지광고 사태에 민감하게 반응했다. 저 땅 끝 마을 출신에게 이런 움직임은 정말이지 당혹스러운 일이었다. (이형호 목사는 이런 나를 마늘 무어라 하며 놀렸다.) 결국 4월 9일인가 우리 학교는 휴업령을 맞았다. 그 전날 명동에서 있었던 시위에 참여하고 겨우 피신했던 상황이 휴업령으로 이어진 일은 지금 돌아보아도 어제처럼 또렷하다. 이 휴업령은 더 상급의 제재인 휴교령을 당한 고려대보다도 더 길게 이어졌다. 그 사정인즉슨 선과 제도 때문이었다. 학생 시위에 곤란을 겪던 문교 당국은 비인가 과정을 운영하던 학교 당국을 옥죄었고 여기에 응할 수 없었던 학교 입장과 마찰을 빚어 3개월여 학교 문을 닫았던 것이다. 문교 당국은 당시 주변의 신학대학에 이 비슷한 경우가 많았음에도 이렇게 한신을 압박했던 것이다. 결국 양자는 입학한 학생들을 구제하는 선에서 타협이 이루어지고 학교는 학생들에게 예비고사를 다시 응시하도록 권하기도 했다. 나는 그 해 예비고사에 응시하여 서울을 지망하여 합격하고 75학번과 76학번에 동시에 이름을 올리는 경우가 되었다.

3. 한신 밖의 나

지금 돌아보아도 나는 리더보다는 팔로어(follower)였다. 태생이 그랬던 것이다. 황해도 장연 땅은 한국 최초의 개신교 교회가 있던 곳이다. 나의 부모는 그곳 분들이다. 가끔 그 처음 교회를 소래교회로 부르는 이들이 있는데, 이는 틀린 말이다. 솔내교회가 맞다. 대구면 송천리(松川理)에 있다 하여 순 우리말로는 솔내교회이다. 그런 곳인데도, 나의 부모 양쪽 가문은 신앙을 받아들이지 않은 채로 1·4후퇴 시 월남하여 남녘에 자리를 잡은 것이다. 나는 이런 집안의 최초 기독교인이었다. 집안의 살림살이나 신앙생활의 형편 등을 생각할 때, 나의 그 시절은 참 고단했던 경우라고 할 만하다. 여기에 더해 한신의 상황이 앞서의 이야기대로 요동치는 경우였으니 나의 한신에서의 생활에는 안식이 없었다. 더구나 사정상 기숙사에 들어가지 못하고 친척집에 기거하던 형편이라 선후배와 어울려 지낼 기회도 적을 수밖에 없었다. 이런 연유로 해서, 나는 당시 한신에서 팔로어였다. 이는 앞서 가는 이들을 눈여겨보며 뒤따라야 하는 당시의 내 처지를 가리키는 최선의 표현이다.

이러는 중 어느 날, 동기가 『사상계』라는 잡지를 읽고 있는 게 눈에 들어왔다. (그는 동련교회 김일원 목사이다.) 게다가 그는 지난 호들을 모으느라 신경 쓰고 있었다. 이것이 계기가 되었다. 나는 왜 한신은 역사 속에서 격동하는지, 왜 저렇게 다양한 배경의 인재들이 이 울타리 안에 모여들었는지 모든 게 궁금했고, 터득해야 했던 것이다. 그것을 사상계를 통해 풀어 보려 했다. 더 나아가 그와 함께 갔던 청계천 헌책방은 아예 나의 교실이 되어갔다. 당시 나에게 청계천과 인사동은 헌책방이 몰려있는 꿈의 현장이었다.

3학년이 되어 나의 동기들 중에서 여러 명이 구속되었다. 당시 75학번에서 시위와 관련해 가장 많이 투옥되고 또 제적되었다. 나는 이럴수록 현실에 참여하기보다는 오히려 헌책방에 빠졌던 것 같다. 특히

1960년대, 1970년대를 이해하기 위해 잡지 수집에 열을 올렸다. 사상 계를 위시해 다리, 창조, 창비와 문지, 아세아, 세계 등등 창간호를 위시해 모을 수 있는 한 모았고, 또 읽었다. 그러면서 학교 수업에는 등한히 했다. 동기들의 고난에 몸으로는 아니었지만 이런 식으로 나아간 게 저들과 연대하는 것이라 생각하여 더욱 몰입했던 것 같다. 당시 나는 동료들과 차 한 잔 나누는 것도 아까와 하며 부스러기 돈이라도 생기면 헌책방으로 달려갔다. 이런 식으로 모은 게 졸업 전까지 벌써 5천 권이 넘었다. 학생 신분으로 이 정도는 그렇게 흔하지 않았다. 나는 애서가를 넘어 탐서가였다. 한번은 연탄 값을 받아 들고 나가서 집에 들어올 때는 용달차 가득 헌책을 싣고 들어와서 동생을 난감하게 했다고 한다. 지금은 잊었으나 당시 나를 생각하게 하는 일화이다.

그런데 어느 늦은 가을날 기이한 만남이 있었다. 오고가며 들은 말에 의하면 청계천에는 책의 고수 3인방이 있다는 것이었다. 바로 그 날, 그 중 한 사람이 온다는 말을 듣고 호기심에 끌려 기다리게 되었다. 그는 소위 '나까마'라 하여 책을 수집해 서점에 납품하는 중간상이었는데, 역시나 허름한 차림새였다. 서점 주인이 나를 그에게 소개하자, 그가 대뜸 하는 말이 안병무 교수님과 학부를 같이 했다고 하는 것이 아닌가! 뿐만 아니라 더욱 놀라운 일은 그가 요한복음을 헬라어로 줄줄 암기하기 시작했다. 모름지기 신학생이라면 요한복음 1장 정도는 원어로 암기해야 한다면서 10여분 넘게 이어가고 있었다. "앤 아르케 앤 호 로고스 카이 호 로고스 앤 프로스 톤 데온 카이 데오스 앤 호 로고스 … 카이 호 로고스 싸르크스 에게내토…." 끝없이 이어질 것 같은 상황에서 나는 실로 좌절을 맛보고 있었다. 지금까지 이어진 나의 몸부림은 그분 앞에서 여지없이 무너지는 순간이었다. 나는 누구인가? 나는 주님의 말씀을 받드는 종이었음을 그 순간 절실히 깨닫게 되었다. 나는 한신의 교실로 다시 돌아올 수 있었다.

4. 한신 신학과 나

나는 이렇게 돌아왔지만 나의 신학적 연단은 쉽게 제자리를 찾을 수 없었다. 방황이 너무 길었던 것이다. 지금 돌아보면 교수님들의 가르침은 주옥같았는데, 이것을 나의 것으로 소화는 데 게으르고 무책임했으니 생각할수록 교수님들께 너무나도 송구할 뿐이다. 그렇지만 나름대로 관심을 끄는 분야도 있었다. 특히 김이곤 교수님의 채플 설교 시간은 나를 흥분시켰다. 이런 인연으로 구약에 대한 관심을 키우던 중에 역대기서를 연구하신 장일선 교수님이 한신에 오시게 되었다. 장 교수님은 당시 민중신학적 관심으로 들뜬 우리에게 조금은 한가해 보이는 문학 비평 방법론에 기반을 두고 가르치셨다. 그렇지만 기왕에 있던 관심에다가 새로운 면도 있었기에 열의를 갖고 수업에 참여할 수 있었다.

그런 끝에 나는 에스라·느헤미야 문제에 관심한 논문을 쓰고 일부의 칭찬을 들을 수 있었다. 기회가 되면, 나는 에스라와 함께 태동했다고 믿는 탈무드 전승을 공부하고 싶었다. 군목을 전역하고, 정말로 이러한 기회가 찾아왔다. 장 교수님은 스코틀랜드 에버딘 대학에 전경연 교수님과 추천해 주셔서 입학 허가서를 받아 주셨던 것이다. 그러나 나는 그런 기회를 결국 살리지 못했던 것은 전부 나의 용기와 믿음 부족의 결과였다.

나는 한때 우리 한신이 민중 전승과 함께 역대기 학파라는 요람이 되기를 꿈꾸었다. 역대기 신학이 민중신학 전통과 비교해서 다소 이질

적인 느낌은 있으나 결국 히브리 경전에 의하면 최종적 말씀이기에(역
대기가 히브리 경전에서는 끝 책이다), 이 둘을 포괄하는 게 마치 나의 사
명이라도 되는 듯 생각했던 것이다. 지금 이 생각은 이루지 못한 꿈이
되었으나 한신이 아니었다면 이런 신학적 전망이 가능할 수 없었기에,
나는 진실로 한신의 아카데미즘을 자랑스럽게 생각한다.

5. 목회와 나

나는 군목 전역과 함께 장 교수님의 주선으로 서울장로회신학교(옛
새문안 신학교)에 몇 학기 출강하면서 강원노회에 정착했다. 이후 앞서
언급한 학문적 꿈은 접게 되었지만, 목회 여정은 강원노회에서 이어갈
수 있었다. 작은 시골교회인 '오탄교회'에서 교회 건축을 한 후, 원주 '열
린교회'를 거쳐 현재의 교회까지 가는 곳마다 교회당 건축을 하는, 특이
한 목회 이력을 쌓고 있는 중이다. 지금 교동교회에서도 건축 중이다.
군목시절까지 한다면 도합 4군데에 이르는 경우이니, 정말 특별하다.
내 젊은 날 헌책방 순례가 아주 무의미한 결과는 아니었다고 말했지
만 그 중 사람을 만날 수 있는 기회이기도 했다. 그 한 사람이 판화가
이철수 화백이다. 그는 "기장 교회는 존재 자체로 의미 있다."는 말로
교역의 현장으로 나서는 나를 격려한 적이 있다. 나는 그동안에 교회
현장에서 이 말을 위안삼아 나름의 헌신을 감당해 왔다. 궁핍한 시절에
하나님께서는 이런 외방의 사람을 통해서도 내게 말씀을 주셨다고 믿
는다. 그 즈음에는 기독교 신앙에 무척 깊은 애정을 지닌, 익명의 그리
스도인이었다. 요즘에는 선불교에 심취, 이전과는 다른 행보를 보이고
있다. 어쨌든 강원도 땅에서 기장교회 목사로 살아간다는 것은 남다른

바가 있다고 본다. (휴전선에 가까운 지리적 환경이 이곳 사람들의 정서를 보수적으로 만들었다고 생각한다.) 매 순간 한신과 기장의 정체성에 부담을 주지 않으려는 생각으로 애쓴 세월이었다.

때로 지난 시절 조금 더 목회적 소양을 잘 쌓았더라면 하는 아쉬움이 없지 않았으나 하나님께서는 그 때 우리에게만 주신 은혜를 그런 모습으로 주셨다고 믿고 감사하는 마음이다. 총회장을 지내신 '영강교회' 서재일 목사님은 만우와 장공을 통전적으로 계승하는 것이 우리 시대의 과제로 보고 그 호를 장우로 받으셨다고 증언하셨다. 그 분은 그럴 정도로 한신에서의 삶을 자랑스럽게 여기셨다. 나는 사실 그만큼은 아니더라도 이 전통에 참여하게 된 것을 결코 후회해 본 적이 없다.

교역의 현장은 너무나도 쉽게 세상을 닮아가고 있다. 목회의 성과를 운위하며 목회자들은 지쳐가고 교회는 세속화되고 있다. 만약 한신에서의 배움과 삶을 자부할 수 없는 경우라면, 나 또한 예외 없이 조락의 대열에서 멀지 않을 것이다. 나는 당시 역사 현실에 몸으로 참여하지는 못했으나 고민과 번민 속에서 몸부림하며 터득했던 바가 있었고 그것은 교역현장의 엉킨 실타래를 인내하며 풀어가도록 이끌었다고 믿는다. 누군가가 말한 대로 돌아보면 모든 게 은총의 발자국이라 했지만, 나 또한 이 고백에 한 마음이다. 살고 보니 삶은 진실로 은총이었던 것이다.

6. 주님을 따르는 나

지금 돌아보니, 나는 확실히 리더보다는 팔로어로 살아왔다. 월남한 가족이라는 실존과 늦게 시작한 신앙생활도 이런 삶의 요인이 되었을 것이다. 그러나 가만히 헤아려 보면, 주님은 우리를 향해 "따라오라"고 말씀하셨지 않은가. 서용주 목사님은 어느 곳에서 "주님보다 앞서면 사탄이요, 뒤에 서면 제자"라고 하는 경구를 증언한 적이 있다. 이런 눈으로 보면 나는 한신에서 제자의 길을 배우고 걸었다고 생각한다. 따라서 크게 성장시키는 목회는 못 했을지라도 교우들과 더불어 살아내려는 노력은 있어 왔기에, 임마누엘 동산에서의 세월이 결코 헛된 게 아니라고 믿고 싶다. 비록 내 주도적인 선택은 아니었으나 그곳에서 지낸 세월은 지금의 현존을 가능하게 만든 모태로 여기며 그 이끄신 손길에 감사할 뿐, 달리 무슨 생각은 없다. 다만 후학들은 알차게 신학도의 길을 달려 앞선 세대의 헌신을 더욱 아름답게 계승할 수 있기를 빌 뿐, 달리 무슨 염원이 있겠는가!

　　한신이여, 주님 오실 때까지 영원하라!

성령의 검을 빼어 들고

진 철

(예실중앙교회 담임목사)

1. 신학의 길

나는 고등학교 2학년 2학기 때 신학을 공부하기로 결심했습니다. 그 이유는 문학은 잡다한 인생이야기로 끝날 것 같고, 철학은 인간의 사상이 논쟁으로 끝날 것으로 판단되었기 때문입니다. 그래서 나의 삶 전체를 바쳐서 추구해야 할 절대적 진리가 무엇인가 고민하다가 그것이 하나님의 말씀이라는 생각을 하게 되었고, 그래서 하나님의 말씀을 가르치는 대학을 가기로 했습니다.

그로부터 1년 후 1974년 11월 어느 날 하숙집 마당의 잎사귀 다 떨어진 라일락 나무 아래에서 고등학교 동창인 이경남이란 친구로부터 놀라운 이야기를 듣게 되었습니다.

"어저께 동아일보가 안 나왔대." "왜?" "어저께 새벽에 한국신학대학

학생들이 종로 광화문 4거리에 나와서 데모를 했대. 그런데 동아일보
(그때는 석간이었음)에서 그것을 1면 톱기사로 실었는데, 중앙정보부
에서 다 빼앗아 갔대." "그래, 그 학교는 어떤 학교야?" "교수들이 훌륭
하고, 데모를 많이 한대."

나는 그 순간 그 학교를 가기로 결정했습니다. 왜냐하면 1년 전부터
내가 가야 할 신학교를 찾고 있었으니까요. 그래서 1975년 3월 2일 한
신에 입학했습니다.

그 후 1977년 5월 11일 시국사건에 관련되어 1979년 11월 28일까
지 약 930일 정도 감옥 생활을 했고, 그 후 복학-제적-복학의 어려운
과정 끝에 1986년 2월에 한신을 졸업하게 되었습니다. 1986년 초 어
느 날 스승이신 김경재 교수님께서 나를 부르셔서 수유리 캠퍼스에 있
는 교수 공관으로 갔습니다.

"자네는 감옥에서 공부도 많이 했을 테니까 논문은 쓰지 말고 대신 책
한권 정해서 썸머리 해 오게, 그러면 그것으로 졸업논문을 대체하겠
네."

그래서 아르헨티나의 보니노라는 사람이 쓴 어떤 책을 요약해서
"Latin America의 혁명적 기독교"라는 제목으로 교수님을 찾아갔습니
다. 교수님께서는 나의 요약본을 받아 드시고는, 그것을 보시지도 않
고, 나를 책망하시기 시작했습니다.

"자네가 학교에 들어왔을 때 선생들이 자네에 대해 얼마나 기대를 했는

지 아나? 우리 선생들이 다들 세계적인 신학자가 탄생할 것이라고 기
대했다네!"

그리고는 나의 요약 노트를 들고 나를 향해 흔들어 대시면서 이렇게
말씀하셨습니다. "그런데, 이게 뭔가!" 전혀 뜻밖의 말씀이었습니다.

"세계적인 신학자라니!" 나 스스로 한 번도 생각해 본 적도 없는 일
이니까요. 어쨌든 우리 한국에서도 세계적인 신학자가 배출되어야 하
겠고, 또 언젠가는 그런 날이 오리라 기대해 봅니다. 그러나 중요한 것
은 신학이 하나님의 말씀인 성경에 충실하며, 주님의 피 값으로 세우신
교회를 세우는 데 유익이 되어야 한다는 것입니다.

1991년 초 어느 날 오전 11시 쯤 나는 교회 예배당 옆에 있는 방에
누워 잠이 들었습니다. 잠을 자는 중에 비몽사몽간에 환상을 보았습니
다. 반쯤 열린 예배당 문 안으로 은은한 빛이 세 줄기가 쏟아져 들어가
고 있었습니다. 환상 중에 "참 희한하다."고 생각하고 있는데 음성이 들
려왔습니다. "기도의 능력 외에는 길이 없느니라." 깜짝 놀라 눈을 떠
보니 아무것도 없고 예배당 문만 반쯤 열려져 있었습니다. "아, 내가 교
회를 개척해 놓고 기도를 안 하니까 하나님께서 기도하라고 하시는 거
구나."라고 생각하고 예배당 안으로 들어가 십자가 밑에서 한참동안 기
도를 하고 너무 시간이 많이 지난 것 같아 눈을 떠보니 5분밖에 지나지
않았습니다. 그것이 나의 영적 상태의 실체였습니다.

그러나 그때부터 조금씩 조금씩 기도 시간을 늘려가게 되었습니다.
그 환상을 본 지 꼭 일주일 후 같은 시간, 같은 장소에 누워 잠이 들었습
니다. 이번에도 비몽사몽간에 환상이 보였습니다. 반쯤 열린 예배당 문
안으로 길고 강력한 불길이 세 줄기가 쏟아져 들어가고 있었습니다. 불

이 난 줄 알고 눈을 떠 보니 아무 것도 없었습니다.

그로부터 1년 후 1992년 2월 이유를 알 수 없는 병으로 고생하시던 아버지를 모시고 우연히 서울 녹번동에 있는 '베데스다 기도원'이라는 데를 가게 되었습니다. 태어나 처음으로 기도원이라는 곳을 가게 되었는데 마음속에서 거부반응이 강하게 일어났습니다. 그러나 교회 장로님이신 아버지를 모시고 간 전도사가 예배에 참석하지 않을 수 없어 체면상 박수치며 통성기도하면서 말씀을 듣게 되었습니다. 강사 목사님은 '반석교회'라는 감리교회를 담임하고 계셨던 최한석 목사님이셨는데 그 전에도 그 후에도 그분의 이름을 어디서 들어 본 적이 없었습니다. 그 분이 소개되어 강단으로 걸어 나오실 때 나는 속으로 이렇게 생각했습니다.

"그래, 부흥사들은 다 사기꾼들이라는 데 어디 한번 얘기를 들어보자. 나는 한신에서 공부하고, 감옥도 갔다 왔는데, 다른 사람은 속여도 나는 못 속이지!"

드디어 그 분이 입을 열어 얘기하기 시작했습니다. 5분이 지났습니다. 내 마음 속으로 이런 생각이 떠올랐습니다.

"저 사람이 이야기하는 게 틀린 것이 없네!"

그리고 또 다시 5분이 지났습니다.

"아니! 내가 평생에 찾아다니던 것이 저 사람의 입을 통해 흘러나오고 있네!"

영의 눈이 열린 것입니다. 그 때 거기서 은혜를 받고 한동안 열심히 출입했습니다. 그리고 내 마음 속으로 결심을 했습니다. "성경은 살아 계신 하나님의 완전한 계시의 말씀이기 때문에 이제부터 나는 절대로 성경을 의심하거나 비판하지 않겠다." 그리고 그때부터 두문불출하고 오직 성경만 읽었습니다. 그리고 그 결과는 과거와의 단절이었습니다.

그러나 나에게 성경은 쉬운 책이 아니었습니다. 하나님의 말씀의 세계는 단번에 열리는 것이 아니었습니다. 간절한 마음으로 끊임없이 문을 두드릴 때 조금씩 열리는 세계입니다. 한글 성경에서 영어 성경으로, 영어 성경에서 헬라어, 히브리어, 라틴어의 세계로 들어가게 되었습니다. 그게 2002년 5월 13일인가 됩니다. 하루에 15시간씩 12일간 공부해서 김선기 목사님이 쓰신 『페트라 헬라어문법』의 3분의 2정도를 보고 난 후에 Logos출판사에서 나온 『Hella어 분해성경』에 도전하게 되었습니다. 혼자의 힘으로 헬라어 성경의 첫 문장을 해석했을 때의 충격은 참으로 신선하고 놀라운 것이었습니다.

헬라어 분해 성경 한 쪽은 우리들이 쓰는 한글 성경 한 쪽의 3분의 1 정도 되는 분량인데, 이것을 분해하는데 처음에는 8시간 걸렸습니다. 그런데 그것이 차츰차츰 5시간, 3시간, 2시간, 1시간, 30분, 20분, 나중에는 약 10분 정도 걸렸습니다. 그렇게 해서 헬라어 문법책 알파벳부터 시작해서 분해 성경 요한계시록 22장 21절까지 끝내는데 88일이 걸렸습니다. 하나님의 은혜였습니다.

이렇게 해서 구약성경을 영어로 3번, 히브리어로는 창세기, 욥기, 시편을, 그리고 신약성경은 영어로 5번, 헬라어로 10번, 라틴어로 1번

읽게 되었습니다. 잠깐 언어에 대한 개인적인 평가를 한다면, 헬라어는 영리하고 세련된 도시 아가씨 같은 느낌을 주는 언어입니다. 대단히 논리적이고 분석적이며 변화무쌍한 언어인데 철학이나 문학에 적합한 언어라는 생각이 듭니다. 라틴어는 담백성과 간결성이 뛰어나고, 호방하며 시원시원한 느낌을 주는 언어입니다. 정치나 군대, 법률에 잘 어울리는 언어라고 봅니다. 히브리어는 그 소박함, 질박함, 투박함, 순박함 같은 것을 풍기는 질그릇 같은 언어입니다. 전능하신 하나님의 말씀을 담기에 적합한 언어라고 생각합니다.

나는 히브리어로『시편』을 읽으면서 찬란한 빛 가운데 거하시며, 권능과 지혜가 무궁하시며, 거룩하고 의로우신 영광의 본체이신 여호와 하나님을 보았습니다. 시편을 읽으면서 그 분이 너무도 위대하고 영광스럽고 멋있고 사랑스러운 나머지 그분과 결혼하고 싶다는 마음이 생기기까지 했습니다. 또한 헬라어로『요한복음』을 읽으면서 태초부터 계신 그리스도, 아버지의 영광의 본체로부터 홀로 태어나신 그리스도, 하늘로부터 오신 그리스도, 육체로 이 세상에 나타나신 하나님이신 그리스도를 보았습니다.

그리고 언제나 우리 곁에 와 계시고, 언제나 사건의 현장에 계시고 일하시는 하나님, 하나님을 하나님 되게, 그리스도를 그리스도 되게, 교회를 교회되게, 성경을 성경되게 하시는 진리의 하나님, 만물 안에서 만물을 충만케 하시는 하나님이신 성령을 보았습니다.

"하나님도 한 분이시니 곧 만유의 아버지시라. 만유 위에 계시고 만유
를 통일하시고 만유 가운데 계시도다"(엡 4:6). 아멘.

다시 쓰는 자술서

정상시
(안민교회 담임목사)

오랜 만에 자술서를 쓰는 기분이다. 1977년 4월, 긴급조치 9호로 체포되어, 경찰에서 쓴 그 때의 자술서는 말이 자술서이지 사실은 타술서였다. 30년 만에 비로소 뒤늦은 자술서를 쓰는 기분이다. 긴급조치 9호 30주년! 이제야 그 때를 돌아볼 수 있는 가시거리가 확보된 게 아닌가 싶다. 30년이라는 시간이 어떤 사건을 돌아보고 역사화하기 위해 필요한 시간인 모양이다. 복음서도 예수 사후 30년쯤 지나 집필, 편집되었다. 나에게 긴급조치 9호는 불행이자 행운이었다. 그 이유는 그 고난이 나를 거듭나게 해주었기 때문이다.

사건 전야 상황

1977년 4월 7일, 한신대 고난선언 사건이 일어난 전후 상황을 잠깐

---

* 이 글은 2005년 긴급조치 9호 철폐투쟁 30주년 기념문집 『30년만에 부르는 노래』에 실린 글을 약간 수정한 것임.

일별하고자 한다.

나는 1975년 한신대에 입학하여 봄꽃이 만발한 수유리 교정에서 낙원 같은 대학생활을 시작하였는데 그 낙원(?)에서의 시간은 너무 짧았다. 한 달 만에 학교 교문에 빗장이 쳐졌다. 한신대 휴업령이 내려졌기 때문이다. 같은 날 고려대 휴교령과 한신대 휴업령이 긴급조치 7호와 함께 내려졌다. 많은 선배들이 제적을 당하고 안병무, 문동환 교수님도 해직되는 상처를 남기고 몇 달 후 학교 문이 열렸다. 그러나 학교 분위기는 강간당한 처녀꼴이었다. 정보과 형사들이 제집처럼 드나들었다. 프락치 시비도 있었다. 그해 재일교포학원침투간첩단 사건이 터졌다. 중앙정보부의 작품이었다. 재일동포 한신대 유학생 김철현을 비롯한 나도현, 김명수, 전병생 선배가 구속되었다. 충격이 컸다.

1976년 3월 1일 "3.1 민주구국선언 사건"(명동사건)이 있었다. 안병무, 문동환, 문익환, 윤반웅, 서남동, 이해동, 이우정 등 주로 한신대 교수, 혹은 기장 목사님들이 구속되었다. 이른바 김대중 내란음모사건이다. 매주 목요일은 종로 5가 기독교 회관에서 목요기도회가 있었고 구속자들의 소식이 가족들이나 NCC관계자를 통해서 전해졌다. 독재의 만행이 고발되었고 함께 분노하고 함께 울고 함께 기도하고 투쟁하였다. 나는 거의 매주 참석했다. 당시 기독교회관 외에도 반독재 민주화운동의 기지 역할을 감당한 교회들도 많았다.

서울제일교회(박형규 목사)나 한빛교회(이해동 목사) 등은 그 대표적인 교회였지만 서울과 다른 지방에서도 한신대가 속한 한국기독교장로회(약칭 기장) 교단 교회들이 반 유신 민주화 운동기지 역할을 감당했다. 교회가 나설 수밖에 없는 시대였다. 이미 수도권 특수선교위원회(위원장 박형규 목사)가 있었고 도시산업선교회의 활동 배경도 있었다.

기독청년협의회^{EYC}나 한국기독학생총연맹^{KSCF} 등의 활동을 통해 제적, 구속되는 경우도 종종 있었다. 한신대 선후배들이 직간접으로 연관되어 있었다. 적어도 1970년대 한신대는 반독재 민주화를 위한 고난 공동체의 역할을 충실히 수행했다. 1977년 한신대 고난선언 사건 전후의 상황적 배경이었다. 질식할 것 같은 시대의 억압 속에서 민초들의 신음이 한숨이 되는 시대, 한신대 고난선언은 애송이 예언자들의 광야의 외침이자 양심선언이었고 비명이었다.

사건과 나의 법무부 대학 생활

"한신대 고난 선언" 사건으로 불리는 우리 사건은 1977년 4월 7일에 한신대 채플실에서 시작된 유신반대 시위 사건이다. 그 때 성명서 제목이 고난선언이다. 선언문 초안자는 김하범이었다. 자세한 내용은 생각나지 않지만 유신철폐와 긴급조치 9호 해제, 사회안전법과 국가보위를 위한 특별조치법의 철폐를 요구했던 것으로 기억된다. 검찰은 우리 사건을 긴급조치 위반과 함께 반공법 위반으로 기소했다. 두려웠고 놀라웠다. 나중에 반공법 위반 조항은 재판 과정에서 없어졌다. 우리 사건의 특징 중 하나가 학도호국단 간부들이 주도했다는 점이다. 유신정권은 대학마저 학생회를 없애고 학도호국단을 만들어 놓았는데, 한신대는 학도호국단이 유신정권을 정면으로 반대하는 시위를 하였으니 당국도 좀 당황했을 것이다. 그래서 반공법 위반으로 몰아가려고 했는지 모른다. 목사 후보생들로서 신학대학 학생들이었는데 반공법 위반이라니 역설적으로 반공법의 약효를 많이 떨어뜨린 결과를 초래하였을 것이다.

우리 사건이 일어난 때는 교회력으로 예수의 고난을 묵상하는 고난
주간이라는 절기였다. 그 고난 주간에 '고난선언'과 함께 고난에 동참하
는 사건을 일으킨 것이다. 결과적으로 어떤 종교의식보다 고난주간을
잘(?) 지키게 되었다. 오용식, 이영재, 김하범, 김현수, 정상시 5명이
구속되었다. 우리 사건의 후속 사건 격으로 5월에 구속 학우의 석방을
요구하는 반유신 시위가 있었다. 김광훈, 진철, 박창수, 임성헌 4명이
구속되었다. 박창수는 수형 생활로 인해 건강 악화로 많이 고생하다가
2003년에 세상을 떠났다. 점점 법무부 대학생이 늘어났다. 그럴수록
학교와 교회, 기독교회관을 중심으로 민주 회복과 구속자 석방을 위한
기도회가 이어졌고 그 과정에서 또 많은 한신인들과 기장인들의 구속
이 이어졌다. 1979년 10.26 사건까지 숨 막히는 억압과 이를 극복하려
는 민초들의 피맺힌 부르짖음과 몸부림이 이어졌다.

나는 서대문구 현저동 105번지 15척 담장으로 둘러싸인 서울 구치
소로 들어갔다. 법무부 대학에 입학한 셈이었다. 한 평 정도의 독방이
었다. 방문 앞과 재소자복 상위에는 수번과 함께 노란 딱지를 붙여놓았
다. 이른바 요시찰 인물이라는 표시이다. 빨간 딱지는 반공법 위반표지
였다. 감방 안에는 뺑끼통(변기통)이 있었다. 그리고 식구통이라는 배
식구가 있었고 패통이라는 불리는 누름판이 있었다. 아마도 버튼의 일
본식 발음일 것이다. 긴급히 교도관을 호출할 때 그것을 누르면 나무
막대기가 복도 쪽으로 철컥하며 내려가게 되어 있었다. 소제라고 불리
는 청소와 배식을 담당하는 기결수의 위세가 상당했다. 소제에게 밉보
이면 암암리에 피해를 받기 십상이었기 때문이었다. 우리는 몇 달 후
성동구치소로 이감을 갔다. 새로 지어진 구치소였다. 그만큼 독재정권
말기 수형시설의 수요가 많아졌던 것이다. 성동구치소에서도 우리는

독방생활이었다. 하지만 서울 구치소와 달리 동지들이 같은 사동에 있어서 들며 날며 얼굴을 볼 수 있어서 그나마 좋았다. 1976년 한신대 시위로 기소중지 중이던 박남수 선배도 합류하여 10명 이상의 동지들이 한 사동에 방방이 있었다. 독방이었지만 교도관 눈을 요령껏 피해가며 통방도 하고 책도 돌려 보기도 했다. 면회 등을 통해 단편적으로 전해들은 바깥세상 소식이나 작은 신문 쪼가리라도 입수하면 그것을 함께 심층적으로(?) 분석하고 정세에 대한 의견도 몰래 나누었다. 제일 재미있는 시간은 통방 시간이었다. 주로 저녁 식사 직후 화장실 좁은 문틈에 매달려 옆방과 대화하는 시간인데 교도관도 어느 정도 묵인하는 불법이었다. 짓궂은 농담도 하고 진지한 토론도 있었다. 일반 사동 재소자들도 그 시간 화장실 뒷문을 통해 통방을 한다. "영숙아, 사랑해" 등 애인 이름을 큰 소리로 부르기도 한다. 재소자들의 숨통 역할을 하였다.

성동구치소 시절 생각나는 사람 중에 막걸리 반공법과 사회 안전법으로 들어오신 분들이었다. 막걸리 반공법은 막걸리 먹고 취중에 박대통령의 사생활 관련 유언비어를 말하다가 구속된 것이었다. "박정희 대통령이 여배우 윤아무개와 재미 봤다 카더라." 이른바 카더라 통신을 유포한 혐의로 구속된 것이었다. 사회안전법으로 들어오신 분은 반공법 위반으로 20년인가 30년의 형기를 마치고 주거 제한 규정을 어기고 어떤 모임에 나갔다가 다시 기약 없는 감방 생활이 시작된 것이다. 참 어이없는 징역도 많았다. 사회안전법 위반 장기수들의 식사는 보통 두 시간 이상이었다. 밥과 반찬을 씹고 또 씹어 완전히 물이 되었을 때 삼킨다고 했다. 위장 장애 때문이란다. 교도소 밥은 콩이 섞인 보리밥이고 반찬은 오경찬이라고 불리는 장아찌와 국인데 주로 짠 편이다. 하루

십분 정도 교도관 입회 하의 운동시간을 준다. 감방 안에서도 철창 당기기 운동을 많이 한다. 그래서 철창이 인삼녹용이라는 말을 한다.

밖에서 여러 고마운 분들이 가끔 책이나 영치금을 넣어 주셨다. 면회 때 필요한 책을 요청하기도 하여 밖에서 못한 공부를 하였다. 면회는 주로 어머님이 오셨다. 어머님은 나의 구속으로 큰 충격을 받으셨지만 다른 구속자 가족들을 만나면서 많은 위로를 받으셨다. 목요기도회나 구속자가족협의회(나중에 민주화가족협의회) 모임에 자주 나가시며 차츰 데모꾼(?)이 되어가셨다고 한다. 주요 구호는 "이 놈들아 우리 아들 내놓아라!"였다. 보수 신앙의 어머님은 전혀 새로운 경험을 하신 것이다. 문익환 목사님 부인 박용길 장로님은 지금도 저를 만나면 어머님 안부부터 물으시며 어머님도 거동이 원활치 못한 상황에서도 저를 만나면 '그들' 안부를 항상 여쭈셨다. 항소 후 서울 구치소로 다시 이감을 왔다.

유난히 추웠던 77년 겨울을 서울 구치소에서 힘들게 보냈다. 78년 봄, 재판이 끝나 형이 확정된 우리는 마침 일어난 '서울구치소 급식 개선 투쟁'을 기화로 흩어져 지방으로 쫓기듯 이감되었다. 나는 2년 징역형이 확정된 기결수로서 마산 교도소로 이감되었다. 마산 교도소에서 만난 사람은 고 이범영(서울대), 이민구(고려대), 설훈(고려대), 장기표(재야), 서익진(서울대), 김창호(서울대) 등이었다. 서울 구치소가 빈대로 악명이 높았는데 마산 교도소는 모기로 악명 높았다. 나는 건강이 더 나빠졌다. 나는 1978년 8월 15일 특별사면으로 출소했다. 1년 4개월, 정확하게는 495일만이었다. 출소 다음날 제일 먼저 나를 찾아온 손님은 정보과 형사였다. 담당 형사는 종종 들러 내 근황을 확인했다. 출소했지만 자유의 몸이 된 것은 아니었다.

사건 이후의 나의 삶

나는 출소 후 기장 선교교육원에서 공부를 할 수 있었다. 해직교수와 제적 학생들로 이루어진 나치 시대의 본회퍼의 핑켄발데 신학교와 같은 특별한 학교였다. 기장 총회가 목사 후보생 교육기관으로 위촉, 인정을 해주었다. 서남동 교수가 원장이셨고 문익환, 문동환, 안병무, 이문영, 박현채, 이영희, 이우정 등 귀한 분들이 강의를 해주셨다. 한신대 제적생만이 아니라 일반 대학 제적생 등 30-40명이 공부를 했다.

유신의 억압이 강할수록 민중의 저항도 거세어졌다. 1979년 부마항쟁이 일어났고 마침내 10·26 사태가 일어났다. 역사의 소용돌이 속에서 신군부가 등장했고 1980년 광주민중항쟁과 계엄군의 학살 만행이 있었다. 한신대 후배였던 류동운 열사가 광주도청을 사수하다가 계엄군의 총에 희생되었다. 미친 역사였다. 80년 봄은 많은 상처를 남겼다. 무덤 같은 침묵이 잠시 이어졌다. 1980년 10월 8일에 발표한 "한신대 피의 선언"은 그 절망적 침묵을 깨는 첫 함성이었다. 나는 "피의 선언" 성명서를 썼다. 그 성명서를 쓰는데 30분이 채 안 걸렸다. 내가 썼지만 내가 쓴 글이 아니었다. 알 수 없는 힘이 내 몸과 손을 사로잡아 성명서를 완성했다. 결국 전교생 200명이 경찰서로 연행되었다. 나는 현장을 피했지만 결국 그날 밤에 경찰에 체포되었다. 많이 맞았다. 죽는 줄 알았다. 나는 시위 배후 조종자로 다시 구속되었고, 다시 2년 징역형을 받고 20여 개월을 살고 82년 8월 15일 특사로 석방되었다. 별(?) 두 개를 달았고 법무부 대학 가방끈도 길어진 것이다.

출소 후, 뿌리를 내리지 못한 채 여러 활동과 모색의 시간을 가진 후 나는 1984년 교회로 돌아왔다. 그것은 새로운 교회에 대한 열망 때문이었다. 그러나 우리에 대한 기존 교회의 문은 그리 넓지 못했다. 어딘가 위험하고 문제 인물로 보였을 것이다. 나를 비롯한 출소한 동지들은 1985년 민중교회 협의회를 만들었다. 크고 높은 자리보다 작고 낮은 자리에서 섬김과 나눔의 신앙공동체를 세우고 싶었다. 이것이 이른바 민중교회운동으로 발전한다. 1987년에는 한국민중교회운동연합이 결성되었다. 기장, 예장, 감리교 등 100여 교회가 가입되어 활동했다. 지금은 기장의 "생명선교연대", 예장의 "일하는예수회", 감리교 "고난함께모임" 등으로 교단별 NGO로 활동하고 있다.

나도 1987년 안양 박달동에 민중 교회를 지향하며 교회를 개척했다. 박달교회였다. 1987년은 6월 항쟁, 7, 8월 노동자 대투쟁 등 질풍노도의 시대였다. 교회에서는 예배 시간보다 사회선교 활동이 활발했다. 노동상담소, 야학, 무료진료소 등이었다. 이런 활동은 1990년대 초반까지 이어졌다. 1990년대 중반 이후, 노동선교 중심에서 지역 생활인 중심 신앙공동체로서 선교 지향의 변화가 있었다.

현재 마을 교회를 자처하며 지역아동센터나 노인복지센터, 마을 사랑방 카페 그리고 경인기장협동조합 안양사업장을 운영하고 있다. 박달교회는 1996년, 선교 지형의 변화와 함께 교회 이름을 안민교회로 바꾸었다. 다른 민중 교회도 이전의 노동 선교 중심에서 다양화되고 전문화되었다. 아예 교회와 분리되어 전문 선교기관으로 출발하기도 했다. 가출 청소년센터, 외국인노동자센터, 환경 선교 단체, 노인선교센터, 성폭력상담센터, 장애인 선교센터, 광산촌선교센터, 지역아동센터 등 다양하다. 그 한복판에 한신 출신 법무 대학 동지들이 있었다. 많은 고난도 있었지만 사실은 고난의 은총이었다.

진보의 줄기세포를 찾아*
— 7080 민주화운동 세대, 우리는 누구인가

김하범
(민주주의국민행동 운영위원장)

김일성만 죽으면 우리나라가 통일이 되리라 믿었던 시절이 있었다. 마찬가지로 박정희만 죽으면 당연히 이 나라가 민주국가가 되리라 믿던 시절이기도 하다. 그러나 민주주의는 박정희가 죽고도 무척이나 오랜 시간이 지나서야 우리에게 찾아 왔다.

이제는 아무도 신새벽 뒷골목에서 남몰래 민주주의를 새기지 않는다. 겉으로 보기에 우리는 두 번에 걸친 민주정부 기간을 통해 보다 튼실하게 자리 잡은 제도적 민주주의의 결과를 향유하고 있으며 다른 민주주의 국가들이 보편적으로 경험하는 규모의 지속적 개혁과 적용 과

---

* 이 원고는 2011년 가을 7080민주화학생운동연대의 활성화를 기대하며 쓴 글이다. 낭시 대통령선거를 앞두고 유신의 복귀 조짐을 경계, 과거 반유신 운동세력들이 결집해야 한다는 의견들이 오가고 있었다. 그래서 오랜 시간을 평범한 일상에 매몰되어 살아 온 7080 세대에게 왜 그들이 다시 한번 역사의 전면에 나서야만 하는지를 밝혀보고자 했다. 정권교체의 열망이 무참히 짓밟힌 지 3년여. 이 글은 오늘 이 시점, 여전히 유효하다 믿어 첨삭 없이 그대로 싣기로 한다.

정이 숙제로 남아있는 듯하다. 그러나 과연 그런가?

각성된 대중의 일상으로서의 민주주의

그러나 일상의 민주주의, 삶으로서의 민주주의는 아직 충분히 우리 사회에 뿌리내리지 못하고 있다. 아직도 부정과 부패가 이 사회에 만연하고 소수의 기득권층, 토호들의 이권 보호를 위한 장치들이 곳곳에서 가동 중이다. 정치와 결탁한 기업이 노동자를 죽이고, 언론과 결탁한 정치가 여전히 후안무치하게 버젓이 고개를 들고 큰소리치며 다수의 힘없는 사람들의 목소리는 묻혀만 간다. 소위 민주화 이후의 민주주의는 아직 도래하지 않았다. 민주주의라는 단어는 윤전기에서, 복사기에서 수없이 쏟아지지만 그것의 진정한 가치는 아직 구현되지 못했다.

그러한 일상의 민주주의는 일부 정치제도나 행정력으로 구현되는 것이 아니다. 그것은 각성한 대중의 조직화된 힘의 발현을 통해 비로소 계몽되고 확산될 수 있다. 열 사람이 한 도둑을 못 막는 것은 그 열 사람의 의지가 한 사람의 욕망에 미치지 못하기 때문이다.

민주주의는 국민의 마음에서 먼저 구현되어야 제도로 정착될 수 있다. 이제 불과 일 년여 앞으로 다가 온 대통령 선거를 앞두고 우리에게는 이러한 깨어있는 시민들의 일상의 정치를 확산하고 계몽할 새로운 주체가 필요하다. 그것을 우리는 진보세력에게 요구한다. 근데 여기 문제가 있다. 과연 누가 진보이며 진보는 또한 무엇인가 하는 것이다.

진보는 해병전우회가 아니다

진보는 진보되어야 한다. 진보가 '진보'가 아닌 '진화'의 길을 택할 때 더 이상 진보라 불릴 수 없다. 진화는 생존하기 위한 선택이지만 진보는 나아가기 위한 선택이기 때문이다. 진보의 진보는 '진보'와 '진보 아닌 것' 사이의 경계에서 일어나는 창조적 긴장을 통해 구현된다. 즉 진보는 '진보가 아닌 것'을 인정하고, 직시하고, 감싸 안고 극복함으로써 진정 '진보'라는 이름을 갖게 된다. 따라서 진보의 가장 본질적 모습은 진보가 아닌 것을 대하는 자신의 태도에서 나타난다.

자기와 다른 것에 대해 경계하고 따돌리고 공격하여 말살하려는 태도는 진보라 부를 수 없다. 그것은 조선일보와 다르지 않다. 그들은 갑 각류나 어패류 같이 딱딱한 껍질을 만들어 그 속에 안주하는 퇴행적 진화의 길을 선택한 것이다. 그것을 어찌 진보라 부를 수 있을까? 진보가 스스로의 가치가 지닌 역사적 정당성을 확신한다면 마땅히 스스로 열려있어야 한다.

진보는 지렛대(세력과 전략)도 있고 힘(명분)도 있는데 왜 변화를 일으키지 못하는가. 안정적이고 존속 가능한 받침대(핵심가치)를 구축하지 못했기 때문이다. 자신이 누구인가를 정의하고 그 정체성에 천착하는 노력은 개인 실존의 몫만은 아니다. 가치를 도그마화 하여 '이념'이라 부르던 오류를 극복하지 못하면 진보는 변화를 일궈낼 수 없다.

진보는 해병전우회가 아니다. '한번 진보는 영원한 진보'가 아니다. 진보의 길은 끊임없이 스스로에게 묻고 대답하고 이웃에게 구하고 응답하는 치열한 과정이다. 해병전우회의 오류는 그것이 성장에 걸맞은 성숙을 거부한다는데 있다. 몸은 어른으로 성장하는데 정신은 여전히

20대 청년기에 머물러 있으려 한다는데 있다. 몸은 변화한 현실에 존재하면서도 현실문제에 대한 답은 20년 전 내린 그대로다. 진보가 같은 오류를 범하는 것은 아닌지 성찰해야 한다.

진보의 진보를 위하여…

70년대 유신시대와 80년대 5공시대를 함께 겪은 세대들에게 새로운 역할, 진보를 진보시키는 역할이 요구된다. 그 세대들이야 말로 진보와 진보 아닌 것 사이에서 참다운 진보를 낳기 위한 핵심 가치의 토대를 놓을 수 있는 자격을 지닌 세대라 믿기 때문이다. 그 이유는 다음의 6가지 사실에서 찾을 수 있다.

1. 우리는 현실에서의 승리나 반대급부에 대한 기대 없이 스스로를 희생한 세대이다

부활을 보장 받고 십자가에 매달린다면 그 고난이 과연 가치가 있는 것일까? 우리는 평생 고착화 된 분단체제에서 그것이 낳은 독재의 마수를 벗어날 수 없을 줄 알았다. 그럼에도 불구하고 우리는 저항했고 현실에서의 아무런 보상이나 반대급부를 기대하지 않고 스스로 고난의 길을 선택했다. 정의를 위한 고난 그 자체의 가치를 믿고 그 길에 몸을 던졌다. 단언컨대 90년대 말 이후 민주정부 10년은 그 정권을 직접 담당한 사람들뿐만 아니라 그 이전 대의를 위해 스스로를 조건 없이 희생했던 모든 이들의 성과이다.

2. 우리는 시대적 동질감을 농축, 공유한 세대이다

큰 길을 갈 때 우리는 하나였다. 우리가 입장과 이념에 따라 갈래갈래 분화하기 이전, 정치권력의 폭압과 독점자본의 횡포아래 온 나라가 신음할 때 우리는 하나였다. 우리를 억누르던 세력은 단순했고 우리의 저항 또한 단일했다. 유신 독재, 개발 독재가 우리의 적이었고 정의와 평화, 인권과 민주주의가 우리의 대응이었다. 민중의 고통이 우리의 모든 저항의 출발이었다. 우리는 그렇기에 작은 차이를 극복할 수 있었고 무엇이 우선인지는 상식이었다.

현대 사회의 복잡다단하고 다층화된 지배구조와 우리를 현혹하는 많은 교언(巧言)들 속에서도 우리가 본질을 놓치지 않을 수 있다면 그것은 젊은 날 우리에게 체화 되었던 본질을 보는 힘, 즉 이 땅의 민중의 삶과 일상에서 모든 성찰을 시작하던 버릇의 결과이다.

3. 우리는 이념보다 인간으로부터 운동을 시작한 세대이다

우리는 살아있는 아기를 절반 잘라 똑같이 나눠가지는 공정을 바라지 않는다. 그 누군가의 심장을 정확히 일 파운드 도려내며 그것을 정의라 부르지 않는다. 정치적 이익과 유불리를 떠나 지금 당장 이 구조 속에서 소외되고 억압 받으며 목소리를 잃어가는 우리의 이웃만을 본다.

우리가 기억하는 것은 오로지 한 명의 대학생 친구가 없음을 아쉬워하며 스러져 간 한 젊은 노동자의 죽음이요 그것이 던져 준 부끄러움뿐이다. 그것이 이 땅 진보의 줄기세포다. 비록 대단히 낭만적이고 순진한 결론이지만 결국 문제는 인간에게로 돌아옴을 잊지 않는다. 아무리

대단한 이념과 정책으로 무장한 똑똑한 정치세력이라 할지라도 거기에서 인간을 발견할 수 없다면 우리는 경계한다.

4. 우리는 아날로그적 감성과 디지털적 이성을 함께 갖춘 세대이다

우리는 텔레비전이 없던 시절의 삶을 기억하는 마지막 세대다. 아울러 8비트 컴퓨터와 씨름하던 첫 세대다. 아날로그적 세계관과 디지털적 분석도구를 동시에 지닌 세대는 역사상 그리 흔치 않다. 그래서 우리의 머리는 하늘에, 두 발은 땅 위에 둘 수 있다. 그렇기에 우리는 하늘에 떠있기만 한 세대와 땅에만 매몰되어있는 세대를 비판적으로 아우를 수 있다.

5. 우리는 변화를 추동할 현실적 능력과 자원을 갖춘 세대이다

서로 모여 의논을 할 단 한 평의 공간이 없어 길거리를 전전했고, 앞에 두고 고민을 나눌 한 잔의 술값이 아쉬워 공원서 깡소주를 기울였던 시절을 우리는 기억한다. 우리의 청춘만큼이나 가난했던 그 시절 가벼운 주머니를 무거운 정열로 채우고 그렇게 우리는 운동을 일궈갔다. 그러나 이제 우리는 그 시절의 우리가 아니다. 이제는 이 사회의 중심에서 나름 먹고사는 문제를 어느 정도 해결한 우리는 젊은 날 정말로 꼭 해보고 싶었지만 현실의 벽 앞에서 좌절했던 그 일을 위해 힘을 모을 수 있다.

6. 우리는 이제 살아온 삶을 정리하고 새로운 후반기를 위해 가치를 다시 세울 세대이다

운동은 우리의 삶이었다. 따라서 민주주의의 퇴행은 우리의 삶의 문제이다. 민주주의의 유린은 우리의 과거를 유린하는 것이다. 아무리 유혹적인 열매라도 독나무에서 자라는 것이라면 거부할 수 있고, 아무리 쓰디 쓴 열매라 할지라도 우리의 지나간 삶을 가치 있게 만들어 줄 수 있다면 젊은 날 우리가 내렸던 그 결단을 다시 한 번 내려야 할 때이다.

이 무슨 흘러간 옛 노래냐고? 옛 노래를 부르는 게 단지 자신의 향수 때문이라면 이렇게 글을 쓸 이유가 없다. 흘러간 옛 노래가 지금 세대들에게 중요한 영감의 단초가 된다면, 그리고 미래를 위해 중요한 실마리를 제공한다면 그것은 현실에서의 가치를 지닌다 하겠다.

역사와 인류 정신사는 끊임없이 돌고 돈다. 지나간 우리 세대가 지녔던 최고의 가치 — 그것은 오늘의 현실에도 여전히 유효하다. 그것이 화석화되지만 않는다면….

나의 40년 그리고 사역

이성춘
(성은교회 담임목사)

나는 한국신학대학(한국신학대 신학과)을 졸업하고 전북 익산의 진
경여중·고에서 17년간 교목을 역임하였다. 토착 신학과 전통사상에
대한 관심이 많아, 원광대학교 철학과에 입학하여 문학석사와 철학박
사 학위를 7년 만에 취득하였다. 연세대의 고故 배종호 교수와 고려대
윤사순 교수, 성균관대 안병주 교수로부터 박사학위 논문(논문 제목:「
다산 정약용의 천 사상 연구」)을 지도 받았다. 연세대학교 문리대학 철학
과(원주 매지리 캠퍼스)에 수년 간 출강하였으며, 한신대학 철학과와 한
일장신대 신학과, 전주대 신학대학원에서 강의하였다. 이리 제일교회
부목사와 전주대학교 대학교회 담임목사를 역임하였으며, 전주대학교
기독교 학과 교수 및 교목을 1997년부터 14년간 겸임하였다.

나는 전주대학교에 재직하면서 해외선교에 관심을 가져, 지역 교회
와 연합하여 잼선교회를 창설하고 캄보디아에 선교회관을 건축하는 모
금(1억 원)을 하였다. 킬링필드 사건으로 수백만 명이 폴 포트 공산정권

에 의하여 학살된 현장과 가난과 열악한 환경에 처한 캄보디아를 수차에 걸쳐 방문한 다음, 현지에 선교사를 파견하고 생활비(월 100만원)를 협력 교회로 하여금 후원하도록 선교하였다. 뿐만 아니라 학원선교에 대한 지역 교회의 관심과 협력을(전발협) 이끌어내, 전북 지역의 100여개 교회가 학원선교를 위해 참여하도록 했다. 이후로 교회 목회에 대한 열망으로 대학을 퇴직하고 익산노회 성은교회에 부임하였다. 지금은 성은교회 담임목사로 시무하면서 전주대학교 신학대학원에서 강의하고 있다.

성은교회는 농촌과 도시의 중간에 위치한 63년의 역사를 지닌 교회였지만, 이농현상과 교회분열로 인해 교회 환경은 더없이 열악한 상태였다. 교회 담벽은 허물어지고 교회 지붕은 비가 새고, 곰팡이가 벽면에 여기저기 피어나고, 교인은 30명도 채 되지 않았다. 그동안 교역자가 부임하여 2년을 채 넘기지 못하고 수시로 바뀌고, 교인들은 상처를 입고 인근 교회로 이적하거나 뿔뿔이 흩어졌기 때문이다. 2009년 4월에 성은교회에 부임하여 교회 환경을 대대적으로 정비하였다. 교인들의 일부 반대와 저항도 있었지만(나중에는 잘 됐다고 칭찬함), 목사가 먼저 특별헌금을 내고, 모든 교인들도 동참하게 하여, 허물어진 담벽을 철거하고 펜스를 시설하였으며, 교회 교육관을 신축하고 교회 내부와 외부를 리모델링하였다. 바닥, 천정, 방음 시설, 지붕, 외벽 등을 모두 현대식으로 수리하였고, 의자를 바꾸었으며 마을 통장을 전도하여 집사로 임명하였다.

그동안 낙심하여 나오지 않던 교인들을 설득하여 현재 50여명이 출석하여 예배를 드리고 있다. 교육관을 신축한 다음 해부터 노인대학을 개설하여 본 교회 교인뿐만 아니라 인근 마을의 노인들을 위한 프로그램을 매주 토요일 진행하고 있다. 시내에서 가장 침술이 좋은 한의원 원장(현대한의원)과 한의대 교수(원광대 한의대 학장)를 매주 초청하여 무료 침술과 건강 강의를 맡아 봉사하도록 했다. 침술 치료, 레크레이션, 웃음 치료, 점심식사 제공 등으로 주민들의 호응이 좋아 노인대학에 40여명이 프로그램에 참석하고 있다. 인근에 있는 기장 교회에서 낙심한 교인 10여명이 내가 부임한 이후 성은교회로 이적하게 되었는데, 마침 두부 만드는 기술을 가진 성도들이었다. 나는 이들의 봉사를 통하여 우리 콩 수제 두부를 만들어 교인들과 주변 이웃에게 나누게 하였다. 호응이 좋아 주문을 받아서 소규모(3-5판, 1판은 25모)로 생산하는데 값싸고 맛이 뛰어난 두부로 소문이 나서, 만드는 즉시 소비되고 있다.

총회 생태본부에서 진행하는 제3회 생명살림 텃밭 가꾸기에 공모하여 생명상(대상)을 받았다. 각종 농약으로부터 오염된 땅과 식물을 살리고, 지키는 것은 곧 인간의 생명을 살리고 하나님의 피조물을 온전히 보존하는 것이다. 교회 빈 공간을 활용하여 농약과 제초제를 일체 사용하지 않고, 숙성된 톱밥 퇴비와 EM 활성액을 통하여 작물을 키워서 교인들과 함께 나누며 친환경 작물재배를 위한 저변 확대에 참여케 하였다. 목사의 땀과 기도로 이루어진 텃밭 가꾸기 시도는 교인들의 큰 호응을 받아 최근 여자 권사 한분이 자신의 텃밭 100여 평을 교회에 기부하여 감자를 심었다. 물론 제초제를 뿌리지 않고 남·여신도회가 총동원하여 호미와 괭이로 풀을 뽑고, 감자를 심고 수확하였는데, 맛이 좋아서 현장에서 40여 박스가 팔렸다. 그 수익금으로 남·여신도회 선교비로 활용하고 있다.

성도들이 참여한 공동 작업으로 땀을 흘리며 땅의 고마움과 제 때에 비를 내려주시는 하나님의 은혜에 감사하는 믿음이 성장하는 계기가 되기를 희망하고 있다. 또한 우리 콩 수제두부를 만드는 것은 수고스럽 기는 하지만 계속 만들어서 원하는 사람들에게 양질의 먹거리를 제공 하여 건강을 지키게 할 계획이다. 교회 빈 공간의 텃밭뿐만 아니라 교인 각 가정의 텃밭과 논밭의 작물을 친환경으로 재배하여 생태환경 보호 와 농촌을 살리고, 도시에서 농촌으로 돌아오는 사람들이 많아져서 농 촌교회가 부흥하고, 살기 좋은 환경으로 변화되는 계기가 되었으면 한 다.

총회 생태운동본부의 노력을 통해 이 땅의 많은 교회들이 하나님이 창조하신 피조물들이 "보시기에 참 좋았다."는 본래의 모습이 다시 회 복되고, 생태계가 다시 살아나고, 훼손되고 오염된 피조물들이 정화되 는 역사가 펼쳐지기를 소원한다. 이 땅의 모든 생명이 부활하고, 모든 교회와 성도가 신뢰를 회복하고 탐욕의 대명사가 되어버린 신자유주의 를 넘어 낮은 자리에서 섬김과 헌신으로 교회의 제자리를 찾아 부흥되 기를 열망한다.

2015년 5월 28일 치커리와 쑥갓이 탐스럽고 풍성하게 자랐다. 몸에 좋은 적상추, 꽃상추, 푸른 상추가 먹기 좋게 자랐다. 혈액을 맑게 하는 향이 진한 고수키가 자라서 꽃을 피웠다.

씨를 받아 내년에 심어야겠다. 상추와 치커리 쑥갓으로 전교인(50명)이 주물럭을 요리해서 쌈으로 먹으니 그야말로 보약일세.

2015년 4월 23일. 교회 마당에 핀 봄꽃들. 꽃잔디, 철쭉, 수선화가 화려하게 피었다.

교육관 뒤편 10평 남짓된 공간에 고추, 오이, 가지, 호박을 심었다. 생명이 강한 풀들과 함께 무성하게 자랄 것이다. 금년 여름에도 열매가 무성하게 열리면 요리해서 교인들과 함께 맛있게 먹을 것이다. 여 장로님이 말씀하시기를, "목사님이 심으면 무엇이든 잘돼요."라고 하신다. "모르는 말씀, 날마다 물주고 가꾸니까 풍성하게 자라지." "성도들에게 그렇게 열심히 복음 전하고 섬기는데 믿음은 식물처럼 왜 자라지 않는가? 믿음아! 식물처럼 자라서 주님을 기쁘게 하렴."

2015년 5월 30일. 교회 별관 담장에 지난해에 화원에서 사다 심은 장미가 화려하게 피었다. 노란 장미가 탐스럽다. 이 장미꽃보다 아름다운 것이 있다고 하니 다른 사람을 위해 희생하는 마음이라 하지 않았는가! 주님은 이 꽃보다 더 아름다우시다. 모든 영광을 주님께!

오늘도 산길을 걸으며…

이성근
(단계장로교회 담임목사)

비가 오나 눈이 오나 바람이 부나 산행을 한다. 주일 하루를 제외하고는 거의 매일! 고온으로 숨이 탁탁 막히는 2015년의 맹하에도 맹렬한 산행 의지는 꺾이지 아니하였고 곧 몰아닥칠 엄동설한의 추위에도 내 의지는 조금도 얼어붙지 아니할 것이기에 지금까지처럼 지속적으로 산행을 해 나갈 것이다.

이러한 산에 대한 나의 집착은 단순한 취미나 오락의 차원을 넘어서 산행을 통해서 얻는 유익을 확실하게 체험하기 때문에 꽤 오랜 세월을 지나오면서도 쉽사리 떨쳐 버리지 못하고 몸에 배인 습관으로 정착시켰다고 할 수 있다. 내가 산행을 시작한지는 어언 20년의 세월을 훌쩍 넘기고 있는데, 긴 세월의 지속적인 산행을 통해서 내가 얻은 유익이라고 한다면 우선적으로 건강을 빼놓을 수 없을 것이라고 생각한다. 뿐만 아니라 마음을 다스리는데 있어서도 도움을 받았다고 보는데 그 중에 무엇보다 다양한 어려움에 직면했을 때 좀 더 참을 수 있게끔 마음을 다스릴 수 있는 능력이 배양되었음을 부인할 수 없을 것 같다. 그리고 또한 산길을 걸으면서 말씀을 묵상하고 이를 바탕으로 말씀을 선포해 오고 있다는 데서 내게 주어진 목회자로 사명을 받은 삶을 살아가는 데 적잖은 도움을 받고 있음이 분명하다고 볼 수 있다.

그러나 이와 같이 습관이 된 산행을 통해서 체력이 다져지기 이전의 나의 건강은 지극히 열악하기 짝이 없었다. 나의 저질 체력은 모교 한신을 졸업한 후에 급격히 드러나기 시작했고 나날이 더 나빠져 갔다. 그 때 내 몸 상태가 어느 정도였는가 하면, 주일예배를 인도하기 위해서 강단에 서서 설교를 할라치면, 한 주간 부지런히 메시지를 준비하였음에도 불구하고, 몸에 힘이 받쳐주지 아니하니까, 머리가 먹먹해져서 전달하고자 하는 메시지를 자유롭게 표현하지 못한 채 타는 목을 축이느라 물만 한 주전자 마시고 내려오곤 했을 정도였다.

그 당시의 내 몸의 상태가 그러하였기에 처가에서는 사위 사랑 장모님이 주기적으로 보약을 공급해 주셨고, 그로 인해 어느 정도 도움을 받기도 하였다. 그러나 약효가 지속되는 것이 아니어서 때로 약효의 도움을 받지 못할 때에는 하루 세 차례 드링크를 마셔야만 겨우 피곤함을 극복하고 하루하루 활력을 유지해 나갔다. 그 때가 아직 젊은 때였던지라 이처럼 피곤한 삶에서부터 벗어나 활기차게 살고 싶은 열망이 마음 깊은 곳에서부터 솟아오르기도 하였다.

이때쯤 아내는 나에게 운동을 해 보라고 틈나는 대로 권유하곤 했는데 나는 꽤 오랜 시간 아내의 권유를 한 귀로 듣고 한 귀로 흘려보내기만 하다가 드디어 운동을 해보겠다고 작정을 하고 21단 기어가 장착된 싸이클을 장만하고 나서 새벽마다 한 시간씩 타고, 또 타고, 마구 탔다. 그저께 탔는데 어제도 타고, 오늘도 또 핸들을 잡고 페달을 힘껏 밟아댔

다. 그 당시 새벽기도회가 끝난 후 평균 두 시간씩 잠을 보충하고서도
몸이 개운하지 않았는데, 싸이클을 타고 나서부터는 30여분 남짓 잔 듯
만 듯 하고서도 거뜬히 가볍게 일어나는 자신을 발견하면서 성실히 노
력하면 강한 체력을 가질 수 있다는 자신감을 갖게 되었고, 이래서 사람
들이 운동을 하는구나 하는 것을 새삼스레 깨닫게 되었다.

그런데 싸이클의 폐단은 추운 겨울에 타기에는 너무 힘들다는 것이
다. 비록 강도 모자를 쓰고 두툼한 장갑을 낀다 할지라도 혹독한 겨울
추위를 극복하기에는 역부족이라는 것을 느끼면서 차차 새로운 운동에
관심을 가지고 이것저것 찾아보던 중에 산행을 해 보기로 했다. 그래서
오르기 시작한 산행이 한 달 두 달 흘러가고 점차 일 년 이 년 흐르면서
그 이후로 지금까지 꾸준히 산행을 이어왔는데, 실상 거창한 산행이라
는 말 보다는 산책이라는 표현이 더 어울릴 듯하다.

애초에 건강을 얻기 위해 시작한 한 시간 남짓의 산행은 나에게 상
당한 체력을 형성해 주었다. 건강 최악의 시절 보약에 드링크 세 병을
먹어야 겨우 하루를 유지했던 때와 달리 산행을 꾸준히 해 나가는 가운
데 날로 체력과 함께 심신에 안정이 드리워지기 시작하면서 요즘은 때
로 2시간 내지 3시간 밖에 잠을 못 자도 거의 피로를 느끼지 못하고 하
루를 보내는 나 자신을 볼 때 새삼 놀라곤 한다. 우리 교단 총회장배
축구대회에 참석했을 때에도 하루에 세 게임을 치루는 강행군임에도
교체 선수조차 없는 열악한 강원노회 축구팀 현실에서 매게임에 빠지
지 못하고 출전할 수밖에 없었지만, 40대 후배들 못지않게 뛸 수 있는
나 자신을 보면서 흡족하지 않을 수 없었다. (한 게임을 헌주가 내내 지켜
보았으니까 허풍 떤다고 생각하지 말아 줬으면 한다.)

이렇게 유익한 산행도 단지 건강만을 생각했다면 아마도 지속적으

로 이어가지 못했을 것이라는 생각이 든다. 왜냐하면 버르장머리 없는 후배 중에는 "형님, 얼마나 오래 살겠다고 죽자사자 산에 다니셔요?"라고 비아냥대는 놈을 비롯해서 여기저기서 부정적인 시각으로 보는 사람들의 입방아 찧어대는 소리가 암암리에 들려왔기 때문이다.

그러나 산행은 정작 목회자의 정체성을 가지고 있는 나의 목회생활에 적잖은 도움이 되었다고 확신한다. 무엇보다 목사에게 가장 소중하면서도 큰 짐이라 할 수 있는 설교를 작성하는 데 절대적인 도움이 되었다고 할 수 있다. 중고생 노트 한 장을 쭉 찢어서 접은 메모지에 그 주일에 전할 설교 본문을 적고 여백에다가는 묵묵히 길을 걸으며 묵상하는 가운데 가끔 레마처럼 꽂히는 말씀을 메모하다 보면 때로는 주초에 늦어도 주말까지는 나름 흡족할 만한 설교 한편이 완성되기 때문에, 목회 초년병 시절부터 짐처럼 여겨졌던 설교 한편을 작성하는 일이 별 부담 없는 일이 된 것이다.

특별히 바쁘게 활동해야 하는 큰 교회 목회자나 이곳저곳을 돌아다니면서 말씀을 공급해야 하는, 그래서 시간에 쫓길 수밖에 없는 친구들과 달리 나는 비교적, 아니 매우 한가한 편이기 때문에 이래저래 꿩 먹고 알 먹는 식으로 심신단련도 하고, 말씀 묵상을 통해 영성 유지나 메시지 작성을 할 수 있었다. 그렇기에 이제까지 제법 긴 세월 이어온 산행을 지금 이후로도 노쇠해서 발걸음을 옮길 수 없을 정도가 되기까지는 지속적으로 꿋꿋이 해 나가려는 마음을 가지고 있다.

지속적인 몸 관리로 건강과 활력을 얻기 전, 심신이 쇠약했던 시절에 있었던 많은 이야기들 가운데 오랜 세월이 흐른 후에도 잊히지 않고 생생히 기억에 남아있는 일화를 소개해 보겠다.

당시 서울노회 산하의 교회 중에 크게 문제 있는 교회가 생겨서 노회에서는 수습위원을 선정하고 이 교회 문제를 해결하려고 했는데 당시에 '영신교회' 오병직 목사가 시찰위원장이었기 때문에 이 일을 맡아서 해결할 수습위원장의 책임을 부여받았는데 이 때 오 목사는 가까이 지내는 '가리봉교회' 한상면 목사를 통해서, 목회자가 쫓겨나 공백인 호랑이 소굴 같은 이 교회의 빈 강단을 지키라며 나를 설교자로 파송한 일이 있었다.

이 교회에서 약 일 년간 설교 위주로, 때로 심방 요청이 오면 심방도 하면서 교회를 돌보게 되었는데, 그 교회에는 역전에서 굴러먹던 깡패가 교묘하게 목사를 몰아내고 사택을 점유해서 살고 있었다. 이 사람은 이 교회를 마귀소굴처럼 만든 문제 인물로서 한 때 150명까지 회집했던 교회를 열 댓 명 남게 만들었다. 이 사람이 나를 얼마나 괴롭게 하였는지 이루 말할 수 없을 정도였다. 이 사람은 교육관을 개조해서 사택을 만든 후 이곳에 거주하면서 내가 그 교회의 예배를 인도한 지 반년 정도 지난 후에 나에게도 조금 떨어진 외진 쪽의 방 한 칸을 쓸 수 있게 해 주었는데, 이때부터 나는 이 인간의 비인간적인 모습에 전율을 하게 된다. 이 사람은 심심하다 싶으면 늦은 밤 수시로 찾아와 눈을 부라리고 으름장을 놓으며 협박을 해대곤 하다가 유유히 사라져 가기 일쑤였다.

그래서 얼마나 심장이 뛰고 떨렸는지 모른다. 그 이전이나 지금 같으면 흥미진진하게 가볍게 한판 벌일 텐데 그 당시에는 그럴 상태가 못 되었기에 단지 분하고 살이 떨릴 뿐이었다. 그 뒤로 일 년쯤 지나서 당회장이 파송되면서 나는 내게 맡겨진 소임을 다한 후 그 곳을 나오게 되었는데, 그 곳에서 지내며 저 사람을 비롯해 몇몇 사람을 통해 겪은 일들을 생각하면 오랜 시간이 지난 후에도 적잖은 날들을 악몽에 시달리기까지 했던 것으로 기억한다.

작금의 나는 어지간한 세월이 흘렀어도 그다지 바람직할 만큼 성장을 하지 못하고 여전히 미미하기 짝이 없는 교회를 섬기고 있지만, 내 생애에서의 그 어느 때보다 심신의 평안함 가운데 내게 주어진 하루하루를 기쁨 가운데 살아가고 있다.

지역 사회와 함께 하는 교회*

김일원
(동련교회 담임목사)

I. 교회 소개

　　우리 교회는 창립 115주년을 맞은 면소재지 외곽에 위치한 농촌 교회이다. 설립자 백낙규 장로는 동학군에 참여했다가 실패하여 낙심하고 숨어 지내던 중에 한 권서(勸書)로부터 전도를 받아 복음을 받아들이고, 오직 그리스도의 정신으로만이 나라를 구할 수 있다는 확신을 가지고 그 날로 상투를 잘라내고 몇몇 사람과 함께 교회를 세웠다. 이들은 가난하고 병들고 소외받는 백성들을 돌보셨던 예수님처럼 교회는 지역 사회의 사정과 어려운 사람들을 살펴야 한다고 생각했다. 교회 설립 직후 초등학교(계동)를 세워 민족 교육을 병행해 나갔다. 우리 교회는 일제 강점기 때, 강제 해산 조치로 옆 교회에 통합되는 수모와 함께 학교가 폐교 조치 당하는 아픔을 겪었다.

―――――――――――――――――――

* 이 자료는 총회 회보 지역교회탐방에서 자료로 제출한 내용입니다.

우리 교회는 초창기부터 출석교인 200명이 넘을 때마다 분립한다
는 내부 원칙을 세워서 지금까지 6개 교회를 분립하였다. 지금은 어린
이 교회학교 80명, 중고등부 40명, 장년 320명(연평균 출석 250명) 규
모의 교회이다.

II. 목회 지침

1. 평신도 사역(참여) 목회

목회 사역 전 분야에 평신도들이 자율적으로 참여하고 주도하도록
기회를 제공하고 배려하고 있다.

1) 매월 열리는 당회 시에 각 기관 속회장 연석회의를 가지므로 목회
   사역 전반에 평신도들이 참여하도록 한다.
2) 특별제정 주일에는 해당 평신도들이 주관하고 예배 순서에 참여한
   다(예: 어린이주일에는 설교를 제외한 모든 예배 순서를 어린이들
   이 맡는다).
3) 매주일 오후 기도회는 목회자의 설교 대신 평신도들의 간증적인 증
   언(목회자의 적절한 지도 하에)으로 갖는다.
4) 평신도 지도자를 육성하여 각종 목회 프로그램(속회별 성경공부
   등)에 인도자로 활용한다.
5) 교회 주요 행사에 평신도들이 주관하여 기획하고 추진하도록 한다.

2. 평안하고 든든한 교회 / 가보고 싶은 즐거운 교회 지향

교회가 선교적 사명을 다하기 위해서는 평안하고 말씀 위에 바로 서
야 한다는 점과 가보고 싶은 즐거운 교회가 되어야 함을 목회의 기본적
인 방침으로 삼고 있다.

1) 교회의 평안은 당회원간의 관계가 크게 좌우하고 있음을 안다. 그래
   서 당회 완전 합의제를 운영(의견을 달리 할 때 유보하고 시간을 두
   고 합의 도출)하고 있으며, 당회원간의 지속적인 유대 강화를 위해
   당회원 성경공부(매주일 점심 후 30분), 당회원 부부 수련회, 당회
   원 부부 모임을 자주 갖고 있다.

2) 그룹 활동의 활성화를 통한 친교와 결속의 계기 부여 그리고 즐거운
   교회 생활이 되도록 돕는다: 속회별 성경공부(주일 오후 기도회 30
   분 전), 가정을 위한 프로그램(가정성장학교, 천국교실 등), 특별활
   동(주로 주일 오후 시간을 활용함. 풍물반, 독서토론반, 고적답사
   반, 등산반, 분재반, 합창단, 선교단, 축구단 등), 교구별 모임 활성
   화(구역기도회, 야유회 등 단합 친교 모임).

3) 전 세대 간 교류 기회를 많이 갖도록 한다: 전교인합동예배(연중
   10회, 특별주일 중심, 각 세대 예배순서 참여), 가정(교구)기도회
   (연 6회, 오후 기도회 시간 이용, 기도회 모범 제공), 야외기도회
   (분기별, 오후기도회), 평화의 날 행사(전교인 야외예배, 대동놀이,
   체육게임 등), 동련골한마음축제(지역 성도 초청), 추수감사축제
   주일 행사, 가족찬양대회 등

4) 남·녀신도회 교차 봉사를 통한 남녀 신도의 유대 강화: 매년 여신도

주일(남신도주일)에 실시되는 여(남)신도회수련회에 남신도회
(여신도회)가 식사 등 제반 필요 사항을 맡아 봉사한다.

5) 교육문화선교관 건축(예정): 체육, 문화 활동, 교육의 장.

3. 찾아오는 농촌 교회

1) 우리 교회 출신으로서 결혼이나 직장관계로 시내(익산, 전주, 대전)
로 이사할 경우 모교회에 출석하도록 유도하며, 주일날 부모님 찾
아보기 운동을 전개하고 있다: 주일에 어린 자녀들과 함께 교회에
와서 예배드리도록 장년 주일예배와 어린이교회 학교 예배를 동 시
간대에 드리고 점심식사(전교인 공동식사) 후 부모님 찾아보기 등
기타 활동을 하도록 배려한다. 우리 교회는 이와 같은 노력으로 쇠
퇴해가는 농촌교회의 현실을 극복했으며, 꾸준히 질적, 양적으로
성장하고 있다(시내 거주 교인―거의 젊은 층―이 60%, 어린이 교
회 학교, 중고등부는 90% 해당). 출산장려위원회를 두어 출산에 대
한 성서적 가르침과 자녀 갖기를 권장하고 있다.

2) 전국 교회 동문들이 모교회에 지속적인 관심을 갖도록 교회 홈페이
지를 통해 관리하고 있으며, 서로 교류하도록 서비스를 제공하고
있다. 주일 오후 기도회 증언에 교회 동문들을 월 1회 정도 초청하
여 모교회 방문을 유도하고 있다.

교회창립기념 주일에 즈음하어 home comming day 행사로 교회
동문초청체육대회, 동문초청음악회, 초청강연회 등을 마련하여 교
회 동문들이 모교회를 찾을 수 있도록 계기를 마련하고 있다.

3) 주 5일 근무제에 활용하여 교회 동문들이 어머니 품 같은 모교회를

찾도록 동문들의 기숙을 위한 guest house 운용 및 고적답사 봉
사, 특강 개설(일정 기간, 본교회 출신 전문인 활용), 주말농장 등
프로그램을 준비 중에 있다.

4. 지역 사회의 소외된 자를 위하여 섬기는 교회

우리 교회는 일찍이 지역 사회와 함께 하는 사역에 나름대로 힘써왔다.

1) 1909년 개화운동의 시세에 따라 초등학교인 계동학교를 세워 민족
   교육의 기초를 다졌고 인재 양성에 힘썼다. 공립학교에 갈 수 없는
   사상적인 문제로 요주의 되는 집안의 아이들, 가난에 허덕이는 농
   가의 아이들, 배울 기회를 잃어버린 나이든 어른들을 모아 가르쳤
   다. 민족정신을 말살하려는 일제의 신민화 정책으로 계동학교는 많
   은 제재를 받으면서도 교육을 잘 담당했다. 그러다가 황등에 공립
   초등학교가 세워지면서 1947년 폐교되었다.
2) 1919년에는 3.1독립운동에 참여했다.
3) 일제 말 암울했던 시기인 1944년에는 교회가 일제에 의해 강제로
   해산을 당하여 황등교회와 병합되는 아픔을 겪었다. 학교와 교회를
   중심으로 민족교육과 민족의식을 고취시키는 교회로 일제에게 인
   식되어 요주의 교회로 감시를 받아오다가 결국 강제 해산당하여 이
   웃교회와 병합시켰던 것이다.
4) 1945년 해방과 함께 동련교회 재건이 이루어졌다. 해방의 기쁨도
   잠시 1950년 한국전쟁으로 인해 교회는 또 한 번의 소용돌이에 휩
   싸였다.

5) 1960년대에 들어서면서 우리교회는 모이는 교회로의 좁은 테두리
   에서 교회 성장에 급급하지 않고 오히려 흩어지는 교회로서 나눔과
   섬김을 적극적으로 실천해 나갈 것을 당회가 결의했다(200명 넘으
   면 분립한다는 원칙도 세움 -6개 교회 분립). 교회 안에 지역개발위
   원회를 조직하고 제직회 부서에 사회선교부를 두어 지역 사회를 위
   한 선교 과제와 과업을 개발하는데 힘썼다. 그 과제로 우리 교회가
   앞장서서 가난한 농촌 경제를 도우며 농촌이 자립할 수 있도록 하는
   데 역할을 하는 것으로 정했다.

   (1) 동련신용협동조합(1970년)을 창립하였다. 당시 농촌에는 돈
       이 귀해서 빌릴 데가 없었다. 우리 교인들이 1구좌에 300원씩
       출자하여 신용협동조합을 만들어서 돈이 필요한 사람들에게
       저리로 빌려주는 일을 했다.
   (2) 장학위원회(1971년) 유능한 인재를 길러서 교회와 사회에 봉
       사하도록 쌀 몇 말씩 거두어 기금을 조성해서 장학사업을 시
       작했다. 공부는 하고 싶은데 가난하여 돈이 없는 사람들에게
       장학금을 주어서 공부하는 길을 열어 주었다. 여기에는 교회
       에 다니지 않는 마을 사람도 상당액을 기탁하고 참여했다. 지
       금도 매년 지역 초중고 학교에 일정액으로 장학금과 결식아동
       지원금을 보내고 있고, 청년들에게 학교 졸업하고 취업 후 무
       이자원금상환 방식으로 장학금 혜택을 주고 있다.
   (3) 양곡조합 설립(1976년) 교인들이 쌀을 몇 말씩 거두어서 출
       자하고 한국기독교 봉사회에서 저리로 쌀 200가마를 빌려온
       것을 기반으로 양곡조합을 설립했다. 당시 보리 고개를 넘기

기 힘든 농촌현실이었다. 비싼 고리채나, 곱장리 빚으로부터
벗어나게 해주었다. 우리 마을에서는 일찍 곱장리의 악습이 사
라졌다.

(4) 묘지관리사업(1983년) 교회 묘지를 조성하고 빈곤하여 묘를
못 쓰는 이들에게 신불신간에 무료로 묘지를 쓰도록 해주고 있다.

그밖에 마을길이 좁아서 경운기도 다니지 못할 때 길을 넓히는 일,
전기를 끌어오는 일 그리고 계절 무료탁아소 운영(1988년), 농번기 때
에 지역 농민들의 일손을 덜어주고, 어린아이들을 정서적으로 신앙적
으로 자기계발을 할 기회를 마련해 주는 등의 일을 교회가 주도하여 해
나갔다.

5. 노인복지선교로 지역 사회와 함께 하는 교회

우리 사회는 생활 환경의 개선, 의료 기술의 발달 등으로 인하여 노
인의 평균수명이 늘어나고 있다. 인구노령화가 급속하게 진행되고 있
다. 우리는 통상 65세 어르신이 인구의 7% 이상이면 고령화 사회,
14% 이상이면 고령 사회, 21% 이상이면 초고령 사회라고 부른다. 그
런데 우리나라는 지난 2000년에 65세 이상의 어르신 인구가 전체의
7.1%를 넘어서 고령화 사회에 진입한 이래, 2008년 7월 1일 현재 65
세 이상 노인 인구는 501만 6000명으로 전체 인구의 10.7%에 이르러
본격적인 고령화 사회가 되었으며, 2018년에는 노인 인구 비율이
14.3%로 크게 증가하여 고령 사회가 될 전망이다.

이 고령화의 경향은 농촌 지역이 더욱 가속화되고 있다. 우리 북익

산(농촌) 지역의 경우, 21%가 넘으면 초고령화 사회로 분류되는데, 이미 대부분 면 지역이 이 단계를 추월했다(전국 14.0%(현), 전라북도 18.1%, 익산시 평균 12.53%, 황등면 18.27%, 왕궁면 27.62%, 삼기면 25.68%, 웅포면 31.01%, 함라면 27.66%, 성당면 28.01%, 용안면 26.34%, 낭산면 25.46%). 아울러 우리 지역은 국민기초생활수급자와 독거노인 비율이 높고, 어렵고 외롭게 살아가시는 어르신들이 많다.

현대 사회는 핵가족화로 인하여 가족 유대의식이 약화되고 개인주의적 가치관과 사고가 팽배하여 전통적 효와 경로사상이 붕괴되어 가고 있는 현실이다. 거기에다 어르신들은 자녀들의 교육과 결혼 등에 자신의 경제력을 다 소모하여 경제적 능력이 없으며, 노화로 인해 면역성이 떨어져 질병에 감염되기 쉽고 감염된 질병은 만성화되어 만성질병을 앓고 있는 분들이 많다. 이렇게 어르신들은 고독, 빈곤, 질병 등의 문제를 안고 소외된 삶을 살아가고 있다(노인의 3대 문제-고독의 문제가 심각-노인우울증 환자의 증가).

이러한 노령 사회에서 교회가 반드시 해야 될 선교가 노인복지 선교임을 깨닫고 여러 해 전부터 준비해 왔다. 특별히 노년은 인생을 마무리하는 시기인데. 우리 기독교에서 운영하는 복지시설의 부족으로(원불교가 70% 차지) 장로님도 원불교 시설에서 노년을 보내시고 있는 것에 충격을 받았다. 어느 교회가 하든 반드시 해야 될 선교 과업임을 생각했다. 우리 동련교회는 고령화 시대에 발맞추어 특성화 선교 과업으로 노인복지 선교로 정하고 다음과 같은 사업을 벌이고 있다.

1) 동련노인학교 운영(1993년부터): 매주 목요일, 지역 어르신들 모심, 특별활동, 강의, 레크레이션, 점심과 간식 제공, 목욕, 관광 등

(모든 장로님들과 함께 수송 등 프로그램 참여, 200명 참석, 일부 시
비 보조 480만원 받고, 교회는 2000만 원 정도와 물질을 후원함).
2) 북익산 노인복지센터 설립 운영(1998년 설립, 2002년 정부인가 받
음): 전국적으로 노인 장기요양보험 시대가 열림에 따라 교회법인
전입금(2600만 원)과 교회 예산의 15% 정도를 노인 선교비로 배정.

(1) 가정 요양사(봉사원)파견서비스: 독거 노인 85명, 밑반찬, 청
소, 목욕, 나들이 서비스 주 1회 이상 봉사원.

(2) 방문요양 서비스: 요양사 파견, 거동불편 등급판정 어르신 돌
봄 서비스(주 5일) 26명.

(3) 주간보호 서비스: 거동불편 어르신, 돌봄 필요 어르신 센터로
모셔와서 오전 9시-오후 5시까지 보호. 프로그램 진행, 간식,
점심제공, (주 5일), 28명.

(4) 방문 목욕: 거동불편 어르신 주택에 방문하여 이동목욕차량.
목욕 서비스.

(5) 노인 그룹홈(소규모 요양시설 2동): 요양 어르신 9명 모시고
24시간 돌봄 서비스.

(6) 노인일자리 사업(노노케어): 건강한 어르신-건강치 못한 어
르신 돌봄 서비스

북익산노인복지센터는 정성을 다해 어르신들을 위해 돌봄과 섬김
의 봉사를 다하려 힘쓰고 있으며, 시니어클럽 설치를 추진 중이다.
북익산노인복지센터는 2회 연속 보건복지부 평가(만점) 최우수기
관으로 선정되었고, 2012년 기독교윤리실천운동본부가 수여하는

"지역 사회와 함께 하는 교회상"을 수상했다. 노인복지센터의 운영을 통해 기대하는 효과는 다섯 가지이다.

(1) 우리가 이 시대 감당해야 할 하나님께서 원하시는 예수님 선교
(2) 어르신들의 신앙 안에서 평안하고 소망이 있는 노년
(3) 교회 성도들의 일자리 창출 및 안정적 신앙생활 도모
(4) 교회활성화(항상 일하는 교회, 재정 및 봉사 활성화, 재투입 등)
(5) 소문이 좋게 남(교회 이미지 메이킹—전도와 선교에 큰 도움—교회를 찾아옴)

이 모든 선교과업에 교회는 노인학교운영위원회(원로회 주관)와 노인복지후원위원회를 통해 지원하고 있다.

3) 복지시설: 유휴시간 활용, 교회 동문(주 5일 근무시대)을 위한 게스트 하우스 활용, 수련활동
4) 저출산 시대를 맞이하여 우리 교회는 특별위원회에 출산장려위원회를 두어, 교인들의 출산 장려와 신앙적, 물질적 후원을 꾀하고 있다. 교회학교 활성화, 이 밖에 부모님 찾아뵙기 등.

III. 선교 패러다임의 전환

지역 사회와 함께 하는 우리 교회에 대한 소개를 마치면서 오늘의 신학계에서 선교 패러다임이 어떻게 전환되고 있는가를 간략하게 언급하고자 한다.

지난 2007년 세계적인 기독교 미래학자요 드류 신학대학 교수인 레너드 스윗이 우리나라의 한 기독교 단체의 초청을 받아 한국을 방문하여 "선교적 교회(Missional Church)만이 살아 남는다"는 제목으로 강연을 했다. 그는 "한국 교회가 교회 성장 중심보다는 선교적 교회로 거듭날 수 있도록 하루속히 체질 개선에 나서야 한다. 그렇지 않으면 교회는 미래의 변화하는 물결 속에 침몰될 수밖에 없다."고 강조했다. 그는 한국교회가 서유럽 교회를 타산지석으로 삼아야 된다고 말했다. 그는 유럽교회는 이미 박물관 교회로 전락했으며, 미국 교회는 현상유지적 교회에서 점차 박물관 교회로 가고 있고, 한국 교회는 현상유지적 교회로 변모되고 있다고 지적했다. 이는 현대 교회의 존립이 크게 흔들리고 있음을 경고한 것이라 생각한다. 이미 우리나라도 1990년 이후 교회가 마이너스 성장을 하고 있다. 그는 변화를 가져와야 할 바람직한 교회 모습을 크게 세 가지로 제시하고 있다. 그는 지금 교회가 몸살을 앓고 있다고 진단하고, 환자의 상태를 검진하기 위한 첨단 장비인 MRI의 머리글자를 따서 M-Missional(선교적), R-Relational(관계적), I-Incarnational (성육신적) 모델을 제시하고 있다.

이제 교회는 1) 교인 숫자를 늘리고 교회 몸집을 불리는 데 중점을 두는 '관심 끌기식' 선교에서 교회가 세상 속에 들어가 세상을 위해 섬기고 봉사하는 선교적 교회로 탈바꿈해야 한다는 것이다. 2) 교리에 매달리고 교훈을 일방적으로 쏟아내는 '명제 주입식 교회'(선언적)에서 이제는 하나님의 백성으로서 신실하게 살아가며, 성도 간에, 또 이웃 간에 사귐과 나눔을 가지는 삶으로 이끄는 '관계적 교회'로 바뀌어야 한다는 것이다. 3) 그리고 '상하 수직 식민지적 교회'(명령-복종)에서 말씀이 육신이 되어 이 땅에 오신 예수님처럼 겸손히 낮아져서 헌신하며 세상을 그리스도의 사랑으로 섬기는 '성육신적 교회'로서의 변화를 촉구하고 있다. 스윗은 이 선교적 교회가 교회의 본연의 모습(초대교회)임을 환기시키고 있다. 그리고 그는 "선교적 교회만이 미래의 변화하는 세상에서 살아남을 수 있고, 세상에 참 희망을 주며, 세상의 변화를 주도할 수 있다."고 거듭 강조했다.

교회는 시대마다, 또 위치한 지역 마다 선교적 과업이 있다. 스윗의 말처럼 "변화하는 미래에는 선교적 교회만이 살아남는다."는 말을 새겨 보아야 할 것이다. 시대적, 지역적 특성을 고려해서 선교 과업을 정해서 선교를 해나가야 할 것이다. 그렇지 않으면 서구처럼 박물관 교회가 될 수도 있다는 그의 말을 새겨 본다.

시베리아를 다녀오다

이형호
(남수원교회 담임목사)

지난 8월 9일부터 18일까지(8박 10일) 시베리아를 다녀왔다. (사)
희망래일에서 주관하는 "2015 유라시아 가는 길" 프로그램으로서 "안
도현 시인과 함께 하는 시베리아 인문기행"에 참여했다. 우리 일행 29
명은 9일 아침 10시에 대한항공으로 인천국제공항을 출발하여 두 시간
40분을 날아서 러시아의 블라디보스토크("동쪽을 정복한다"는 뜻)에 도
착했다. 이곳은 원래 중국 땅이었으나, 1860년 북경조약에 의해 연해
주가 러시아 땅이 되면서 러시아의 동방정책의 일환으로 만들어진 신
흥도시이다. 인천에서 출발하여 서해를 통해 북쪽으로 날다가 평양과
이북의 상공을 피하여 중국과 러시아 상공으로 우회하여 날아가는 비
행기 속에서 인천에서 바로 평양을 관통하여 극동지역으로 갈 수 있는
날은 언제나 올 것인가 하고 속으로 아쉬워하다가 공항에 착륙했다.

입국 수속을 마치고 한 시간을 버스로 달려 '우스리스크'라는 도시
에 가서 고려인 강제이주 첫 출발역(라즈돌로예)을 보고 나서 제일 먼저

'이상설 유허비'(수이푼 강가에 있음)를 찾았다. 이상설은 1870년 12월 충북 진천에서 태어났고, 1906년 이동녕 등과 블라디보스톡을 거쳐 간도에 가서 서전서숙을 설립하여 동포 자녀의 교육과 항일 민족정신 고취에 전념하다가, 1907년 고종 황제의 밀지를 받아 헤이그 만국평화회의에 이준, 이위종 등과 함께 참석하여 일본의 침략 행위를 세계에 알리려 했으나 실패했다. 이 때 이준은 자결을 단행해 세계를 놀라게 했다. 그 후 일제의 압력 아래 3인에 대한 궐석 재판이 진행되어 이상설은 사형, 이준과 이위종은 무기형이 선고되었고, 이상설은 1917년 연해주에서 병사했다. 2001년 광복회와 고려학술문화재단이 러시아 정부의 협조를 받아 수이푼 강이 내려다보이는 강가에 '이상설 유허비'를 세웠다.

이상설의 유해는 자신의 유언에 따라서 불태워져 강물에 뿌려졌다. 다음으로 여기서 가까운 곳에 있는 '발해 옛터'(발해성터)에 갔다. 1950년대에 한·러 합동발굴조사를 통하여 100여 개의 주춧돌과 대규모 목조 건물지가 확인되고, 이 성터에서 나온 집터(온돌), 유물 등의 증거를 통하여, 여기서 산 사람들이 고구려계라고 보고 있다. 유물들은 블라디보스토크의 극동대학에 소장되어 있다고 한다.

다음으로 우리가 찾은 곳은 안중근 의사의 이토 히로부미 암살 배후라고 할 수 있는, 시베리아 항일운동의 대부 최재형(1860. 8. 15 – 1920. 4. 5) 선생의 마지막 거주지를 찾았다. 그는 1860년 8월 함경북도 경원에서 태어나, 부친을 따라 만주를 거쳐 러시아로 이주해 살았고, 러시아 관리들과 한인들 사이에서 통역과 중재자의 역할을 하면서, 군용도로 건설 등의 관급공사를 맡아 경제적 성장을 이루고 인심을 널리 얻어 한인 지도자로 부상한 인물이다.

러일전쟁 후 일제의 한국 식민지화정책이 본격화되자, 의병운동을 적극 후원하며 국권수호운동에 나섰다. 1908년 동의회를 조직하여, 이 범윤 의병 부대에 군자금을 제공하고, 동포 신문 『대동공보』, 『대양보』 의 사장으로서 동포 사회의 민족의식 고취에 힘쓰고 재정 지원을 했으며, 경술국치 이후에는 1910년 '국민회'를 설립하여 회장으로 활동하였고, 1911년에는 '권업회'를 조직하여 회장으로 활동했는데, 권업회 는 겉으로는 한인들의 실업 진흥과 교육 장려 활동을 했으나, 속으로는 조국독립을 목표로 항일 민족 역량을 함양했다. 특히 1917년 러시아 혁명 후에는 '전로한족중앙총회' 의원, 대한국민회의 외교부장으로 활약하며 한인들의 통합과 진보적인 민족주의 활동을 펼쳤고, 1919년 4월 상해에서 성립한 '대한민국임시정부'의 재무총장으로 활약하다가, 1920년 연해주 지역의 러시아 혁명 세력과 한인독립운동 세력을 무력화하기 위해 일본제국이 한국인에 대한 대대적인 체포, 방화, 학살 등의 만행을 저지른 "4월 참변"이 자행되던 당시에 선생은 일본군에 납치되어, 4월5일 피살, 순국하였다. 정부는 선생의 공훈을 기리어 1962년 건국훈장 독립장을 추서하였다.

특히 1917년 러시아혁명 후에 선생은 전로한인중앙총회를 결성하고, 이어 1919년 블라디보스토크의 '신한촌'에서 임시정부인 '대한국민회의'를 결성하였다. 이는 나중에 '상해임시정부'로 통합되지만, 그 이전에는 한성정부, 상해 임시정부와 함께 각 지역을 대표한 해외 망명정부로서 만주와 연해주 지역의 한인을 대표하고 무장 항일 독립 투쟁의 중심으로 활동했다.

일행은 최재형 선생이 말년에 살았던 저택을 돌아보고, 가까이에 있는 '고려인 문화센터(140주년 기념관)'를 방문했다. 이곳은 1937년 가을, 스탈린에 의해 고려인 지도자 3000여 명이 학살당하고, 18만여 명

에 달하는 고려인 대부분이 시베리아 행 열차에 강제로 태워져 중앙아
시아로 강제 이주를 당한 역사의 흔적들을 모은 기념관이다. 강제 이주
당한 때로부터 70년, 곧 1991년 구 소련의 해체로 중앙아시아 국가들
이 독립하면서 이슬람민족주의에 기초한 이들 국가에서 고려인들은 또
한 번의 위기를 맞게 된다. 언어와 문화가 바뀌고 민족 감정들이 날카로
워지면서 고려인들은 이를 더 이상 견디지 못하고, 애써 가꾼 정든 삶의
터전과 집과 일자리를 버리고, 그들의 할아버지들이 살았던 제2의 고
향, 연해주로 돌아와 살게 되어 오늘에 이른다. 고려인문화센터는 이런
아픔의 역사를 간직한 고려인을 껴안고, 독립운동의 산실인 연해주의
역사적인 의미를 간직하여 민족정체성을 회복하는 역사적인 사업으로
서 2004년에 기획되어 2010년에 준공되었다.

우리 일행은 우스리스크에서 숙박하고, 다음 날 블라디보스토크로
이동하여 독수리전망대, 영화 "태풍"의 촬영지, 중앙광장(혁명광장), 연
해주 독립운동의 자취가 서려 있는 '신한촌 기념비', 러시아정교회 사
원, 향토 박물관 등을 보고, 북한 동포들이 운영하는 식당에서 식사한
후에, 블라디보스토크 역으로 이동하여, 새벽 1시에 이르쿠츠크 행 열
차에 올랐다. 총 4115km의 철도를 73시간 25분에 달리는 4인 1실의
시베리아 횡단 열차였다. 이번 여행의 백미라고 여긴 대륙횡단 열차는
타는 순간부터 고통의 연속이었다. 객차 한 칸에 배치된 일행은 무지막
지하게 뚱뚱한 할머니 차장과 순회하는 경찰과 군인의 통제 아래 군 훈
련소 같은 생활이었다. 무엇보다 열차 안의 더위는 승객이 녹초가 되게
하고, 가장 고통스런 것은 씻지 못하는 것이었다. 양치질하고 겨우 눈
곱 떼어내는 고양이 세수만으로 3박4일을 견뎌야 했다. 마귀할멈 같은
차장은 한 시간이 멀다하고 먹을 것을 사라고 윽박지르곤 했다. 러시아

본토인 남자들은 거의 모두 웃통을 벗고 있었고, 여자들도 맨살을 거의 드러낸 민소매 옷차림이어서 이방인들은 시선을 어디에 둘지 곤란했다. 일행은 지루한 시간을 달래기 위해 즉석 특강 시간을 가졌다. 동국대 교수가 경영학을, 창원대 교수가 건축학을, 우석대 교수인 안도현 시인이 시론을, 그리고 내가 기독교 전반과 우리 교단과 한신대학교에 대하여 강의했다.

그러는 사이에 차창 밖에는 끝없이 이어지는 울창한 자작나무 숲과 끝이 보이지 않는 시베리아 평원을 달려, 하바롭스크, 카림스카야, 울란우데 등의 도시를 경유하여, 마침내 승차 제3일과 1시간이 넘어 새벽 3시에 이르쿠츠크 역에 도착하였고, 에어컨은 물론 선풍기도 없고, 방충망도 없는 앙가라 호텔에서 단 몇 시간을 머물며, 출발 4일 만에 머리 감고 목욕하고 잠을 잤다. 불과 3시간을 자고, 목적지인 우리 '한민족의 근원지'(始原)라고 일컬어지는 '바이칼 호수' 안에 있는 '알혼섬'을 향해 버스로 6시간 30분을 달린 다음 드디어 '후지르' 마을에 도착했다.

여기서 잠깐, 에피소드 같은 사실 하나! 우리가 관광버스에 오를 때 발판에 "발에서 모래를 털고 타세요"라는 한글 안내를 보고 깜짝 놀랐는데, 알고 보니 우리나라 ㈜대우에서 생산한 중고버스를 수입해서 관광버스로 쓰고 있었다. (참고로, 우리가 경유한 시베리아 동쪽 지역은, 시내버스는 물론 관광버스의 절대 다수가 국산인 현대, 대우, 기아가 생산한 버스요, 승용차는 거의 다 일제 차량이었다.)

버스에서 내려 바지선을 타고 20분을 달려 알혼섬에 도착하여, 2차 대전 때에 소련군이 타고 다니던 4륜구동 승합차('우아직')에 타고, 40분 정도 비포장도로를 달려(이때 거의 모든 사람이 먼지, 매연, 난폭운전으로 구토하며, 죽음 직전을 경험했다!), 앞으로 이틀 간 묵어야 할 '부랴트 전통가옥'에 여장을 풀었다. 그 마을은 원주민들이 집단으로 마을을 이루고 관광객들과 함께 거하는, 우리나라의 '안동 하회마을'과 비슷한 시스템으로 운영되는 곳이다. 나무로 지은 2인 1실의 침대 2개만 갖춘 방들에 대충 200여 명이 함께 거할 수 있는 규모의 동네인데, 마을에는 식당이 오직 하나 있고, 화장실은 공동으로 사용하는 재래식(푸세식)이었으며, 동네를 통털어 샤워장이 오직 하나만 있을 만큼 열악한 환경이었다. (대륙횡단 열차보다는 조금 낫다고 하겠으나, 다시 가라면 기꺼이 사양하고 싶은 그런 곳이다.)

　여장을 풀고, 징키스칸이 묻혔다는 전설의 바위가 있는 '부르한 바위'와 온갖 정승들이 서있는, 전 세계에서 가장 '기'가 세다고 알려진 정상에서―나는 무뎌서 그런지 아무런 느낌이 없었다!― 장엄한 바이칼의 저녁노을을 만끽하며 하루를 마감했다.

　다음날 전 세계 샤먼들의 꿈과 이상이 서려있다는 바이칼('바이칼'은 '샤먼의 호수'라는 뜻이다)의 알혼섬 투어에 나섰다. 그 무시무시한 4륜구동 '우아직'을 타고 사라예스끼 해변과 사자섬과 움직이는 악어바위와 2차 대전 당시 포로수용소로 사용되었던 '삐시안까' 그리고 형제바위와 '하보이 곶'을 보고, 현지인 '우아직' 기사들이 끓여주는 바이칼에만 서식하는 '오물'로 끓인 민물생선국으로 현지식 점심을 먹었는데, 그것은 고추가루나 고추장과 소주나 보드카 없이는 숟가락도 들 수 없을 정도의 맛이었다. 그 후에 '사랑의 바위'를 관람하고 숙소로 돌아와 매우 거친 현지식으로 저녁을 먹고, 알혼섬의 마지막 밤에 캠프파이어를 했다. 여기서 우리 일행은 8월 15일 '70주년 해방과 광복 기념식'을 가졌다. 대한독립 만세와 진정한 해방과 평화통일을 소리 높여 외치는 만세 삼창과 함께, 기억을 더듬어, 광복절 노래를 오랜만에 더듬더듬 부르며,

시베리아에서의 '8.15 기념식'을 갖고, 모닥불에 감자와 소시지와 돼지고기를 굽고, 삶은 달걀을 까먹으며, 보드카를 서로 과하도록 권하는 것으로 피곤을 달래며 알혼섬에서 마지막 밤을 보냈다.

여기서 지낸 이틀 동안 가장 아쉬웠던 것은 푸세식 변소나 열악한 먹거리가 아니라, 사계절의 별을 한꺼번에 볼 수 있는 명소라고 소문난 곳에 와서 하늘에 떠 있어야 할 '별'이란 놈을 하나도 보지 못한 것이다. 다음날 바지선을 타고 섬에서 나와 기아가 만든 중고 관광버스를 타고 이르쿠츠크로 6시간을 달려 왔다. 도중에 이 도시를 '시베리아의 파리'로 만든 데카브리스트(12월 혁명 단원) 기념관('발렌스키의 집')에 들렀고, 이 도시의 대표적인 건축물이자 데카브리스트들의 묘가 있는 '즈나멘스키 수도원'에서 저녁 미사에 잠시 참석하고, 영화 '제독의 연인'의 실제 주인공인 꼴착 제독의 동상도 보았다. 일정을 마무리하며 저녁식사는 북한 동포들이 운영하는 '평양식당'에서 김치찌개로 먹고, '욜로치카'의 자작나무 숲 속에 지은 통나무 숙소에서 시베리아의 마지막 밤을 보냈다.

그런데, 황당한 일이 발생했다. '평양식당'에서 김치찌개와 소고기, 돼지고기로 차려진 밋밋하지만 풍성한 저녁밥을 먹고 나오니, 버스에 두고 내린 일행의 고급 카메라와 또 다른 일행의 여권과 카드가 담긴 가방을 도난당한 것이다. 즉시 현지 경찰에 신고하고, 당사자들은 경찰 조사를 받고, 카메라는 포기하고 여행자보험으로 약간의 보상을 받기로 하고, 잃어버린 여권을 발급 받으려 노력한 결과, 채 24시간이 지나지 않은 다음날 여권을 재발급 받았다. 이는 천우신조로 이르쿠츠크에 러시아 주재 한국영사관이 있었기에 가능했다.

그 다음날 조식 후에, 이번 기행의 마지막 투어로 먼저 부랴트족의 박물관과 민속공연을 보고, 재래시장을 거쳐서, 시베리아 전통 목조건축물과 원주민들의 생활상을 재현해 놓은 '딸지 민속박물관'을 관람하고, 정통 러시아식 사우나인 '반야'를 체험했다. 석식은 바이칼 호수에서만 서식하는 '오물'과 '샤슬릭' 요리로 마무리하고, 새벽 2시 30분 비행기로 4시간 반을 날아 인천에 도착했다.

이번 여행은 단순한 관광이기보다는, 해방·광복 70년이 지났으나 진정한 해방인 '분단 극복'과 '민족의 통일'은 아득하게만 여겨지는 반동의 역사를 살아가고 있는 답답한 현실에서, 광활한 대지 시베리아에 끌려가서도 피나는 노력으로 삶의 터전을 일구었으나 두 번이나 억지로 이주를 당하는 아픔 속에서 민족의 독립을 꿈꾸며 투쟁했던 자랑스러운 까레스끼아 선조님들의 자취를 잠시라도 따라가며, 못나고 못난 후손인 우리 자신들을 바라보는 의미 있는 시간이었다. 이번 여행은 단순한 해외여행이 아니라, 우리의 60·70년대와 흡사한 열악한 환경을 접해보는 극기 훈련 같은 피곤한 순례였지만, "느림"과 "멈춤," "되돌아봄"과 "멀리 바라봄"을 통해 민족, 국가, 역사, 그리고 우리들의 정체성을 고민해보는 의미 있는 기회였다. 그래서 누구나 일생에 한번쯤 시베리아 횡단 열차를 타보라고 권유하고 싶은 마음이다.

2부

영혼의 울림을 나누는
메시지

소소한 일상, 나누는 묵상

김현수
(들꽃 피는 학교/목사)

일주일에 한 번씩 몇몇 사람들과 묵상 나눔을 하고 있다. 그 가운데 몇 편을 소개한다. 그저 내 살아가는 소소한 이야기들인데, 친구들과 그 이야기들을 나누고 있다.

보는 바 그 형제

요한일서 4:20. "누구든지 하나님을 사랑하노라 하고 그 형제를 미워하면 이는 거짓말하는 자니 보는 바 그 형제를 사랑하지 아니하는 자는 보지 못 하는 바 하나님을 사랑할 수 없느니라."

"보는 바 그 형제"는 마땅히 사랑할 짝이다. 무수한 사람들 중에서 함께 부부가 되고 또 부모 자식이 되고 함께 동일한 사명을 가지고 일하는 사람들로서 살아간다는 것은 하나님께서 붙여준 사람들이다.

얼마 전 편지가 왔다. 10대 시절 함께 살던 친구인데 이젠 30이 다 되어간다. 지금 수감 중인데 때때로 편지가 온다. 답장을 해야지, 해야지 하다가 훌쩍 시간이 간다. "보는 바 그 형제"를 묵상하면서 후딱 답장을 하게 된다. 말씀의 자극이 늘 필요하다.

00에게

답장이 늦다. 미안!
건강히 잘 지내고 있다니 반갑다.
Y를 거기서 만났다니
옛 생각이 주마등처럼 스치는구나.
너나 Y나
수감생활이 한편에서는 답답하고
고역이겠으나 마음 잘 잡고 성찰하며
지내는 것 같아 안심이다.
필요한 책이 있으면 너나 Y나
알려주길 바란다.
사모님과 함께 너희들 면회를 한번 가자고
벼르고 있다.
마음한번 먹으면 훌쩍 갈 수 있는 거리인데,
뭐 바쁘다는 핑계로 못가고 있다.
Y에게도 안부전해주길 바란다.
주소 알려주고 편지 쓰라 해라.
하여튼 밥 잘 먹고

똥 잘 누고
운동 열심히 하고
책도 짬짬히 보고
나도 수감생활 한 3년 해보았지만
거기만한 "학교"도 없다.
인생대학이라 생각하고 공부하고…….

내일 전주로 아침 일찍 아내와 면회를 가기로 했다. 하늘의 별처럼 많은 사람들 중에 "눈에 보이는 그 형제"들은 함께 기뻐하고 함께 슬퍼하며 삶을 나눌 수 있도록 짝지어주고 붙여준 사람이라는 사실을 각성한다. 오늘 만나는 사람들, 생각나고 기도하게 되는 사람들, 하나님께서 짝지어주시고 더불어 살 수 있도록 한 사람들을 눈을 감고 생각해본다.

"눈에 보이는 그 형제"들이야말로 내가 하나님께로 들어가는 문이다. "눈에 보이는 그 형제"들이야말로 나를 향한 하나님의 궁극적 목적이다.

나를 잡고 있는 줄

마태 4:19. "예수께서 그들에게 '나를 따라오너라. 내가 너희를 사람 낚는 어부로 만들겠다.' 하시자 그들은 곧 그물을 버리고 예수를 따라갔다."

마태복음 3-4장에서는 고향과 부모와 친척집을 떠나 공적 삶을 시작하는 제자들의 이야기가 나온다. 세례요한은 유대 광야로 나온다. 낙

타 털옷을 입고 석청으로 끼니를 해결하며 세례를 베풀며 "회개하라"고
외친다. 하나님의 아들이시지만 예수님은 겸손하게 세례요한에게 세례
를 받으신다. 사단의 유혹도 받으신다. 그리고 공적 삶을 시작하신다.
제자들의 이야기는 좀 더 멋있다. 사람 낚는 어부로 만들겠다는 예수의
부름을 받고 그들은 '곧' 그물을 버린다. '곧' 배를 버리고 '바로' 아버지
를 떠난다. 이렇게 자기 자신을 떠나 어떤 부름을 따라가는 이야기는
어느 종교나 또는 사람의 성장 스토리에서 가장 아름답고 멋진 이야기
이다. '출가' 이야기는 멋이 있다.

　나에게도 이런 새로운 출발점에 대한 선망이 있다. 변화되지 않는
답답한 그 무엇으로부터 훨훨 날아가고 싶은 열망이 있다. 이전의 삶을
떠난 자의 멋진 삶을 살고 싶은 마음. 그래, 그런 마음으로부터 시작되
었다. 나에겐 그물과 배를 버린다는 의미가 매우 낭만적으로 해석되고
있는 면이 있다. 지금까지는 그런 덕분에 아이들을 만났고 아이들과 부
단히도 어딘가로 움직였다. 강원도 산 속을 헤매기도 하고 네팔로 떠나
려고도 했다. 그런데 이번 마태복음 3-4장을 묵상하는 가운데 얼토당
토않게 어릴적 소 먹이던 생각이 떠올랐다.

　강원도 농촌에서 자랄 때, 소 풀 뜯기는 일은 어린 나의 몫이었다.
방학 때면 아침에 소를 끌고 산으로 간다. 한 시간 쯤이나 소를 끌고
다니며 풀을 뜯긴다. 줄을 더 이어서 소가 풀을 잘 뜯어 먹을 수 있는
곳에 매놓고 내려온다. 저녁때에 가서 소를 끌고 집으로 내려온다. 저
녁 때 가보면 풀을 잘 뜯어먹고 한가로이 앉아서 되새김질을 하거나 여
전히 풀을 뜯고 있으면 소를 제대로 뜯긴 게 된다. 소가 나무에 칭칭
감겨있는 경우가 종종 있다. 강원도 산이란 그렇게 너른 평원이 아니니
소가 움직일 수 있는 반경에 나무가 있기 마련이다. 나무에 칭칭 감겨

움직이지도 못한 채 거품을 물고 서 있는 소를 보면 중간에 한번 와서 보지 못한 것에 자책이 된다. 줄을 확 없애버리면 하는 생각이 스쳐간다. 그래도 줄을 떼어내지 못하는 것은 소를 잃어버리기 때문이다. 연을 날리던 생각도 스쳐간다. 연도 줄에 매여 바람을 타야 하늘을 난다. 줄에 제한을 받지만 줄이 사라지는 순간 연은 그저 바람에 날려버린다.

나에게 매달린 줄이 보인다. 줄이란 내 성격일수도 있겠고 내가 서 있는 자리이기도 하다. 훌쩍 떠나지 못하게 나를 잡고 있는 줄이다. 그 줄을 타고 예수님이 나에게 오셨다는 생각이 된다. 그 줄을 타고 내 깊숙한 곳으로 들어가시면서 따라오라고 하신다. 답답한 네 자신이나 매일매일 그저 그렇고 그런 현실 한가운데로 저 하늘을 버리고 오신 예수께서 나를 이끄신다. 내가 떠나고 싶어 했던 그 곳으로…… 오직 당신만을 보라 하신다. 시대와 풍조에 따른 멋을 따라가지 말라고 하신다. 네 지지리 궁상을 사랑하라고 하신다. 그 분이 계신 곳은 앞이 아니다. 뒤다. 옆이다.

언제까지나 따뜻한, 죽음

마태 27:46. "제 구시쯤에 예수께서 소리 질러 이르시되 엘리 엘리 라마 사박다니 하시니 이는 곧 나의 하나님, 나의 하나님, 어찌하여 나를 버리셨나이까 하는 뜻이라."

사흘 만에 다시 살아나게 될 것을 알고 죽는 죽음이 죽음으로서의 진정성이 있는 것일까요? 그 죽음이 죽음일까요? 당신의 자식들이 겪는 고통과 절망과 죽음이기에 당신 가슴에 묻을 수밖에 없어 당하는 고통이고 죽음이었기에 당신 가슴도 시꺼멓게 죽은 죽음이라지만 그렇다 해도 3일 만에 다시 살아날 죽음이 죽음일까요?

팽목항 돌아오지 않는 자식들의 죽음 앞에서 당신의 절규 엘리 엘리 라마 사박다니… 당신은 3일 만에 다시 죽는다. 하늘 아버지도 죽는다. 속이란 속은 모두 타 죽는다. 이젠 없다. 아무 것도 없다. 없음. 저 하늘 은 없는 하늘 아버지 어머니의 얼굴이다. 언제까지나 따뜻한, 죽음이 삶을 껴안고 있다. (2014. 11. 19)

모래무지 매운탕

시편 26:1. "내가 나의 완전함에 행하였사오며 흔들리지 아니하고 여
호와를 의지하였사오니 여호와여 나를 판단하소서."

지난 밤 꿈이 선명하다. 물고기를 잡다. 어린 시절 맑은 냇가에 나가 손으로 움켜잡곤 하던 모래무지, 수수하면서도 품위가 있는 놈이다. 모 래무지는 모래 속에 보호색으로 몸을 숨기고 마치 자기는 없다는 듯 가 만히 있다. 물살이 흔들리지 않도록 살며시 다가가야 한다. 온 몸을 의 식하여 한 점 흐트러짐이 있어서는 안 된다. 나도 없는 듯이 움직여야한 다. 놈은 어느 순간 쏜살같이 사라진다. 순간의 싸움이다. 그 '어느 순간' 을 내가 잡느냐 모래무지가 잡느냐에 달려있다. 지난 밤 꿈에선 그 '어 느 순간'을 내가 잡았다. 잡은 후엔 부드러우면서도 단호하게 잡아채야 한다. 두 손바닥을 모아 만들어내는 공간으로 모래무지를 감싼다. 놈의 완강한 몸부림을 달래면서 물 밖으로 끌어올려야 한다. 지난 밤 모래무 지를 손으로 움켜잡은 꿈이 선명하다. 아직도 손바닥에 그 놈의 파닥거

림과 건져 올리던 움직임이 남아있다.

지난 밤 꿈처럼 오늘 하루를 살아가면서도 내 마음 속을 잡아내고 하나님을 향한 바램을 건져 올려 한 사발 쯤 모래무지 매운탕을 끓이고 싶다. 파 마늘 청양고추 썰어 넣어 얼큰하고 시원한 한 대접을 하나님께 드리고 싶다. 오늘 하루 그렇게 살고 싶다. (2015. 1. 27)

까닭 없이

시편 35:7. "그들이 까닭 없이 나를 잡으려고 그들의 그물을 웅덩이에 숨기며 까닭 없이 내 생명을 해하려고 함정을 팠사오니."

시편 35:19. "부당하게 나의 원수 된 자가 나로 말미암아 기뻐하지 못 하게 하시며 까닭 없이 나를 미워하는 자들이 서로 눈짓하지 못하게 하소서."

시인은 재난을 당한다. 그는 자신을 웅덩이 빠지게 하고 생명을 해 하려는 원수들에게 항변하지 않는다. 따지지 않는다. 왜냐고 묻지 않는 다. 그는 늘 하나님께로 간다. 시편들이 탄식과 절규와 항변으로 가득 차 있으면서도 삶에 대한 궁극적인 긍정과 신뢰로 가득 차 있는 것은 바로 그 때문이다.

시인은 시편 34편 21절에서 "악이 악인을 죽일 것이라."는 생각을 밝히고 있다. 악인은 악에 맡겨둘 일이라고 말하며 자신은 하나님께로 나아간다. 그는 악에 의해 부당하게 고통을 받으면 받을수록 하나님께 로 나아간다. 왜 그랬을까? 시인은 악의 특성을 "까닭 없다"고 파악한 다. 악에는 생각이 없다. 의도가 없다. 뜻이 없다.

나치의 유대인 학살로 악명 높았던 전범 아이히만은 2차 세계대전이 끝나고 오랜 시간 남미의 아르헨티나에서 숨어 지냈다. 그러던 그가 이스라엘 정보부에 붙잡혀 신문을 당하며 내뱉은 유명한 말이 있다. "나는 명령을 따랐을 뿐"이다. 그는 지극히 평범하고 성실한 당대 독일 가정의 남편이자 아버지였다. 그를 연구한 한나 아렌트는 그를 주제로 책 한 권을 썼다.『예루살렘의 아이히만』이다. 아렌트는 그 책속에서 이런 말을 남겼다. "참으로 불행하게 '생각하는 힘'은 인간의 다른 능력에 비해 가장 약하다. 폭정 아래에서는, 생각하는 일보다(생각하지 않고) 행동하는 일이 훨씬 쉽다." 그의 생각 없는 행동에 무수한 유대인들이 생명을 잃었다.

소년이 장난삼아 던진 돌에 개구리가 죽었다. 만일 죽은 개구리가 소년에게 왜 나에게 돌을 던졌느냐고 항변해서 그 이유를 알게 되었다면 개구리는 죽음보다 더 깊은 어두운 심연에 빠졌으리라.

시인은 이 사실을 잘 알고 있었다. 악에는 생각이 없다. 뜻이 없다. 의미가 없다. 사람의 마음을 지으시고 사람이 하는 일을 굽어 살펴보시는 이(시편 33: 15)는 오직 하나님이시다. 어떤 상황에서도 우리가 의미와 뜻을 묻고 자신을 성찰하는 자리는 악을 파헤치는 것을 통해서 되지 않는다. 애초에 거긴 의미도 없다. 생각 없는 행동만이 있을 뿐이다.

내 속에도, 우리 인류사회에도 힘겹고 어려운 일들이 많다. 뉴스를 보기가 두려울 때가 너무 많다. 그러면 그럴수록 하나님께 나아가야 한다. 울어도 불평불만을 해도 항변과 주저앉아 떼를 쓰더라도 하나님께 나아갈 때 비로소 진정한 평화에 이르고 길을 찾는다. 상처를 많이 가지고 있는 아직 어린 아이들에게 상처와 싸우지 않고 하나님과 씨름할 수 있도록 영향을 끼치고 싶다. 성령님께 의지한다. 어떤 상황 속에서도

시인처럼 하나님께 나아갈 수 있도록 인도하소서. (2015. 2. 6)

기쁨

시편 65: 11-12. "주의 은택으로 한 해를 관 씌우시니 주의 길에는 기름방울이 떨어지며 들의 초장에도 떨어지니 작은 산들이 기쁨으로 띠를 띠었나이다."

사회에서도, 내 영혼 속에서도 작은 산들이 기쁨으로 띠를 띠는 세상을 상상하다.

지난 토요일에는 들꽃아이들 69명이 2015년 한 해 동안 가슴에 품고 노력할 꿈과 목표를 발표하였다. 아이들은 스피치로 영상으로 또는 공연으로 또는 전시작품으로 자신들의 꿈과 목표를 친구들과 선생님들과 부모 역할을 맡는 후원자 앞에서 공개하고 지지와 응원을 받았다.

거리 생활을 하면서 꿈과 방향을 잃었던 아이들이 다시 고무되어 일어서는 모습을 지켜보는 것은 은총이다. 절망과 분노와 원망으로 하루하루 거리를 헤매던 아이들이 꿈을 꾸며 2015년의 목표를 세우고 어떻게 땀 흘릴지를 상상하는 것은 주님의 은택이다. 들꽃 부모들은 아이들의 모습을 보면서 진심으로 기뻐하였다. 아이들이 씩씩하고 당당하면 씩씩하고 당당한대로, 쑥스러워하고 긴장하면 또 그 모습대로 귀엽고 예뻐서 어쩔 줄 몰라 했다. 아이들의 얼굴도 발갛게 상기되었지만 그 아이들을 바라보는 어른들의 얼굴도 발갛게 물들었다.

꿈과 목표를 발표하고 나서 아이들과 선생님들과 들꽃 부모들 160명이 함께 삼겹살을 먹었다. 잔치, 정말 큰 잔치였다. 아이들에게 삼겹살을 사서 먹이면서 들꽃 부모들은 작은 산들이 기쁨으로 띠를 띤 모습들을 바라보았다.

작은 산들이 기쁨으로 띠를 띤 모습을 보게 하신 하나님, 감사합니다. 들의 초장에 떨어지는 하나님의 기름방울들을 묵상합니다. 작은 산들이 기쁨으로 띠를 띠는 모습을 바라보며 함께 기뻐하며 응원하는 들꽃 부모들을 축복합니다. (2015. 3. 20)

앙증맞은 꽃

시편 95:2. "우리가 감사함으로 그 앞에 나아가며 시(詩)로 그를 향하여 즐거이 부르자."

감사 1

그룹 홈 두 가정의 아이들과 교사들과 함께 저녁식사를 하다. 식사를 하게 된 이유는 남자 가정에서 새로운 아이가 들어왔고 기존에 있던 아이들이 폭력을 당한다고 호소하여 다른 가정의 아이들까지 새로운 아이의 강제 퇴소를 요구하기에 이르렀다. 폭력을 행사하는 아이가 뒤늦게 참석하여 아이들의 주장에 대하여 자신을 변호하게 되었다. 소위 가해자와 피해자간에 그간의 이야기를 직접 들어보니 이야기가 많이 과장된 것이 드러나게 되었다. 새로 들어온 아이는 자신이 그렇게 두려움과 기피의 대상이 된지도 몰랐다며 앞으로 다시는 폭력을 사용하지 않겠다고 서약을 하였다. 이야기만 듣던 다른 집 아이들도 실상을 많이 파악하고 2주 후에 저녁식사를 하기로 하다.

어제 저녁 식사자리에서 세 명의 아이들에게 물어보았더니 요즈음에는 마음이 편하다고 한다. 즐겁게 식사를 하고 수다를 떤다. 돌이켜보면 당사자들과 곁에서 지켜보는 자들이 자리를 함께 하고 속 이야기를 하는 것이 쉽지 않았는데 하나님께서 이끌어주셨음을 고백하게 된다. 문제가 해결되기 위해서는 많은 요소들이 있는데 그 중에 하나라도 빠지면 문제는 해결되지 않고 파국을 맞는다. 만일 그 자리에 새로운 아이가 끝까지 참석하지 않았다면 당사자 간에 속이야기도 나누지 못하고 주변에 있는 사람들은 문제의 실상을 파악하지도 못했을 것이다.

감사 2

지진으로 인한 네팔의 참상에 대하여 우리와 연결된 그룹 홈으로 인하여 빠르고 소상하게 그 소식을 전해 듣게 되고 여러 후원자들이 동참해주어 6월에는 네팔을 방문하기로 하다. 네팔의 현장을 방문하여 어떻게 실제적으로 도울지를 살펴볼 수 있도록 계획할 수 있게 하심에 감사. 특히 들꽃의 아이들도 후원에 기꺼이 동참할 수 있도록 인도하심에 감사. 감사한 일을 생각해보니 모두가 감사.

요즈음 사고 실험이라는 단어를 생각하고 이러저런 시나리오를 생각할 수 있게 하심에 감사. 살아있다는 것에 감사 숨 쉬고 걸어 다니고 밥 먹고 소화시키고 산에 올라 땀 흘릴 수 있음에 감사. 감기 중에도 활동할 수 있음에 감사. 어머니 노인정에서 총무일 하시고 딸네들 잘 살고 있음에 감사. 전북지부가 빠르게 지역 사회에서 활동하고 들꽃 자립생들이 결혼하는 일이 종종 있음에 감사. 무엇보다 아내와 함께 서로 보완하며 일할 수 있음에 감사. 연약하고 허술한 것도 감사. 그냥 지나칠 일을 지나칠 수 있게 하심에 감사. 무디게 생각할 일을 무디게 하심에 감사. 감사, 감사, 감사. 감사할 일이 5월 들판에 들꽃이 피어나듯 지천이다. 들꽃은 허리를 숙이고 몸을 낮추고 자세히 보아야 앙증맞은 아름다움을 보여준다. 감사도 그렇다. (2015. 5. 4)

공간

마가 2; 27-8. "또 가라사대 안식일은 사람을 위하여 있는 것이요 사람이 안식일을 위하여 있는 것이 아니니 이러므로 인자는 안식일에도 주인이니라."

공간, 예수 그리스도가 만들어내는 공간을 묵상하다. 거부할 수 없는 법과 명분으로 세상의 공간이 사로잡혀 있다. 거부할 수 없지만 사람을 살리는 법과 명분은 아니다. 사람을 억압하고 죽이는 것을 정당화한다. 거짓인데 거부할 수 없는 법과 명분이 세상을 거미줄처럼 사로잡고 있다. 이를 거역하는 자는 신성을 모독하는 자이다. 반역이다.

마가복음 1-2장에는 새로운 공간이 펼쳐진다. 거미줄을 걷어내고 법과 명분의 실제, 권세 있는 교훈으로 사람을 살리고 사람을 세우는 예수 그리스도께서 만들어내는 공간. 그 공간은 시끌벅적하다. 사람들이 살아난다. 병이 낫고 다시금 활기가 솟는다. 삶의 의미가 충만해진다.

지난 토요일에는 40여명의 청소년들이 올 해 자신들이 세운 꿈과 목표를 가지고 어떻게 살아가고 있는지 중간 발표회를 가졌다. 한 아이는 자신은 꿈을 이루었다고 했다. 자신의 꿈은 사회복지사가 되어서 자신처럼 어려움을 겪는 친구들을 돕는 일인데 꿈을 이루었단다. 자신은 꼭 대학에 가서 사회복지사 자격증을 따야 사회복지사가 되는 것이 아니라고 생각하게 되었단다. 자신이 지금까지 거리생활을 하면서 겪고 또 들꽃에서 선생님들을 만나고 또 좋은 분들을 만나 활동하면서 깨달은 것을 사이버에서 상담을 하게 되었단다. 자신이 정말 사이버 상담을 하면서 자신이 청소년이기에 더욱 도움이 된다는 것을 느끼게 되고 정말 진정한 사회복지사 일을 한다는 자부심을 갖게 되었단다. 그래서 꿈을 이루었다고 생각한다고 담담하게 이야기한다. 늘 꿈을 미래로 생각하던 청소년들과 어른들에게 큰 울림을 주는 시간이었다. 청소년들은 청소년 자신들에게 더 잘 도전과 영향을 받는다. 발표를 하는 공간이 따뜻하고 활기차게 살아나는 것을 느낄 수 있었다.

지난 주간에는 또 함께 우리 큐티 공동체의 최은경, 최현경 님이 들꽃의 여러 현장을 방문해서 아이들과 실무자들을 격려해주었다. 최현경 님은 후원금을 전달해주었는데 삶과 마음이 진하게 녹아있는 선물이었다. 최은경 님은 들꽃을 다녀간 후에 전에 몇 아이들이 바리스타 교육을 받도록 도왔는데 한 아이가 꾸준히 노력하여 1급 자격증에 도전한다는 소식을 확인하고 너무너무 기뻐하였다. 정말 기뻐서 아이를 돕고 싶다고 하였다. 이런 일들을 돌아보면서 예수 그리스도께서 만들어내는 공간에서 이루어지는 일들임을 확인하게 된다.

하나님의 아들이신 예수 그리스도께서 사람의 아들이 되셨다. 우리 가운데 내려와 하늘의 공간을 펼쳐놓으셨으니 오늘도 감시와 기쁨으로 그 공간을 누리고 나누자. (2015. 7. 28)

선한 일을 위하여
(에베소서 2장 10절)

김진덕
(능동교회 담임목사)

바울은 에베소 교회에 보낸 편지에서 우리는 그리스도 예수 안에서 선한 일을 위하여 지으심을 받은 자라고 말합니다! 참 의미 심장한 말입니다. 하나님은 우리를 선한 일을 하며 살도록 만들었다는 것입니다. 태초에 하나님이 인간을 지으실 때 하나님의 형상을 따라 지었다고 창세기는 증거하고 있습니다. 하나님의 형상을 따라 지어졌다는 것은 선하게 만들어졌다는 것입니다.

하나님의 선하심! 그런데 최초의 사람은 사탄의 유혹을 받아 그 선함을 내팽개쳤습니다. 하나님의 선함 대신 사탄의 악함을 받아 들여 타락하게 된 것입니다. 그것을 원죄라고 말합니다. 그 뒤로 인간은 때로 선한 마음을 가졌다가도 사탄이 심어 놓은 악함으로 되돌아가기 일쑤였습니다. 이스라엘 백성을 통해 하나님의 인류 구원의 역사를 이루는 과정에서도 수많은 악한 자들이 일어나 하나님을 원망하고 배신하고 우상을 섬기고 사람을 죽이고 곤경에 빠뜨리는 일이 계속되었습니다. 그래서 인간은 끊임없이 희생의 제사를 드려야 했습니다. 소와 양과 비둘기를 잡아 그 피를 흘려 하나님께 드리며 죄를 사함 받아야 했습니다.

이천 년 전 예수 그리스도께서 이 땅에 오셔서 자신을 하나님께 드리는 대속의 제물로 화목제를 드리므로 하나님이 인간을 지은 처음 형상을 회복하는 길이 열렸습니다. 죄를 사함 받은 성도의 삶은 오늘 바울이 말한 것처럼 선한 일을 위하여 새롭게 태어난 피조물의 삶인 것입니다. 그런데 우리는 자꾸만 그 아름다운 형상을 잃어버리고 살 때가 많습니다. 어느 순간 미워하고, 어느 순간 증오하고, 어느 순간 시기하고 질투하고, 나중엔 후회 하면서도 그때의 상황에서 절제를 하지 못할 때가 많습니다. 저도 물론입니다. 아! 내가 그 때 왜? 조금 져주면 될 걸, 왜 그랬을까? 아무 것도 아닌 것 가지고 후회 할 때가 많습니다.

인도 여행가 류시화 씨가 쓴 책들 중에 『지구별 여행자』라는 책이 있습니다. 저도 인도를 가보았기 때문에 흥미를 가지고 읽었습니다. 묘한 매력이 있는 나라. 지저분하고, 더럽고, 덥고. 그런데 다녀오면 또 가고 싶은 나라가 인도라는 나라입니다. 언젠가 은퇴 후 그 곳에 가서 몇 년 동안 선교할 기회를 가지면 어떨까? 이번에 인도 선교사 정병권 목사가 방문했을 때도 그런 얘기를 나누었습니다.

인도에는 천만 명이 넘는 수도자들 구루라고 불리는 사람들이 있는데, 여행하면서 그들을 만나 나눈 많은 이야기들을 담은 책이 『지구별 여행자』입니다. 제가 갔을 때도 그런 수도자들을 많이 보았습니다. 그 책 중에 제 눈길을 끄는 한 대목이 있습니다.

한 수도자를 만났는데 그는 아주 행색이 꼬질꼬질한 남루한 사람이었습니다. 그는 불교 수도자였는데, 그가 이런 말을 합니다. 네 자신이 부처인데 자꾸 부처 아닌 척 하지 말라. 류시화 씨는 이 말을 듣는 순간 무언가에 얻어맞은 것처럼 큰 충격을 받았다고 합니다. 너는 자비로운 사람인데 자꾸 자비롭지 않은 사람처럼 살지 말라는 것! 저도 이 말에 공감합니다. 기독교적으로 말하면 우리는 하나님의 형상대로 지음을 받았고, 예수의 보혈로 새 사람이 된 성도요, 거룩한 백성입니다. 이것이 나의 자화상입니다. 그런데 자꾸 거룩하고 선한 내 자신을 잊어버린다는데 문제가 있습니다.

간음한 여인에게 예수님은 "네 죄를 묻지 않노니 이제 다시는 죄를 짓지 말라!" 하시며, 그녀를 용서해 주셨습니다. 그래서 이 여인은 이제 죄인이 아닙니다. 우리도 마찬가지입니다. 네 주홍빛 같은 죄를 내 피로 사유^{赦宥}해 주었으니 이제 나를 본받아 살아라! 바울이 말한 것처럼 이제 내가 산 것이 아니요 내 속에 예수 그리스도가 산 것이라! 성도는 그 사실을 잊지 말아야 합니다. 이것이 바로 거룩한 자존심입니다. 이 자존심을 잃어버릴 때 성도의 고귀한 자리에서 추락하게 되는 것입니다!

극장에 가서 애절한 영화를 보면서 한국 사람들은 눈물을 펑펑 쏟으며 웁니다. 분명 영화인데 말이지요. 가짜로 만든 얘기인데 실화를 바탕으로 한 것이라도 배우가 다시 연기 하는 것인데 내 일인 양 펑펑 웁니다. 어릴 때「저 하늘에도 슬픔이」라는 영화를 보는데 주위에서 모두가 아주 목 놓아 웁니다. 참 우리나라 사람들은 정이 많습니다. 그러면서도 동시에 너무도 쉽게 욱 합니다. 사람을 너무나 쉽게 죽입니다. 이 층 집 소음이 크다고 칼로 찔러 죽입니다. 나를 째려 봤다고 흉기를 가

지고 죽입니다. 돈 갚지 않는다고 상대편 집에 불을 지릅니다. 집 앞에
차를 댔다고 못으로 새 차를 주욱 그어 버립니다. 불도 지릅니다. 이런
사회가 되었습니다.

성도들도 이런 사회에서 살아야 합니다. 그래서 착하고 순하면 사실
손해를 본다는 생각을 가지게 됩니다. 그래서 억지로라도 나는 무서운
사람이라는 것을 보여주기 위해 인상을 독하게 하고 다닙니다. '나 만만
한 사람 아냐' 하는 표정을 짓고 삽니다. 성도의 참 모습, 선한 목자이신
주님을 닮은 그 모습을 감추고 삽니다. 왜? 손해 볼까봐! 그러나 성도는
거룩한 자존심을 버릴 수 없습니다. 선한 모습을 다르게 위장해서는 안
됩니다. 양보와 배려 희생과 배품! 손해가 아닙니다. 그것은 하나님이
30배, 60배, 100배로 갚아 주십니다. 부지중에 천사를 대접한 아브라
함은 한없는 축복을 약속 받았습니다. 그것을 믿는 것이 믿음입니다.

19세기 중엽 미국에 존 록펠러(John Rockefeller, 1839-1937)라는
사람이 있었습니다. 그는 어릴 때 이런 결심을 했습니다. "나는 장차 이
세계에서 제일 돈을 많이 번 갑부가 되리라." 그래서 그는 철이 들면서
부터 돈을 버는 일에 완전히 혈안이 되어서 살았습니다. 그는 일찍이
유전에 손을 대었습니다. 그리해서 33세라는 젊은 나이에 스탠다드 석
유회사의 사장이 되었습니다. 젊은 나이임에도 불구하고 백만장자의
대열에 이미 올라서게 되었습니다. 그로부터 10년 뒤 43세에, 그는 미
국에서 처음으로 대규모의 트러스트를 형성해서 세계에서 가장 큰 재
벌기업의 총수가 되었습니다. 그 후 10년 뒤 53세에, 그는 세계에서 단
한 명밖에 없는 억만장자가 되었습니다. 그의 소원대로 세계에서 제일
가는 갑부가 되었습니다. 그럼에도 불구하고 그는 만족하지 않고, 계속

해서 돈벌레처럼 돈을 버는 일에 동분서주했습니다. 돈은 많지만 결코 풍요로운 삶을 살지 못했습니다. 그러다가 쓰러졌습니다. 불치병에 걸렸습니다. 머리카락이 다 빠져버렸습니다. 잠을 자지 못해서 불면증에 시달리게 되었습니다. 음식을 먹어도 소화가 되지를 않습니다. 그가 하루에 먹는 것은 기껏해야 우유 한 잔과 비스킷 몇 조각이 전부였습니다. 의사는 그를 진찰해 보고 일 년을 넘기기는 어려울 것 같다고 진단을 내렸습니다.

그는 그 동안 돈 버는 일에만 혈안이 되었기 때문에 원수도 많았습니다. 그가 죽기를 바랐던 사람들이 그만큼 많았다는 이야기입니다. 드디어 그는 죽음을 눈앞에 두고 자신의 삶을 정리하기 시작했습니다. 평생 처음으로 하나님의 말씀인 성경을 놓고서 한 마디 한 마디 깊이 묵상하기 시작했습니다. 그런 가운데 결정적으로 자기의 삶의 잘못이 무엇인지 깨닫게 하는 구절이 있었습니다. 그의 삶을 180도 바꾸게 했던 구절입니다. "주라, 그리하면 너희에게 줄 것이니 곧 후히 되어 누르고 흔들어 넘치도록 하여 너희에게 안겨 주리라. 너희의 헤아리는 그 헤아림으로 너희도 헤아림을 도로 받을 것이니라." 지금까지 움켜쥘 줄만 알았지 손을 펼 줄을 몰랐습니다. 주는 삶을 살지 않았습니다. 모으기는 많이 모았는데 풍요로운 삶을 살지 못한 것입니다.

그는 자신의 삶을 정리하는 심정으로 드디어 손을 펼치기 시작했습니다. 가난한 사람들에게 나누어주기 시작했습니다. 자기 재산의 일부를 교회에 헌금했습니다. 사회적으로 뜻있는 일에도 많은 금액을 희사했습니다. 그는 돈을 기부해서 시카고 대학도 세웠습니다. 드디어 1931년에는 자선사업을 체계적으로 하기 위해서 록펠러 재단을 만들었습니다. 그 뒤 그는 계속해서 뜻있는 일에 돈을 많이 썼습니다. 그가 손을 펼치고 나니까 놀라운 일이 벌어졌습니다. 그의 마음에 평안이 찾아왔습니다. 잃었던 잠을 회복하게 되었습니다. 입맛도 돌아왔습니다. 건강도 서서히 회복되었습니다. 의사는 분명히 54세를 넘기지 못할 것이라고 예언했는데 록펠러가 얼마나 살았는지 아십니까? 98세까지 건강한 몸으로 장수했습니다. 일평생 동안 그가 자선사업에 희사한 돈이 5억 달러가 넘었습니다. 그리고 그의 다섯 아들을 통해서 수십 억 달러가 자선사업을 위해서 쓰였다고 합니다.

우리 하나님은 신실하십니다. 우리가 다른 사람에게 우리의 것을 주면 무슨 모양으로든지, 누구를 통해서든지 하나님께서 반드시 보상해 주실 것입니다. 예수님이 가르치신 주기도문에 "우리가 우리에게 죄지은 자를 용서해 준 것같이 우리 죄를 용서해 주옵시며."라는 기원이 있습니다. 그것이 주님이 가르치신 기도입니다. 그런데 우리는? 그렇게 살고 있습니까? 아니면 너 한번 두고 봐라 언젠가 큰 코 다칠 때가 있어, 그때 보자, 이러고 살진 않습니까?

성도는 성도다워야 합니다. 나의 신앙의 자리는 지금 어디 있습니까? 하나님의 최초의 인간에게 하신 질문이 무엇입니까? "아담아 네가 어디 있느냐?" 바로 이 질문입니다. 그것은 지금 나에게 묻는 질문입니다. 네가 나를 닮은 성도의 거룩한 자리에 있느냐? 선한 사람으로 사느냐? 그렇지 않다면, 그 자리를 회복하라! 그 (선한) 사람을 회복하라! 그래서 내가 주는 은총과 복을 누려라! 오늘 이 성전에서 이 음성을 듣는 성도들이 되시기를 축원합니다.

그는 우리의 평화통일입니다*

(엡 2:11-19)

정상시
(안민교회 담임목사)

"그리스도가 우리의 평화입니다."

에베소 교회에 보낸 바울의 편지 한 구절이지만 사실은 초대교회의 공동의 신앙고백이었습니다. 지금 우리는 이 구절을 쉽게 읽지만 당시에는 로마제국에 도전하는 위험한 시국선언이었습니다. 로마제국이 '로마가 평화다'(팍스 로마나)라고 선언할 때 교회는 '아니! 그리스도가 우리 평화다'라고 고백 선언을 한 것입니다. 반체제 시국선언이었습니다. 그 때문에 초대교회가 엄청난 박해를 받았습니다. 야고보와 스테반이 순교를 당하였고 베드로 등 많은 교회 지도자와 성도가 갇히거나 유배당했습니다.

예루살렘 박해에 이어 로마 대박해가 시작되었습니다. 왜, 맨손의 그리스도인들을 로마가 그토록 모진 박해를 했을까? 전쟁을 통해 유지

---

* 2015. 1. 5 기독교장로회총회 월요 평화통일기도회 설교문

되는 가짜 평화 제국 로마에게는 참 평화가 두려웠고, 존재의 뿌리를 흔드는 치명적 위협요소로 생각했기 때문입니다. 세상이 입으로는 평화를 말하면서 '평화의 사람들'을 탄압할 때가 많습니다. 우리 역사에서도 평화가 탄압을 받았습니다. 평화와 상생의 도(道), 동학이 무참히 탄압을 받았습니다. 분단독재 이승만 시대, 평화통일을 주장하는 사람들은 빨갱이로 몰려 죽임을 당했습니다. 진보당 당수 조봉암에 대한 '사법살인'은 대표적인 사례일 것입니다.

그 후 군사독재 시대도 평화통일을 주장하는 사람들은 숱한 박해를 받았습니다. 전쟁과 분단세력에 의한 평화통일 일꾼에 대한 탄압은 아직도 끝나지 않았습니다. 이렇게 분단 70년이 되었습니다. 오늘은 분단 70년을 맞는 새해, 첫 평화통일 월요기도회입니다. 이제 분단의 바벨론 포로 시대 70년이 끝나고 평화의 새 시대 도래를 바라볼 때입니다. 막힌 담을 허무시고 평화의 왕 예수 그리스도가 오십니다. 사망의 그늘진 이 땅에 오시는 평화의 왕 예수를 일어나 영접합시다. "그리스도가 우리의 평화통일이다."고 깃발 들고 환영하며 행진을 합시다.

세상의 평화와 다릅니다

예수께서 말씀하셨습니다. "평안을 너희에게 끼치노니 곧 나의 평안을 너희에게 주노라 내가 너희에게 주는 것은 세상이 주는 것과 같지 아니 하니라 너희는 마음에 근심하지도 말고 두려워하지도 말라"(요 14:27). 로마는 평화의 깃발 아래 전쟁을 일삼았습니다. 억압, 수탈했습니다. 세리들을 통해 흡혈귀처럼 백성의 고혈을 빨았습니다. 포로들을 노예로 삼았습니다. 그것이 제국의 본질입니다.

일본제국도 그랬습니다. 동양평화東洋平和의 깃발 아래 침략 전쟁을 했습니다. 조선을 침략하고 만주사변을 일으켰습니다. 그 때 일본이 내세운 깃발이 '대동아 공영권'이었습니다. 얼마나 좋은 말입니까? '동아시아가 평화롭게 함께 잘 살자'는 뜻입니다. 실상은 전쟁, 학살, 억압이었고 동아시아를 일본이 식민지로 잡아먹겠다는 말입니다. 그 거짓 평화의 깃발 아래 많은 젊은이들이 총알받이로 끌려가 죽었고 여인들이 전쟁 위안부로 끌려가 성노예가 되었습니다. 오늘도 그런 가짜 평화가 판을 치고 있습니다. 평화의 깃발 아래 전쟁을 연습합니다. 평화의 이름으로 싸우고 있습니다. 또한 물신주의物神主義 사탄이 왕 노릇 하는 황금 제국이 평화의 깃발을 흔들며 사람들을 '쩐의 전쟁'으로 몰아넣고 있습니다. 전쟁 통 세상, 약육강식의 사회입니다.

며칠 전 타계한 세계적 사회학자 울리히 벡은 『위험사회』라는 책을 통해 '평화 없는 황금 제국'의 위험을 경고했습니다. 이 시대 예언자였습니다. 이것이 세상의 평화의 실상이요 본질입니다. 예수 그리스도의 평화는 다릅니다. 그 평화는 무력이나 정치군사적인 파워게임용 평화가 아닙니다. 약함의 강함이고 섬김의 평화이고 다양성 속의 일치를 이루는 평화입니다. 그 평화가 통일의 힘입니다. 초대교회처럼 우리도 가짜 평화, 전쟁 통 세상에서 깨어 일어나 "그리스도가 우리의 평화요 통일입니다."고 고백하고 기도해야 할 때입니다. 이 땅에 평화와 통일의 날은 도둑처럼 올 것입니다.

십자가 평화입니다

그리스도의 평화는 십자가 평화입니다. 예수께서 말씀하셨습니다.

"이방인의 집권자들이 그들을 임의로 주관하고 그 고관들이 그들에게 권세를 부리는 줄을 너희가 알거니와 너희 중에는 그렇지 않아야 하나니 너희 중에 누구든지 크고자 하는 자는 너희를 섬기는 자가 되고 너희 중에 누구든지 으뜸이 되고자 하는 자는 너희 종이 되어야 하리라"(마 20:25-27).

예수의 길은 십자가 길이었고 그 길은 어리석은 것 같지만 지혜롭고 약한 것 같지만 강합니다. 죽음으로 사는 것이고 줌으로서 얻는 것입니다.

바울의 고백입니다. "십자가의 도가 멸망하는 자들에게는 미련한 것이요 구원을 받는 우리에게는 하나님의 능력이라"(고전 1:18). 십자가 도는 담을 허무는 능력이 있습니다. 십자가의 도 앞에 막힌 담이 허물어집니다. "거기에는 헬라인이나 유대인이나 할례파나 무할례파나 야만인이나 스구디아인이나 종이나 자유인이 차별이 있을 수 없나니 오직 그리스도는 만유시요 만유 안에 계시니라"(골 3:11).

오늘 본문도 말합니다. "또 십자가로 이 둘을 한 몸으로 하나님과 화목하게 하려 하심이라 원수 된 것을 십자가로 소멸하시고"(엡 2:16). 그 뿐 아닙니다. 십자가는 우리 안의 자아의 여리고성을 무너뜨리는 능력이 있습니다. 자기중심주의, 옛사람의 자기 아성들이 무너져야 평화가 옵니다. 그렇지 않으면 끊임없이 이웃과 형제를 찔러 아프게 합니다. 빅토르 위고 단편소설에 나오는 이야기입니다. 대포를 실은 배가 태풍을 만나 대포를 묶은 밧줄이 끊어졌습니다. 선원들은 배 안에서 구르는 대포를 고정시키려 노력했지만 허사였습니다. 그때 선원들은 외부 대풍보다 배안의 대포가 더 위험하다는 사실을 깨달았습니다. 그 대포를 녹이는 힘이 십자가의 도道에 있습니다. 옛사람을 죽여야 합니다.

야곱이 얍복강 나루에 밤을 새우며 하나님과 씨름하는 가운데 옛사람 야곱은 죽고 새사람 이스라엘로 거듭납니다. 아침에 일어나 얍복강을 건너 가나안 땅으로 절뚝이며 걸어가는데 브니엘의 해가 떠올랐습니다(창 32:31). 야곱의 새해였습니다. 술수와 잔꾀로 약취(掠取)의 삶을 살아왔던 야곱이 주는 사람으로 바뀌었습니다. 그 동안 원수로 등지고 살았던 형 에서를 위해 많은 선물을 준비하고 가나안으로 갑니다. "암염소가 이백이요 숫염소가 이십이요 암양이 이백이요 숫양이 이십이오 젖나는 낙타 삼십과 그 새끼요 암소가 사십이요 황소가 열이요 암나귀가 이십이요 그 새끼가 나귀 열이라"(창 32:14-15).

술수와 잔꾀, 탐욕의 삶을 살아왔던 야곱의 변화가 놀랍습니다. 형과의 막힌 담을 허물고 평화의 아침을 열기 위해 아낌없이 주는 나무가 된 것입니다. 야곱의 십자가의 도입니다. 야곱은 이로서 하나님의 자녀로서 장자권자가 된 것입니다.

평화의 일꾼으로 삽시다

예수께서 말씀하셨습니다. "화평하게 하는 자는 복이 있나니 그들이 하나님의 아들이라 일컬음을 받을 것임이요"(마 5:9). 평화를 위해 일하는 평화의 일꾼이 하나님의 자녀라는 예수 말씀입니다. 그런데 지금, 하나님의 자녀를 자처하는 많은 교회들이 민족의 평화와 통일보다 분단의 담을 쌓는 분열의 영, 악령의 일을 하지 않았는지 돌아볼 일입니다. 화평케 하는 일은 게을리 한 채 민족의 화해와 통일보다 미움과 정죄로 분단의 담 쌓는 일을 계속한다면 "내가 너희를 도무지 알지 못하니 불법을 행하는 자들아 내게서 떠나가라."(마 7:23)는 예수님의 준엄한 책망을 면하기 어려울 것입니다.

교회는 마땅히 평화의 왕 예수를 따라 평화의 일꾼의 사명을 감당해야 합니다. 전쟁 통 세상에서 평화 의 꽃을 가꾸는 농부가 되어야 합니다. 초대교회는 그 사명을 자각하였습니다. "모든 것이 하나님께로서 났으며 그가 그리스도로 말미암아 우리를 자기와 화목하게 하시고 또 우리에게 화목하게 하는 직분을 주셨으니 곧 하나님께서 그리스도 안에 계시사 세상을 자기와 화목하게 하시며 그들의 죄를 그들에게 돌리지 아니하시고 화목하게 하는 말씀을 우리에게 부탁하셨느니라"(고후 5:18 -19).

한국교회는 분단의 상처를 치유하고 평화의 일꾼으로 거듭나야 합니다. '화목하게 하는 직책' 사명을 외면한 채 '악하고 게으른 종'으로 살아온 우리 모두의 죄책을 고백하고 회개해야 합니다. 아프게 성찰해야 합니다. 그리고 이제 달라져야 합니다. 독일교회는 독일 통일의 결정적 역할을 했습니다. 그것은 주님이 주신 우리의 사명이기도 합니다. 주님의 부름에 응답하는 평화의 일꾼 되길 축원합니다. 평화통일을 위한 기도부터 합시다. 기도는 만사를 변화시킵니다. 우리가 평화통일의 기도행진을 할 때 분단의 장벽, 막힌 담이 무너져 내릴 것입니다.

모여서 기도하고 흩어져서 실천합시다. 다양한 현장 교회들을 예수 평화 공동체로 새롭게 세워갑시다. 로마제국 곳곳에 세워진 예수 평화 공동체들, 그 적은 무리가 제국을 이겼습니다. "적은 무리여 무서워 말라"(눅 12:32). "내가 세상을 이기었노라"(요 16:31). 제국을 닮은 교회가 아니라 예수를 닮은 평화의 교회가 전쟁 통 세상을 이길 것입니다. 믿으시길 바랍니다.

"홀로 있음"과 하나님 체험

(열왕기상 19:9-12)

이형호
(남수원교회 담임목사)

경기노회 제175회 정기노회 위에, 그리고 오늘 아침 경건회에 참여하신 모든 분들에게 주님께서 주시는 은총과 평강이 충만하시기를 기원합니다.

"설교만 없다면 목사도 해볼 만한 직업이라."고 하셨던 어떤 선배 목사님의 말씀처럼, 목사인 저로서는 할 수만 있다면 피하고 싶은 것이 설교입니다. 특히 오늘처럼, 지난 33년 동안 함께 살아온 노회원들 앞에서 설교하는 일은 여간 망설여지는 일이 아닙니다. 금번 노회를 준비하신 분들이 제게 미리 설교를 부탁했더라면, 저는 점잖게 거절했을 터인데, 저는 노회보고서를 받고서야 설교자임을 알게 되어, 순간 어처구니없고 당황스런 생각이 들었으나, 핑계를 대고 회피할 시간이 없어서, 그냥 이 자리에 서게 되었습니다.

오늘 본문에 나오는 엘리야를 통하여, "주여, 이 땅을 고쳐주옵소서."라는 우리의 주제 앞에서 저와 여러분이 서 있어야 할 자리와 갖추어야 할 신앙적인 자세를 찾아보고 싶습니다.

엘리야는 우리가 아는 대로, 이스라엘의 악한 왕의 대명사로 불리는 여로보암의 악한 길로 행하여, "그의 이전 모든 사람보다 하나님보시기에 악을 행한 왕"이라고 성서가 증언하는 오므리 왕의 아들인 아합 왕 때에 활동한 선지자입니다. 아합은 시돈 왕 엣바알의 딸인 이세벨을 왕비로 삼았는데, 그녀는 여호와 하나님께서 가장 싫어하는 바알, 곧 농경사회인 가나안에서 곡식과 가축과 자녀의 번성(번식)을 주관한다고 믿은, 가나안 최고의 신(바알)을 극진히 섬기며, 하나님이 택하신 이스라엘을 타락의 길로 인도한 포악한 왕비였습니다.

이와 같은 아합의 학정과 바알 숭배를 강요함으로 인한 이스라엘의 영적인 암흑기에, 하나님께서는 엘리야를 부르셔서, "내 말이 없으면 수 년 동안, 비도 이슬도 있지 아니하리라."는 무서운 재앙을 선포하게 하셨고, 이 저주의 선언 후에 엘리야는 하나님의 명령을 따라 그릿 시냇가에 숨어 시냇물과 까마귀가 가져다주는 떡과 고기로 연명하다가, 시냇물마저 말라버려 다시 시돈 땅 사르밧에 가서 만난 한 과부의 공궤를 받으며 숨어살다가, 그 과부의 질병으로 죽은 아들을 살려내어, "엘리야는 참으로 하나님의 사람이고, 엘리야의 입에 있는 하나님의 말씀은 진실하다."는 과부의 고백을 들은 후에, 하나님의 명령을 따라 당시 아합의 곁에서 궁중 예언자로 살던 오바댜의 증언("엘리야가 여기 있다")을 통하여, 엘리야는 결국 아합과 정면으로 대면하게 됩니다.

엘리야를 보자마자 아합은 "이스라엘을 괴롭게 하는 자"라고 비난하며 핍박할 때, 엘리야는 "내가 이스라엘을 괴롭게 한 것이 아니고, 당신과 당신의 아버지의 집이 여호와의 명령을 어기고 바알을 섬김으로 이스라엘을 괴롭게 했다."고 직언을 한 후에, 아합을 향해 자신과 바알 선지자들과의 영적인 대결을 제안하게 되고, 아합이 이것을 수락하여 이른바 갈멜산의 대결을 벌이게 됩니다. 송아지 한 마리씩을 잡아 각각 제단에 올려 제사하고, 자기 신이 열납하신 표로 제물을 불사르도록 요구하는 것이었습니다.

여기서 엘리야는 "주께서 이스라엘의 하나님이심과 엘리야가 주의 종인 것과 자기가 주의 말씀대로 이 모든 것을 행했음을 알도록" 자신의 제물을 불로 살라 받아주시기를 간청한 엘리야의 기도를 들어 주신 하나님의 역사로 갈멜산의 대승리를 거두어, "여호와 그는 하나님이시라"는 백성들의 고백과 환호를 듣게 되고, 850명의 바알 선지자 전원을 죽이는 쾌거를 이루었으나, 악독한 이세벨의 "내일 이 맘 때, 엘리야를 반드시 죽이리라."는 보복 선언을 듣고, 엘리야는 자기 사환을 브엘세바에 머물게 하고, 자기 혼자서 광야로 하룻길을 더 들어가 로뎀나무 아래 앉아서, 하나님을 향하여 "여호와여 넉넉하오니, 지금 내 생명을 거두시옵소서."라고, 당장 죽여 달라고 탄원하고, 나무 아래서 잠들게 됩니다.

한참 후에, 천사가 깨워서 제공한 구운 떡과 물 한 병을 먹고 힘을 회복한 후에, 40주야를 걸어서 하나님의 산 호렙에 이르러, 어느 굴속에 들어가 숨어 지내게 됩니다. 엘리야는 거기서 "네가 어찌하여 여기 있느냐?"라는 하나님의 다급하고 단호한 질문을 받게 되자, "내가 만군의 하나님 여호와께 열심이 유별하오니, 이는 이스라엘 자손이 주의 언약을 어기고 주의 제단을 헐며 칼로 주의 선지자들을 죽였사오며, 오직 '나'만 남았거늘, 그들이 내 생명을 찾아 빼앗으려 하나이다."라고 대답하니, 하나님께서 "이제 곧 나 주가 지나갈 것이니, 산 위에 주 앞에 서 있어라." 하시고, 여호와께서 지나가시는데, 여호와 앞에 크고 강한 바람이 산을 가르고 바위를 부수나, 바람 가운데에 여호와께서 계시지 아니하며, 후에 지진이 있으나 지진 가운데에도 여호와께서 계시지 아니하며, 또 지진 후에 불이 있으나 불 가운데에도 여호와께서 계시지 아니하더니, 불이 지난 후에, 세미한 소리(부드럽고 조용한 소리)가 있었다고 성서는 증언하고 있습니다.

여기서 우리는 본문이 말하는 엘리야의 하나님 체험이, 하나님의 부르심을 받고 주님의 일꾼 된 우리들에게 주는 의미가 무엇일까를 생각해 보려고 합니다.

먼저, 부르심을 받아 하나님의 종 된 사람은 순간순간 하늘의 음성을 듣고 하나님을 만나는 체험이 있어야한다는 사실입니다. 하나님을 만나서 하나님의 음성을 듣고, 부르심을 받은 우리 사역자들에게 당면한 어려움과 문제들을 해결하고, 자신을 향한 사명을 새롭게 회복해야 한다는 것입니다.

그렇다면, "오늘 하나님을 예배하며 그리스도의 몸인 교회를 섬기는 우리는 과연 하나님을 체험하며 살고 있는가?"라는 질문을 던지지 않을 수 없습니다. 오늘 내가 신앙, 헌신, 목회라는 차원에서 관심하고 추구하는 일들이 과연 하나님의 뜻하신 바요, '그 분'이 원하시는 일인가를, 거듭해서 그리고 진지하게 물어야 한다는 말입니다. 하나님을 만나고 그 음성을 들어야 하는 우리가 본문의 엘리야처럼, 급한 바람과 무서운 지진 그리고 맹렬한 불꽃(하나님의 현현 때에 일반적으로 나타났던 자연현상) 속에만 하나님이 계실 것으로 착각하고, 교인들에게 갖가지극적인 분위기를 연출하며 목회도 결국 경영이라 여기서 이벤트성 행사를 반복하며 교인들을 현혹하며 야단법석 떨면서, 이렇게 하는 것이 '열정적인 신앙'이요 '충성스런 목회'라고, 강요하며 만족해하는 것은 아닐까요? 이는, 우리가 묻고 또 물어야할 부름 받고 일하는 모든 주님의 종들의 마땅한 질문이라고 생각합니다.

좀 더 심하게 말하면, 예수와는 상관없는 자기의 인간적인 계산과 욕심으로, 자기 방식대로 일하면서, '이것만'이 하나님의 뜻이라고 주장하면서 안도하고 있는 이기적인 사역자는 아닌지? 묻고 또 물어야 합니다. 그러기에 우리의 남은 날들이 하나님과 직접적으로 대면하는 진지하고 거룩한 엘리야의 호렙산 체험의 연속된 과정이길 바라며 기도하며 사십시다.

다음으로, 이런 진지하고 극적이고 창조적인 만남을 체험하려면, 우리에게도 '홀로 있음'의 거룩한 시간과 공간(하늘과 땅이 이어지는 축복된 경험)이 필요함을 본문에서 배울 수 있습니다. 성서가 증언하는 하나님을 극적으로 체험한 믿음의 위인들은 모두 하나님 앞에 단독자로서 '홀로' 있는 시간과 공간을 경험한 사람들임을 알아야 합니다. 그리고 그들은 '홀로' 하나님 만난 그 체험에서, 내가 누구이며, 내게 주어진 사명이 무엇인가를 깨달은 사람들입니다. 즉 나는 죄인이며 한없이 연약한 존재여서, 나를 부르신 하나님의 도움 없이는 아무 것도 할 수 없다는 사실을 고백하고 하나님께 자신의 전 존재를 온전하게 위탁한 사람들입니다. 이 사실을 알고 매순간 새롭게 결단함이 중요한 일이라고 생각합니다.

작가 베릴 마킴이라는 사람은 "평생을 살아 놓고도, 자신보다 다른 사람에 대해 더 많이 아는 채 세상을 떠날 수도 있다."고 말했습니다. 흘려들을 수도 있는 말 같으나, 심각하게 들어야 할 말입니다. 오늘 우리를 향해, 제대로 살고 바르게 살라는 충고이자 경고입니다. 이 분의 지적처럼, 평생을 살고도, 진짜로 만나고 매순간 만나야할 나(참 나)를 만나지 못했다면, 내가 한 말, 내가 행한 일들이 온전할까요? 이는 허공을 향한 빈 외침이요 헛 발길질이요, 그것은 결국 우리가 '남의 생'을 산 것이요, '내가 아닌 나'를 산 것입니다.

또한 지금까지 나 아닌 내가 산 것이라면, 내가 만난 하나님 체험을 교회와 세상과 나누며 사는 것이 '목회요 사역'이라 한다면, '무엇을' 이루었고, '얼마를' 채웠는가를 따지고 주장하고 자랑하는 것은 참으로 '허무'한 일이겠지요. 그것은 평생 헛일을 한 것이고, 예수 없는 짝퉁 기독교만 지켜 온 것이 아닐까요? 행여 우리 중에 "나는 그렇지 않다."고 자신 있게 말할 수 있는 이들이 많다면, 우리의 어떤 후배 동역자가 "왜, 그리스도인은 예수를 믿지 않는가?"라는 가슴을 찌르고 '확' 불을 지르는 질문은 던지지 않았을 것입니다.

사랑하는 노회원 여러분, 이제 더 늦기 전에 우리도 시편 시인이 하나님께 들었던 "너는 가만히 있어, 내가 하나님 됨을 알라."는 말씀 앞에 조용히 '홀로 서서', 지나온 나의 신앙의 여정, 목회의 발자취를 되돌아보십시다. 주님의 몸인 교회 섬김과 목회 사역은 내 사업이 아니요, 나를 부르신 '그 분'이 당신의 사역을 성취하려고 부르셨다는 사실을 새롭게 정립하고 내가 빼앗은 주님의 자리를 내어놓고, 하나님의 백성 만들기보다 '내 사람' 만들기에 급급했던 지금까지의 불충과 역행을 참회해야 하지 않을까요?

나그네 인생길에 길동무가 되어, 경기노회라는 공간에서 같은 동시대를 더불어 살아가는 동역자인 노회원 여러분, 이제 후로는 내 마음(생각)의 속도를, 내 말의 속력과 분량을 그리고 내 욕망의 강도를, 조금씩 조금씩 늦추고, 그러다가 어느 순간엔 완전히 멈추어 서서, '홀로' 있는 그리고 '혼자' 있어 하나님만 바라보는, 그리하여 진정으로 고요하고 가난하며 텅 빈 마음의 공간을 만들어 보십시다.

내 영혼에 겹겹이 쌓인 무거운 탐욕의 먼지들을 모두 다 떨어내고, 새의 깃털처럼 가벼운 심령으로 위엣 것, 본질적인 것, 참 옳은 것을 보기 위해 땅의 것, 세상 것, 육신적인 것으로 짓무른 영혼의 눈가를 닦아내 봅시다. 그리하여 볼 것을 바로 보고, 본 것을 통하여 하나님의 숨겨진 뜻을 찾고, 세미한 음성으로 우리 곁을 스쳐 지나가시는 하나님을 붙잡아 봅시다. 그리고 난 후에 "나와 세상은 간 곳 없고, 구속한 주만 보이도다."고 고백하며 간증해 보십시다. 이제 우리 모두 '맨 처음, 그 자리', '원래의 그 자리'로 돌아가십시다. 그 '빈 공간'을 모든 것의 모든 것 되신 주께서 전혀 새로운 것으로 가득 채워주실 것입니다. 이 길만이 우리 모두가 살 길이라고 믿습니다.

신앙인은 인간의 창가와 신의 창가를 오가는 존재란 말이 있답니다. 내 영혼의 창문을 열고 깊은 고요함 속에서 하나님의 주파수에 나를 맞추어 보십시다. '그 분'이 진정 '세미한 음성'으로 다가오실 것입니다. '홀로' 있어, 탐욕에 찌든 나아닌 나를 버리고, 손바닥에 움켜쥔 허무한 것들 내려놓고, 나를 조성하신, '그 분'을 진지하게 만나는, 영원에 잇대어진 참 삶을 시작해 보십시다. 여기에 내가 살고 우리가 사는 길이 있다고 생각합니다.

성서에는 이렇게 제대로 하나님 만난 사람들의 복된 삶의 이야기들로 가득합니다. 그 중에 대표적인 사람이 야곱이라고 생각합니다. 형의 장자권을 빼앗고 광야로 도망치다가 피곤하고 지쳐서 돌을 베개 삼고 잠든 야곱에게 하나님은 땅에서 하늘까지 이어진 사다리의 환상을 보여 주시고, 축복을 약속해 주셨습니다. "이 땅을 너와 네 자손에게 주고, 다른 족속이 네 자손들을 통해 복을 받게 되고, 네가 어디로 가든지 동행해주고, 이 땅에 다시 돌아오게 하리라." 이 약속을 받고 야곱은 감격하며 고백합니다. "여호와께서 여기 계셨는데, 내가 알지 못했다."고 고백하며, 그 곳에 돌기둥을 세우고 기름을 부으며, '이 곳은 하나님의 집이요, 하늘의 문이라'고 외치면서, 벧엘의 하나님을 찬양했습니다. 지나친 탐욕의 대가로 자신이 자초한 외롭고 두려우며 인간의 가능성이 모두 막혀버린 막다른 골목에 홀로 선 초라한 나그네에게, 하나님은 만나주시고 분에 넘치는 축복을 약속하셨습니다. 우리도 억지로라도 아니, 연습과 훈련을 통해서, 하나님을 만나는 '홀로 있음'의 신비와 축복을 맛보며 살았으면 좋겠습니다. 이것이 진정한 의미의 '참된 영성'이라고 생각합니다.

야곱에겐, 또 하나의 '홀로 있음'의 하나님 체험이 있습니다. 창세기 32장의 얍복강 나루터의 브니엘의 하나님 체험이 그것입니다. 하란 땅에 가서 치열하게 살아 네 명의 아내와 열한 명의 아들과 많은 재산을 가진 거부가 된 야곱이 고향으로 돌아옵니다. 그러나 잊고 살았으나 지울 수 없는 죄의 흔적 때문에 고민에 쌓입니다. 분노한 형이 군대를 이끌고 보복에 나섰다는 소리도 들립니다. 이에 야곱은 모든 사람과 재산을 먼저 강 건너로 보내고, '홀로' 외로운 투쟁의 밤을 지샙니다. 밤새도록 하나님의 사자와 싸워 환도뼈가 위골이 되고서야, 그는 하나님을 체험했습니다. 거기서 '하나님과 겨루어 이겼다'는 뜻의 이스라엘로 이름이 바뀌는 축복을 얻고, 브니엘의 하나님을 고백하고 감격했습니다.

더 멀리 갈 것도 없이, 예수께서 고난의 절정에서 하나님을 체험한 겟세마네의 동산이야말로, 결정적인 '홀로 있음'의 순간에 하나님을 체험하고 그의 뜻에 전적으로 순종한 가장 확실한 본보기입니다. 그때 주님도 사랑하는 제자들을 뒤에 머물러 기도해달라고 부탁하시고, '홀로' 그들과 조금 더 떨어진, 보다 은밀한 깊은 곳에 가셔서, 오직 하나님만을 단독으로 만나십니다. 결국 '거기'서 자신을 모두 내려놓고 하나님의 뜻에 자신의 모든 것을 전적으로 위탁하고, 묵묵히 십자가를 향해 나아가, 기꺼이 고난을 받고 죽으시고 부활하시어, 하나님의 궁극적인 구원의 역사를 완성하십니다.

이것이 인생의 모든 짐을 내려놓고 '홀로' 있어 나를 찾고 하나님을 만나, 자신의 사명을 다시 확인하고, 축복을 약속 받은 아름다운 신앙인들의 모습입니다. 우리도 이런 삶을 체험하고, 이 체험과 축복을 나누고 전하며 감사하며 찬양하며 살아서 우리 남은 생의 모든 순간이 전도의 기회가 되었으면 좋겠습니다. 그러기 위해서는 우리가 스스로 낮아져야 하고, 허무한 탐욕을 버리고 비우는 결단이 있어야 합니다.

헨리 나우웬이라는 사람이 쓴『내리막길에서 만난 예수』라는 책이 있습니다. 나우웬은 생의 최고 정점이요 세계인이 부러워할 최고의 성공이라 할 수 있는 하버드대학교 신학부 정교수직을 스스로 내려놓고, 정박아보호시설의 자원봉사자로 살 것을 결단하고 실행에 옮긴 사람입니다. 그는 자신의 체험을 이렇게 고백하고 있습니다. "나는 그동안 작은 성공의 외로운 꼭대기를 향하여, 작은 인기, 작은 권력의 오르막길만을 추구해 왔다. 그러나 어느 날 정신박약아 아담 군 곁에 앉아 있을 때, 이런 사람들의 고통에 동참하는 내리막길을 통해서 예수를 더 잘 알 수 있을 것이라 생각했다. 오르막길에서는 예수가 보이지 않는다. 오르막길은 늘 성공과 칭찬에 가려 있어 예수님이 보이지 않는다. 내리막길에서만 복음서의 예수를 만날 수 있다. 그래서 나는 이제 내리막 인생길을 걷고자 한다. 그 이유는 간단하다. '예수를 가까이 하고 싶어서'이다."

사랑하는 노회원 여러분, 금번 정기노회 기간에 우리가 토론하고 고민하며 결정하는 모든 회무처리의 시간들이 그리고 우리에게 남은 목회와 삶의 모든 순간들이, 오늘도 우리에게 당신을 향해 가까이 다가오시기를 기다리시는 하나님을 만나고, 그 감격과 기쁨과 능력으로, 세상을 이기고 자신을 이기는, 진정으로 살아 있는 복된 시간의 연속이시길 빕니다. 주님의 은혜와 축복이 여러분의 가정과 섬기는 교회에, 그리고 금번 노회 위에 함께 하시길 축원합니다.

소재와 적용들

진 철
(예실중앙교회 담임목사)

나의 한신 동기생 중에 김하범이라는 친구가 있습니다. 돌아가신 김관석 목사님의 아들입니다. 올 봄 김하범의 어머니께서 90 몇 세의 연세로 세상을 떠나셨습니다. 새벽기도를 마치고 이른 아침 세브란스 병원 영안실로 가서 그 친구와 마주앉아 커피를 마시면서 내가 말했습니다.

"쓸데없이 시간만 낭비한 것 같애." 그랬더니 친구가 눈을 크게 뜨고 나를 책망하듯이 말했습니다. "야, 인생 살다보니까 쓸데없는 것은 하나도 없더라." 그 친구는 목사 안수도 안 받고 목회도 안 하는 사람이지만 나보다 사실은 더 성경적이고 목회적인 사고를 가지고 있었던 것입니다. 왜냐하면 예수님은 이 세상 속에 있는 어떤 사건들이나, 사물들이나, 사람들이나 더 나아가서 이 세상 속에 있는 모든 것들을 소재로 삼아 말씀하셨기 때문입니다.

도둑놈, 강도, 사기꾼, 까마귀, 백합, 참새, 뱀, 달걀, 결혼식, 진주, 농사짓는 밭, 농부, 소작인, 씨앗, 제사장, 레위인, 사마리아 사람, 바리

새인, 세리, 창녀, 돈 잃어버린 아줌마, 방탕한 자식, 포도나무와 포도 열매, 목자와 양, 채무자와 채권자, 왕, 귀족, 반역자, 날품팔이노동자, 무화과나무, 잎사귀, 호기심 많은 길 잃은 양, 곡식과 가라지, 포도주와 가죽부대, 솔로몬과 남방여왕, 의사와 병자, 바람, 비, 홍수, 모래, 반석, 엉겅퀴, 가시나무, 늑대, 돼지, 개, 대들보, 티끌, 창고, 아궁이, 보물, 좀, 동록, 등불과 등잔대, 재판, 고소인과 피고소인, 판사, 형리, 감옥, 벌금, 합의, 손, 눈, 소금, 과부, 상석에 앉은 사람과 말석에 앉은 사람, 집짓는 사람, 전쟁, 거름, 우물에 빠진 소, 암탉과 병아리, 독수리와 시체, 공중의 새들, 채소밭, 주인과 종, 유산분배, 더러운 귀신, 밤중에 찾아온 친구, 빵, 물, 생선, 여행, 사업, 전갈, 베옷, 재, 먼지, 신발, 여우, 굴, 쟁기, 군대, 침대, 갈대, 왕궁, 화려한 옷 입은 사람, 거지 맹인, 입, 귀, 배부른자, 가난한 자, 애통하는 자, 웃는 자, 우는 자, 칭찬받는 자.

　용접을 하다보면 용접바가지를 쓰고 어둠 속에서 용접 불꽃을 바라봅니다. 용접은 전기의 +와 -가 만나면 서로 붙어 버리는 성질을 이용한 것입니다. 그런데 용접봉을 쇠로부터 적당한 거리를 약간 두게 되면 불꽃이 일어나고 그 불꽃으로 인해 쇠가 녹고, 또한 용접봉이 녹아서 각각의 두 개의 쇳덩어리가 하나로 용해되어 붙는 것입니다.

　용접할 때 쇳물과 똥물이 있습니다. 그런데 희한하게도 쇳물만 있으면 용접이 안 되고, 반드시 똥물이 있어야 용접이 됩니다. 용접이 잘 되려면 쇳물이 앞질러가고 똥물이 뒤 따라 가면서 쇳물을 덮어 주어야 합니다. 똥물이 앞 질러가면 절대로 용접이 안 됩니다. 용접이 끝나면 용접공들은 용접봉을 가지고 굳어버린 똥물을 긁어 내버립니다. 남는 것은 쇠와 쇠를 연결시켜주고 있는 쇳물 밖에는 없습니다.

　신학적으로 말하면, 쇳물은 하나님의 말씀이고, 똥물은 인간의 언어입니다. 성경적으로 말하면, 쇳물은 성령이고, 똥물은 육체입니다. 목회적으로 말하면, 쇳물은 그리스도이시고, 똥물은 세상입니다. 그런데 중요한 것은 목회도 순수한 하나님 말씀, 성령, 그리스도를 이야기할 때 반드시 인간의 언어, 인간의 육체성, 세상의 문화와 옷을 입어야한다는 것입니다. 이것이 그리스도의 인간성, 육체성, 세상성입니다. 목회를 잘하고 계시는 분들의 공통점이 여기에 있더군요.

나는 그것이 목회의 지혜라고 생각합니다. 어떤 변증법적 통일성이라고 할까요? 그런 점에서 보면 우리들의 세상살이는 목회적으로 볼 때 버릴 것이 없는 것 같습니다. 오히려 그것들을 소중히 여기고 목회의 귀중한 재료로 삼아야 하기 때문이죠. 결국에는 쓰레기장으로 가겠지만, 그것이 없으면 용접이 안 되고, 목회가 안 된다면, 그것은 소중한 것이 아닐까요?

$E=mc^2$이라는 유명한 공식이 있습니다. 이 공식을 신학적으로 해석하면 우주가 생겨나기 전에는 Energy, 즉 하나님의 능력만 있었다는 것입니다. 물질세계는 없었던 것인데 생겨났습니다. 생겨난 것은 언젠가는 소멸될 운명에 처해 있습니다. 그런데 $E=mc^2$이라는 그 어마어마한 우주적 Energy는 어디서 있다가 나온 것일까요?

그것은 하나님의 영광의 본체 속에 있던 Energy입니다. 그 엄청난 Energy는 곧 성령의 능력입니다. 그 Energy가 물질적 형태로 바뀌는 과정에서 결정적인 역할을 한 것이 말씀입니다. 말씀을 통하여 Energy가 현실태로 전환되었습니다. 말씀은 성령과 물질세계를 연결시켜주는 매개체입니다. 문제는 우리가 하나님의 엄청난 Energy를 어떻게 끌어다가 쓰느냐의 문제입니다. 이것이 목회의 문제입니다. 영광의 본체이신 하나님의 본체 속에 들어있는 성령의 능력 곧 하나님의 Energy를 끌어오려면 우리는 그 분의 본체 속으로 들어가야 합니다.

그런데 우리가 어떻게 하나님의 그 영광의 본체 속으로 들어갈 수 있겠습니까? 과연 그 길은 있는 것일까요? 예수님께서 요 14:6에서 놀라운 말씀을 하셨습니다. "내가 곧 길이요 진리요 생명이니 나로 말미암지 않고는 아버지께로 올 자가 없느니라." 예수님 자신이 아버지 곧 영광의 본체에 접근하는 길이라는 것입니다. 우리가 왜 그분에게로 갑니까? 그 속에 들어가서 그 안에 거하기 위함입니다. 그 안에, 그 영광의 본체 속에 무엇이 있습니까? 성령으로 가득 차 있습니다. 우리가 예수그리스도를 통하여 아버지께로 가는 이유는 성령을 얻기 위함입니다. 왜냐하면 성령은 생명이니까요. 이 성령이 우리 개인, 세계, 역사의 근본 문제입니다. 성령을 잃어버렸을 때 죽음이 들어왔습니다. 성령을 회복할 때 다시 세상은 생명을 회복할 것이고, 그 회복이 곧 부활입니다. 그리고 그 첫 열매가 예수님의 부활입니다.

결국 목회의 문제는 성령에 관한 문제입니다. 예수님의 이름으로 아버지의 영광의 본체 속에 들어가 성령을 퍼 마시는 것이 기도입니다. $E=mc^2$의 공식이 물질세계의 법칙이라면 그것은 교회 속에서도 작동되는 법칙입니다. 왜냐하면 교회는 이 세계 속에 있기 때문입니다.

하나님의 Energy인 성령이 예수님의 몸 된 교회 속으로 방출되는 통로는 하나님의 말씀인 설교입니다. 성령은 설교를 통해 교회 속에 채워집니다. 반대로 주님의 몸 된 교회로부터 하나님의 Energy의 세계로 들어가는 통로는 믿음의 언어인 기도입니다. 여기에 기도의 중요성이 있습니다. 우리가 성령의 깊은 세계 속으로 깊숙이 들어가면 들어갈수록 하나님의 능력은 크게 나타납니다. 이 기도의 능력을 얻기 위해서는 기도하는 시간이 길어야 할 것입니다.

미련한 것이 답입니다
(고린도전서 1:18-24)

주용태

(임마누엘교회 담임목사)

여러분! 96명의 보트 피플을 구한 전재용 선장님의 이야기를 들어 보신 적이 있습니까? 1985년 11월 14일이었습니다. 전재용 선장이 이 끄는 참치 원양 어선 "광명 87호"는 1년 동안의 조업을 마치고 부산항으로 돌아오고 있었습니다. 남중국해를 지날 무렵, 전재용 선장은 SOS를 외치는 조그만 난파선을 발견합니다. 그들은 다름 아닌 "베트남의 보트 피플"이었습니다. 그들은 배를 타고 베트남에서 탈출했지만 인접국의 입국 거부와 강제 송환 등으로 당시 심각한 국제적인 문제가 되고 있었습니다.

바다 한가운데서 표류하는 국제미아, 보트 피플을 만난 전 선장은 "보트 피플에 절대로 관여하지 말라."는 회사의 지침과 본인의 양심 사이에서 심각한 갈등과 고민에 빠집니다. 그 사이 배는 점점 보트 피플과 멀어지고 보트 피플에 있던 수많은 난민들은 이제 자기들의 죽음을 기정사실로 받아들이고 있었습니다. 그 순간! 전 선장은 용단을 내립니다. 그들을 구하기 위해서 뱃머리를 다시 거꾸로 돌립니다. 그날 보트 피플은 무려 25척의 배로부터 외면을 당했고 전선장의 배가 26번째의 배였다고 합니다. 파도에 금방이라도 부서질 듯한 작은 보트 안에서 3일 동안 굶은 채로 엉겨 붙어 있었던 96명의 베트남인들! 전 선장은 그들 한 사람 한 사람을 모두 광명 87호에 타게 합니다.

전 선장은 96인의 구조 소식을 부산에 있는 회사에 알리고 모든 책임은 다 자신이 지겠다고 말합니다. 그리고 전 선장은 부산항까지 열흘 걸리는 기간을 다 같이 버티기로 합니다. 우선 여성과 아이들에게는 선원들의 침실을 내주고 노인과 환자들은 선장실로 모셔와 치료를 받게 합니다. 선원 25명의 열흘 식량과 생수를 96명의 베트남인과 나눠 먹고 식량이 다 떨어지자 베트남인들에게는 "우리가 잡은 참치가 많으니 안심하세요. 여러분은 모두 안전합니다."고 위로합니다.

드디어 필사의 시간이 지난 후 열흘 만에 광명 87호는 부산항에 도착합니다. 비로소 96명의 베트남인들에게 살 길이 열린 것입니다. 그러나 전 선장은 부산항에 도착한 즉시 회사로부터 해고 통지를 받습니다. 그리고 난민을 구출했다는 이유로 당국에 불려가 조사까지 받았습니다. 그 후로 그는 여러 선박회사에 이력서를 넣었으나 단 한 군데도 연락을 받지 못했고 결국 그는 고향인 통영에 내려가서 멍게 양식업을 하며 생계를 유지하게 되었다고 합니다.

세월이 한 참 지난 후에 한 분이 그에게 와서 물었다고 합니다. "그때에 보트 피플을 구조한 것이 후회되지 않습니까?" 그러자 그는 이렇게 말했다고 합니다. "보트 피플을 구조할 때 저의 미래와 생계까지도 희생해야 한다는 걸 알고 있었습니다. 지금까지 저는 96명의 생명을 살린 저의 선택을 한 번도 후회한 적이 없습니다."

저는 이 이야기를 읽으면서 이런 생각을 해보았습니다. 과연 오늘날 한국 교회 목사님들과 장로님들이라면 어떤 선택을 했을까? 오늘날 수많은 교회들이 무너지고 있습니다. 전 선장과는 반대로 자기 하나 살기 위해서 아니 자기의 작은 이권을 위해서 96명, 아니 960명, 9600명을 무참하게 짓밟아버리는 목회자와 장로 혹은 교인들이 얼마나 많습니까? 그래서 한국교회가 무너지고 있는 것입니다. 전 선장은 일반적인 생각으로 볼 때는 참으로 어리석고 미련합니다. 누가 전 선장처럼 행동하고 전 선장처럼 살아가겠습니까? 그런데 오늘 본문을 보시기 바랍니다. 우리가 가장 귀하게 여기는 바로 그 십자가가 미련한 것이라고 합니다. 복음도 미련한 것이요 하나님도 예수님도 다 미련합니다.

"십자가의 도가 멸망하는 자들에게는 미련한 것이요 구원을 받는 우리에게는 하나님의 능력이라. 기록 된 바 내가 지혜 있는 자들의 지혜를 멸하고 총명한 자들의 총명을 폐하리라 하였으니, 지혜 있는 자가 어디 있느냐 선비가 어디 있느냐. 이 세대에 변론가가 어디 있느냐 하나님께서 이 세상의 지혜를 미련하게 하신 것이 아니냐. 하나님의 지혜에 있어서는 이 세상이 자기 지혜로 하나님을 알지 못하므로 하나님께서 전도의 미련한 것으로 믿는 자들을 구원하시기를 기뻐하셨도다. 유대인은 표적을 구하고 헬라인은 지혜를 찾으나 우리는 십자가에 못 박힌 그리스도를 전하니 유대인에게는 거리끼는 것이요 이방인에게는 미련한 것이로되 오직 부르심을 받은 자들에게는 유대인이나 헬라인이나 그리스도는 하나님의 능력이요 하나님의 지혜니라"(고린도전서 1:18-24).

그런데 놀라운 것은 그 미련한 것이 인류를 구원하고 그 미련한 것이 온 인류의 문제의 답이라는 사실입니다. 여러분! 오늘 우리의 문제는 무엇입니까? 한국교회의 문제는 무엇이고 우리 목회의 문제는 무엇입니까? 한 마디로 너무 똑똑한 것이 문제입니다. 미련한 십자가를 수도 없이 이야기하지만 실상 자신은 결코 미련하게 살지 않습니다. 얼마나 이해타산에 밝습니까? 얼마나 계산에 빠르고 자기 이권을 챙깁니까? 좀 바보가 되고 좀 미련해야 하는데 결코 그렇지 않습니다. 한 치의 양보도 한 치의 손해도 보지 않으려 합니다. 아주 별 것 아닌 것일지라도 자기 이권을 위해서는 믿음도 양심도 신의도 의리도 우정도 순식간에 다 쓰레기통에 집어넣습니다. 그래서 갈등하고 다투고 갈라지고 싸우는 것입니다.

온 인류의 가장 큰 문제는 죄의 문제입니다. 그런데 죄의 문제에 대한 하나님의 답은 무엇입니까? 미련해지는 것입니다. 그래서 미련한 십자가가 답입니다. 여러분! 왜 하는 일마다 잘 안됩니까? 왜 사는 게 힘들고, 인생이 피곤하고, 왜 문제가 해결이 잘 안됩니까? 왜 목회에, 인생에 복이 없습니까? 너무 똑똑해서 그렇습니다. 똑똑하지 못해서가 아니라 미련하지 못해서 그렇습니다.

여러분! 교회에 인생에 목회에 문제가 있습니까? 해결책이 무엇인지 아십니까? 한 번 미련해지기를 힘써 보시기 바랍니다. 미련하지 못해서 해결이 안 됩니다. 목회도 인생도 미련해지기를 배워야 하는데 다 똑똑한 것만 배웁니다. 그러니 실패합니다.

얼마 전에 경기노회 선교대회가 원주 오크밸리에서 있었습니다. 여러 강의 중에 한신대 총장으로 재직하셨던 오영석 박사님의 강의에 많은 감동을 받았습니다. 그런데 오영석 박사님 하면 떠오르는 전설 같은 이야기가 있습니다. 그 분은 정말로 하나님께 편지를 써서 그 응답으로 공부를 하신 분이십니다. 그 분은 전라남도 해남에 사셨는데 가정 형편이 너무도 어려웠던 것 같습니다. 남들은 다 중학교를 가는데 그 분은 갈 수가 없었습니다. 초등학교를 졸업할 때 쯤 어느 날 하루는 아버지가 부르시는 것입니다.

"영석아! 우리는 가난해서 너를 중학교에 보낼 수 없단다. 오늘부터 지게를 지고 풀을 베어라. 공부는 삐쩍 마르고 힘없는 사람들이나 하는 것이지 우리처럼 힘 있는 사람들은 일을 해야 한다." 오영석 목사님은 공부를 잘 했는데 자기보다 공부를 못하는 아이들은 다 중학교에 가고 자기만 가지 못하는 처지가 너무나도 서글펐습니다.

초등학교 졸업 후 2년 동안은 아버지 말씀대로 지게를 지고 풀을 베는 일을 했다고 합니다. 그러나 공부에 대한 갈망은 조금도 사라지지 않았습니다. 그에게 있는 책이라고는 성경책 밖에 없었습니다. 그는 일하면서 매일 성경책만 읽었습니다. 그러면서 하나님께 기도했습니다.

"하나님! 저에게도 공부할 수 있는 길을 열어 주십시오." 그런데 어떤 길도 열리지 않았습니다. 그는 기도하면서 하나님께 하소연을 했습니다. "하나님! 제가 이렇게 기도하는데 왜 저의 기도를 들어주시지 않습니까?" 막다른 지경에 이르자 그 어린 소년에게 이런 생각이 떠올랐습니다. "그렇다면 직접 하나님께 편지를 보내야겠다." 그리고 그는 하나님께 편지를 쓰기 시작했습니다.

"하나님 전상서! 하나님! 저의 기도를 들어주십시오. 제 기도가 하나님께 들리지 않는 것 같아 이렇게 직접 편지를 보냅니다. 저에게 공부할 수 있는 길을 열어주십시오. 만일 저에게 길만 열린다면 하나님을 위해서 일생을 다 바치겠습니다."

편지를 봉투에 넣었습니다. 겉에는 "하나님 전상서," 이렇게 적었습니다. 주소를 모르니까 주소는 적지 않았습니다. 우표 살 돈이 없어서 우표도 붙이지 않았습니다. 우편배달부가 우체통에서 이 편지를 발견했지만 전해 줄 곳이 없었습니다. 그렇다고 뭔가 애절한 사연이 담겨져 있는 것 같아서 폐기할 수도 없었습니다. 우체국장님에게 보여드리니까 우체국장님이 당시 그 지역에서 성자로 통하고 있는 해남읍교회 이준묵 목사님께 갖다 드리는 것이 좋겠다고 하여서 그 목사님께 전해드렸습니다.

이준묵 목사님이 그 편지를 읽어보니까 눈물이 날 정도로 애절하고 감동적입니다. 그 소년을 데리고 오라고 했습니다. 그리고 이렇게 말했습니다. "이제 오늘부터 내가 네 공부 길을 열어주겠다." 그 후에 그 소년은 원 없이 공부를 해서 결국 한신대 총장까지 지내게 된 것입니다. 자신의 앞길이 막혔다고 하나님께 편지를 보내는 것은 그야말로 미련하고 어리석은 일입니다. 그런데 어떻습니까? 미련해지니까 길이 열린 것입니다. 똑똑한 것이 답이 아니라 미련한 것이 답입니다.

우리 교회는 일을 많이 시키는 교회로 소문이 났습니다. 그래서 신학생들이 오기를 꺼려한다고 합니다. 저는 참으로 답답함을 느꼈습니다. 대부분의 신학생들은 돈 많이 주고 일하기 편하고 스펙 쌓기 좋은 교회로 갑니다. 얼마나 똑똑합니까? 손해 보는 일은 결코 하지 않을 작정입니다. 그런데 과연 그렇게 해서 하나님이 기뻐하시는 목회를 제대로 할까를 생각해보았습니다. 그리고 좀 미련한 사람이 있었으면 좋겠다는 마음도 가져보았습니다. 월급 쳐다보지 않고 힘들어도 스펙 없어도 미련스럽게 그 길을 선택하는 목회자, 하나님께서 분명 그를 축복하시리라고 믿습니다.

제 이야기를 해서 미안합니다. 제가 오산에 와서 목회를 하는데 열심히 했는데도 불구하고 부흥이 안 되었습니다. 7년째가 되었는데도 교인이 30명입니다. 이 일로 인해서 수 없이 갈등하다가 1년만 더 하고 안 되면 목회를 그만두겠다고 기도하며 작정했습니다. 그런데 1년 동안은 다른 어떤 큰 교회에서 초청을 해도 안 간다고 결심을 하고 1년 동안은 오직 목회에만 집중하기로 했습니다. 그런데 그렇게 결심한지 한 달이 지나자 정말로 어떤 안정된 교회에서 저를 오라고 하였습니다. 주일 예배가 끝나자 선배 두 사람이 저에게 와서 "지금까지 7년간을 했는데 안 되는 것은 안 되는 것이다. 자네가 끝까지 하겠다고 고집 피우는 것도 교만이다. 자네가 안 되면 다른 사람이 오면 잘 될 수도 있는 것 아니냐?"

그 때에 제가 어떻게 대답했겠습니까? 대부분의 목회자라면 선배의 말을 따르는 것이 맞습니다. 7년 동안 안 되는 것을 끝까지 붙잡고 있는 것도 저의 교만일 수 있습니다. 그리고 저에게는 그것이 목회 일생에 최대의 기회일 수 있습니다. 그런데 그 말을 듣는 순간, 제가 어떻게 했는지 아십니까? 고민도 안 했습니다. 한 마디로 저는 갈 수 없다고 말했습니다. 지금 생각하면 이것을 하나님께서 기쁘게 받으셨다는 생각이 듭니다. 그 후로 저의 목회의 길이 활짝 열렸기 때문입니다. 안 가는 것은 미련한 것입니다. 똑똑한 목회자라면 열 명 중에 아홉 명은 갔을 것이라고 생각합니다. 아마도 제가 그 때에 갔으면 저의 인생은 평생 그런

방식으로 진행되었을 것입니다. 그 때가 저의 목회의 결정적인 고비였던 것 같습니다. 하나님은 미련하게 행동한 저를 축복하셨다고 생각합니다.

우리는 미련한 복음, 미련한 십자가를 붙잡고 사는 자들입니다. 그렇다면 우리도 미련한 십자가에 걸 맞는 인생을 살아야 하지 않겠습니까? 이제부터 좀 미련해지기를 힘쓰시기 바랍니다. 길이 막히고 답이 없으면 똑똑하지 못해서가 아니라 미련하지 못해서 그렇다는 사실을 깨달으시면 좋겠습니다. 미련한 것이 해답인 것을 아시기 바랍니다. 때로는 미련해야 인생의 길이 열립니다.

계산만 하지 마시고 때로는 계산기를 내던져 버리시기 바랍니다. 하나님 앞에서 믿음으로 미련스럽게 살아가시기 바랍니다. 예수도 미련스럽게 믿으시기 바랍니다. 목회도 미련스럽게 하시기 바랍니다. 미련하게 하면 하나님께서 책임지시고 축복하실 줄 믿습니다. 사랑은 미련해지는 것입니다. 믿음도 담대히 미련해지는 것입니다. 그런 자에게 하나님께서는 반드시 소망의 길을 열어주실 것입니다.

나그네, 거지, 머슴의 신학

김철환
(목사/루터교 총회장)

작금에 저의 마음에 가장 깊은 곳에 자리 잡은 기도의 제목은 종교 개혁 500주년입니다. 1517년 10월 31일은 마르틴 루터Martin Luther가 비텐베르크 성문에 95개조의 반박문을 못 박아 붙인 날입니다. 동시에 이 날은 개신교회의 탄생일이 됩니다.

그 날 이후 500년이 흘렀습니다. 그리고 2년 10개월 뒤면 500주년 기념일이 됩니다. 종교 개혁기념일이 되면 우리 모두는 '개혁reformation'이라는 단어를 떠올리게 됩니다. 그리고 현재 한국 기독교 안에는 개혁될 것이 많다고 합니다.

그런데 개혁될 것이 많다고 하면서 그것을 외형에서 찾습니다. 세습이 문제라고, 대형 교회가 문제라고, 하늘을 찌르는 목사의 권위주의가 문제라고, 성직자도 종교세를 내야 한다고 말이지요. 물론 그것들은 개혁의 충분한 주제가 됩니다만, 잠깐 여기서 우리는 멈추어야 합니다. 그리고 정말 심각하게 진지하게 물어야 합니다. 무엇이 정말 개혁되어야 하는가? 저는 내면의 개혁이 더 중요하다고 강조하는 사람입니다.

루터의 종교개혁은 "하나님 앞에서" 정말 의롭다 인정을 받고 싶어 하는 거룩한 욕망으로부터 시작되었습니다. 그는 성경을 무섭도록 연구하고 고행의 훈련을 무섭게 동행합니다. 그리고 발견한 진리는 "오직 의인은 믿음으로 살리라"(Justification by the Grace through the Faith)는 것입니다. 이 진리를 발견하자 그는 신앙의 세 가지 귀한 주제를 세우게 됩니다. 우리는 그것을 Three Solas라 부릅니다. '오직 믿음으로만,' '오직 은혜로만,' '오직 말씀으로만', 이는 늘 종교개혁의 주제요, 루터 신학의 전부이기도 합니다.

이 세 가지 주제는 오늘 한국 기독교 안에서도 계속 유효한 주제가 되고 있음을 저는 발견합니다. 그런데 믿음, 은혜, 말씀 이라는 용어는 기독교인에게는 어렴풋이 이해가 되나, 세상 사람에게는 단지 기독교 특수 용어일 뿐, 그들에게 공감을 일으키지 못합니다.

루터 교회에서는 종교개혁 500주년을 나름대로 최선을 다해 준비하고 있습니다. 그런데 제 마음을 짓누르는 것은 준비가 행사 준비에 치우쳐 있다는 것입니다. 누가 해도 행사는 합니다. 그러나 진정한 운동은 일어나지 못할 것입니다. 개혁에 대한 분명한 '메시지'가 없는 한 종교 개혁 500주년은 떠난 기독교인을 다시 불러 모으지도 못할 뿐더러, 흩어진 기독교를 재정비하지도 못할 것입니다. 2017년 종교 개혁 기념은 행사가 아닌 하나님의 광대한 역사가 이 땅을 흔들어 개혁하는 사건이 일어나기를 기도하고 또 기도하고 있습니다. 그러기 위해서는 분명한 메시지가 있어야 함을 알기에 또 기도하고 또 연구하여 부족하지만 그래도 메시지를 만들 수 있었습니다. 그 메시지는 단순히 루터의 세 가지 "오직" 신앙을 한국 사람의 마음속에도 들리게 하기 위해서 우리네 말로 바꾸어 그 뜻을 담아본 것입니다. 그 세 주제어는 나그네, 거지, 머슴입니다.

첫째, 나그네로 삽시다 ― 오직 믿음으로만

언제부터인지 우리는 천국 소망을 버린 것 같습니다. 그 소망이 있어도 점점 약해지는 것 같습니다. 아니 아예 천국이 없다고 믿는 기독교인도 있는 것 같습니다. 하늘이 없다고 믿기에 하늘을 두려워하지도 않습니다. 그러니 이 땅을 하늘로 만들려는 욕망으로 살기 시작합니다. 이 땅은 우리가 영원히 사는 곳이 아닙니다. 우리에게는 돌아가야 할 영원한 고향이 있습니다. 그러므로 하늘을 소망하는 나그네로 살아야 합니다. 그래야 욕심내려 놓기가 가능합니다.

둘째, 거지로 삽시다 ‐ 오직 은혜로만

거지 신학은 루터 신학을 대표하는 신학일 수 있습니다. 이는 루터가 하나님의 절대 은총, 은혜가 없이는 단 한 순간도 살 수 없기에, 모든 믿는 자는 하나님의 은총에 기대어 사는 거룩한 거지이어야 한다고 강조하고 있습니다. 우리는 언제부터인지 하나님의 은혜가 아니라도 우리 힘으로 살 수 있다고 믿기에 은혜의 종교가 아니라 공로의 종교로 회귀하고 있습니다. 저는 거지입니다. 하나님의 은총이 없이는 살 수 없는 거지입니다. 거지가 부자를 바라보듯이, 거룩한 거지는 오직 하나님만을 바라보며 삽니다. 하나님의 은혜가 없이는 살 수 없는 거룩한 거지가 우리 기독교인입니다.

셋째, 머슴으로 삽시다 ― 오직 말씀으로만

머슴은 주인만을 위한 사람입니다. 그러므로 하나님의 머슴인 우리는 말씀으로 살고 하나님의 말씀을 지키는 머슴으로 살아야 합니다. 머슴은 주인을 위해 죽기도 합니다. 우리는 말씀을 지키는 머슴으로 말씀을 위해 죽을 수도 있습니다.

종교개혁 500주년에 우리가 정말 나그네로 살고, 거지로 살고, 머슴으로 사는 운동이 일어나야 합니다. 그래야 종교 개혁 500주년이 행사로 끝나지 아니하고, 하나님의 바라시는 새롭게 개혁된 한국 교회가 될 것입니다.

하나님, 우리의 연약함을 도우소서, 아멘.

사순절 묵상 자료*

김일원
(동련교회 담임목사)

1. 중보자

"그러므로 그가 범사에 형제들과 같이 되심이 마땅하도다. 이는 하나님의 일에 자비하고 신실한 대제사장이 되어 백성의 죄를 속량하려 하심이라"(히 2:17).

"예수께서 이 첫 표적을 갈릴리 가나에서 행하여 그의 영광을 나타내시매 제자들이 그를 믿으니라"(요 2:11).

묵상

예수 그리스도는 대제사장으로 오셔서, 영원한 속죄를 이루셨습니

* 이 자료는 총회교육원이 발행하는 사순절묵상집에 게재했던 것임을 밝혀 둔다.

다. 우리는 우리의 죄를 사하여 주시기 위하여 십자가에서 보배로운 피를 흘리신 대제사장 되시는 예수님을 깊이 생각하여야 합니다. 구약시대에 제사장은 하나님과 사람들의 중간에 서서 일하는 사람들이었습니다. 대제사장은 인간의 모든 허물과 죄를 대신 가지고, 하나님 앞에 나가는 사람입니다.

한편 하나님의 부름받은 우리도 세상 속의 제사장입니다. 제사장에 해당되는 라틴어(폰티펙스, pontifex)는 '다리 놓는 사람bridge builder'입니다. 따라서 우리 그리스도인들은 세상에서 하나님의 뜻을 이루기 위해 다리가 되어야 합니다. 세상으로 나가 주님과 믿지 않는 자들을 연결해주는 사람이 되어야 합니다. 예수님께서 하나님과 죄인된 우리를 연결해주신 중보자이신 것처럼, 우리도 하나님을 알지 못하는 자들을 하나님과 연결해주는 중보자의 사명이 있음을 기억해야 합니다.

하나님께서는 오늘도 혼인잔치 집의 물 떠온 하인들처럼 순종하는 사람을 도구로 사용하셔서 변화를 일으키십니다. 그를 통해서 영광을 나타내시며 하나님의 일을 하십니다. 이 사순절 절기에 중보자로 오신 예수님을 깊이 생각하면서 세상 속에서 우리가 중보자로서 감당할 사명을 새롭게 해야 합니다.

2. 그리스도인의 진실성

"우리로 그의 은혜를 힘입어 의롭다 하심을 얻어 영생의 소망을 따라 상속자가 되게 하려 하심이라"(딛 3:7).

"예수께서 나다나엘이 자기에게 오는 것을 보시고 그를 가리켜 이르시되 보라 이는 참으로 이스라엘 사람이라 그 속에 간사한 것이 없도다"
(요 1:47).

묵상

나다나엘은 친구 빌립의 전도로 예수 그리스도를 영접했습니다. '나
다나엘'이라는 이름은 '하나님의 선물'이라는 뜻입니다. 그의 다른 이름
(별명)은 바돌로매입니다(마 10:3). 그는 예수님을 주로 고백하고 따르
며 진실한 제자가 되었습니다(요 1:49).

뉴욕에서 있었던 일입니다. 시골에서 뉴욕 아들집에 놀러온 노부부
가 한국 슈퍼마켓에서 '순참기름'이라는 제품을 사서 먹었는데 그 참기
름이 가짜였습니다. 한국 시골에서 직접 짜서 만들어 먹던 그 맛이 아니
었습니다. 그래서 이 노부부는 자신들이 한국에서 직접 참기름을 짜서
이곳 뉴욕에 가져와 장사를 하면 엄청난 돈을 벌겠다고 생각하여 한국
에 돌아가 진짜 참기름을 짰습니다. 그 참기름을 미국에 가져와 가게에
서는 팔 수 없어 주위 사람들에게만 팔았습니다. 그리고 그 참기름의
이름을 '진짜 순 참기름'이라고 붙였습니다. 그러나 엄청나게 팔릴 줄로
알았던 그 참기름은 팔리지 않아 망하게 되었습니다. '진짜 순 참기름'
을 먹어 본 사람들이 이 할아버지 할머니가 만든 것이 가짜라고 여겼기
때문입니다. 그런데 노부부는 자신들의 참기름이 진짜임을 증명할 길
이 없었습니다. 많은 사람들이 이미 가짜에 적응되었기 때문입니다.

오늘, 우리 현실에는 거짓에 무감각한 신앙인이 많습니다. 예수님
께서는 나다나엘을 가리켜 "보라, 이는 참으로 이스라엘 사람이라 그
속에 간사한 것이 없도다."라고 칭찬하셨습니다. 이 얼마나 귀한 칭찬

입니까? 믿음과 진실은 수레의 두 바퀴와 같아서 떼려야 뗄 수 없는 밀접한 관계에 있습니다. 수난 받으신 주님은 죄를 범하지 아니하시고 그 입에 거짓도 없으신 분입니다(벧전 2:22).

3. 그리스도인의 자랑

"자랑하는 자는 이것으로 자랑할지니 곧 명철하여 나를 아는 것과 나 여호와는 사랑과 정의와 공의를 땅에 행하는 자인 줄 깨닫는 것이라 나는 이 일을 기뻐하노라 여호와의 말씀이니라"(렘 9:24).

"너희는 하나님으로부터 나서 그리스도 예수 안에 있고 예수는 하나님 으로부터 나와서 우리에게 지혜와 의로움과 거룩함과 구원함이 되셨 으니 기록된 바 자랑하는 자는 주 안에서 자랑하라 함과 같게 하려 함 이라"(고전 1:30-31).

묵상

현대는 PR^{public relations} 시대라고 합니다. 개인이든 기업이든 어떻게 든 자기를 자랑하고 드러내야 성공할 수 있다는 것입니다. 자랑은 곧 '자기 긍정의 표현'이기 때문에 필요합니다. 그러나 자랑에도 참된 자랑 이 있고 헛된 자랑이 있습니다. 참된 자랑은 삶에 유익을 주고 헛된 자 랑은 삶을 해치는 특성을 지니고 있습니다. 또한 참된 자랑은 사람에게 용기를 심어주고 유익을 가져다주기도 합니다. 그러나 헛된 자랑은 낙 심을 주고 좌절을 줍니다. 결국 자신에게도 공허감을 더하여 줍니다.

유대 백성들은 지혜와 용맹과 부를 자랑했습니다(렘 9:23). 오늘도 사람들은 대개 무엇을 자랑합니까? 일류학교를 자랑하고 군 생활의 계급이나 훈장을 자랑하고 사업의 성공과 돈을 자랑합니다. 하지만 하나님은 이런 자랑을 기뻐하시지 않습니다(렘 9:24).

사도 바울은 자랑거리가 많았던 사람입니다. 그는 훌륭한 가문, 최고의 학벌, 높은 종교적(율법적) 경지, 많은 부를 가졌습니다. 그러나 그가 예수 그리스도를 만나고, 참 진리를 깨달은 후부터는 지난 날 자랑거리로 여기던 그 모든 것이 허상이라는 걸 알았습니다. 오히려 그것들을 배설물처럼 여겼습니다. 그리고는 그는 예수 그리스도의 십자가 외에 결코 자랑할 것이 없다고 고백했습니다(갈 6:14). 자랑하는 자는 주 안에서 자랑하라고 권면합니다(고전 1:31).

우리에게 진정한 자랑이 무엇일까요? 우리가 주안에서 사랑과 정의와 공의를 행하는 삶을 살아가는 것이어야 하겠습니다.

알아두어야 할 영적 상식

유재훈
(표적교회 담임목사)

1. 보혈

1) 그리스도의 피는 보배로운 피(벧전 1:19). 예수님의 혈액형은 보배로운 피이다.

　(1) 죄사함을 얻는다(요일 1:7).

　(2) 영, 육의 보호막이 되어 준다.

　(3) 영육간의 질병이 치료된다.

　(4) 화평 화목케 한다(골 1:20).

　(5) 사단을 물리치는 능력이 된다(출 12:13).

　(6) 예수 피는 심판의 기준이다(벧전 1:2).

2) 실천

　(1) 예수의 피를 뿌려라! (출 24:8)

　　① 자신에게 뿌려라.

② 교회, 가정, 사업장, 직장에 뿌려라.

③ 물질에 뿌려라.

④ 질병에 뿌려라.

⑤ 보혈찬송을 많이 불러라(능력과 성장).

(2) 생활 속에서 예수피를 뿌려야 할 장소: 특히 사람이 많이 모인 곳(병원, 요양원, 임종 방문 시, 음란한 장소, 찜질방 등).

2. 주님의 기도를 항상 하라.

1) 천국을 여는 열쇠다.

2) 그리스도 교훈의 핵심이 담겨져 있다.

3) 세상의 어떤 기도보다 더 좋은 기도이다.

4) 이것이 정석기도, 바른 기도이다.

5) 사람의 뜻으로 하는 기도가 아니라 하나님의 뜻에 의한 기도이다.

6) 마귀를 대적하는 기도이다.

7) 맘몬의 영을 대적한다.

8) 질병을 치료한다.

하루에 백번이상 하라! 영적 눈과 귀가 열린다.

3. 임종을 앞둔 자를 대하는 태도

1) 운명 직전까지 귀는 열려있다.

(1) 장례 절차나 부정적인 말을 하지 말라.

(2) 집안 싸움을 하지 말라.

2) 중보 회개하라

(1) 임종 자에게 회개 할 것을 권하라. 특별히 조상죄와 우상숭배죄를 회개케 하라.

(2) 방문자는 임종자를 대신해 회개 기도하라.

3) 임종자와 대화하라.

(1) 손으로 대화해라. (대화가 통한다.)

(2) 임종자 주위에 귀신이 있는지 천사가 있는지를 묻고 그 반응에 따라 축사하라.

4) 운명시 시신을 흔들며 울지 말라. 이때, 어둠의 영들이 떠난다. 영의 전의를 조심하라.

5) 편안한 안식이 되도록 천사에게 도움을 요청하라.

4. 육신의 병을 치료하라

1) 병의 원인: 다 그런 것은 아니나, 죄 때문에 병들이 침입한다. 죄가 질병과 가난의 통로가 된다. 조상 죄, 우상숭배 죄, 자범죄. 죄는 몸 속에 병이 들어오도록 문을 열어 주는 셈이고, 문제를 일으키도록 허락하는 것이다.

2) 사역자의 치유 사역 원칙:

(1) 사역자는 눈을 뜨고 사역하라. 되도록 환자의 눈을 직시하라.

(2) 환자는 사역자의 눈을 보도록 한다.

(3) 사역자는 자신감을 가져라!

(4) 천사들이 일하도록 촉구한다.

(5) 치유 사역을 늘 사용하라. 계속 사역하면 사역에 능력이 생긴다.

(6) 환상, 예언, 지식의 말씀을 주시길 기도하라.

(7) 감사하라.

(8) 병마의 통로가 굳게 닫아지고, 악한 병마를 예수의 이름으로 결박하고 예수의 이름으로 떠날 것을 명령하라.

(9) 의사가 불치병(암)에 걸린 것을 말하면 환자는 공황상태에 빠진다.(한숨, 울음, 발작, 포기 등) 이때, 의사의 말을 예수의 이름으로 파기하라.

(10) 병 자체를 예수의 이름으로 꾸짖어라.

5. 몸 안의 두 집

1) 마 12:43-45, 귀신의 집 — 도적이 오는 곳

2) 고전 3:16, 심령 성전 — 성령이 거하신다. 똑 같은 집인데 거하는 영이 다르다. 우리의 집이 귀신의 집이 될 수도 있고, 성령이 거하시는 집이 될 수도 있다. 에베소서 2:2의 말씀대로 육체의 욕심으로 사는 자는 불순종의 아들들이다. 이 사람은 귀신의 집을 세운다. 우리는 성령을 내 안에 모셔야 한다. 성령이 가르쳐 주시고, 생각나게 하시고, 깨닫게 하시고, 힘주시고, 능력 주신다. 그리고, 해결자이시다. 고로, 성령을 반드시 받아야 한다!

남성은 페미니스트가 될 수 있는가?*

강남순
(미국 텍사스크리스천대 브라이트신학대학원 교수)

최근 성폭력, 성추행, 성희롱이 교사, 교수, 종교인, 국회의원 등 한국 사회의 구석구석에서 불거지고 있다. 새로운 일이라기보다, 오래 전부터 '관행'처럼 되어왔던 일들이 표면으로 드러나는 것뿐이다. 뿐만 아니다. 다양한 인터넷 매체들을 통해서 확산되고 있는 여성 혐오와 여성 비하는 극도에 이르렀다. 개똥녀, 강사녀, 신상녀, 루저녀, 지하철 반말녀, 명품녀, 패륜녀, 상폐녀 등 다양한 '—녀'들은 물론, '삼일한'(여자는 3일에 한번씩 때려야 한다) 등과 같이 여성 혐오와 비하를 노골적으로 표현하는 신조어들이 광범위하게 회자되고 있다.

지난 1월 이슬람국가(IS)에 가입했다고 알려진 김군은 자신의 트위터에서 "나는 페미니스트를 혐오한다."는 말을 남겼다. 아이러니컬하게도 IS를 악마화하는 이들 가운데 '김군'의 '페미니스트 혐오' 진술에는 동조하는 이들이 많다고 한다. 여성 혐오적 논의들에서 사용되고 있는

---

* 한국일보 2015.08.11. 강남순칼럼.

'페미니스트'란 종종 '남성 혐오자'이거나 또는 '남성역차별주의자'로 왜곡되어 있다. 이러한 현상들의 저변에는 여성의 존재 이유를 '성적 도구'와 '출산 도구'로만 보는 가부장제적 '여성혐오주의'가 다양한 얼굴을 가지고 작동되고 있다. 여성을 온전한 인격체로서의 '인간'이 아니라, '생물학적 기능'의 대상으로만 보는 왜곡된 시각은 사적 또는 공적 공간에서 '여성혐오주의'를 확산시키고 있다.

'여성혐오주의'는 여성에 대한 두 가지 차원의 이해를 지니고 있다. 여성은 '위험한 존재'이며 동시에 남성보다 '열등한 존재'라는 것이다. '성적 도구'로서의 여성은 언제나 남성을 유혹하는 '위험한 존재'라는 이해는, 강간과 같은 극도의 성폭력 사건이 일어났을 때도 피해자 여성에게 우선적으로 의혹의 눈초리를 보낸다. 지도자 역할을 하는 주요한 직위에는 여자보다는 '어쨌든' 우월한 남자가 있어야 한다고 생각하는 것도 '여성혐오주의'의 또 다른 얼굴이다.

상충적인 것 같은 여성의 '이상화'나 '혐오화'는 모두 사실상 가부장제적 남성중심주의에 그 뿌리를 내리고 있다. 이러한 가부장제 사회에서 살아온 남성, 여성들은 다양한 방식으로 남성중심주의의 성차별적 가치를 내면화하고 자연화함으로서 결국은 각기 다른 종류의 '피해자들'이 되어 버린다. '여성혐오주의'를 내면화한 여성은 종종 가부장제적 가치를 재생산하는 데에 공모함으로써, 결국 자신의 '해방'과 '평등'에 등 돌리기도 한다.

페미니즘의 핵심적 정의는 "페미니즘은 여성도 인간이라는 주장"이다. 현대의 페미니즘은 '여성'만이 아니라, 인종, 계층, 나이, 신체적 능력, 성적 성향 등에 근거한 차별에 반대하며 그 다양한 '소수자'들도 '인간'이라는 이해를 담고 있다. '페미니스트'는 성차별주의적 구조들에 대한 우선적 비판으로부터 출발하지만, 여타의 차별과 배제에 반대하고 저항하는 이들의 '정치적 입장'을 나타내는 개념이 되어야 한다. 여성을 열등한 존재로 보는 그 성차별적 가치와 제도에 반대하면서, 다양한 형태의 정의가 실현되기 위한 변화를 모색하고자 하는 이들이 바로 '페미니스트'인 것이다. 따라서 페미니즘은 '생물학적 본질'에 관한 것이 아니라 '정치적 입장'에 관한 것이며, '페미니스트'란 '생물학적 표지'가 아닌 '정치적 표지'이다.

"남성이 페미니스트가 될 수 있는가?" 이 질문에 대한 답은 누구에게 묻는가에 따라서 "예와 아니오"라는 두 답변이 가능하다. 이 질문을 받은 사람이 '여성중심주의적 페미니즘'을 따르는 사람이라면, 생물학적 남성은 결단코 페미니스트가 될 수 없다. 남성이 자신을 '페미니스트'라고 부른다면, 그 '남성 페미니스트'의 페미니즘은 '플라스틱 페미니즘'일 뿐이다.

반면 이 질문을 남성과 여성 사이의 생물학적 차이를 본질적인 요소로 보지 않고, '인간'이라는 공통적 요소들의 중요성을 더욱 강조하는 '휴머니스트 페미니즘'의 입장에 서 있는 이에게 묻는다면, 그 대답은 '예'이다. 다양한 종류의 배제와 차별에 반대하고 더 평등하고 정의로운 사회로의 변화를 모색하는 '페미니스트'는 생물학적으로 '태어나는 것'이 아니라, 사회정치적으로 '되어가는 것'이다. 차별과 배제의 문화와 가치에 저항하고 변화를 모색하는 것은, 사회적 소수자들과의 '생물학적 동질성'에 근거해서가 아니라, '동료 인간'에 대한 책임성과 연대성이라는 '정치적 입장'과 소신에 근거해야 한다.

"남성이 페미니스트가 될 수 있는가?" 나는 이 질문에 다음과 같이 답한다. "남성은 페미니스트가 될 수 있을 뿐만 아니라, 페미니스트가 되어야 한다." 페미니즘은 자신의 생물학적 본질성에 근거해서 또는 여성들을 '위하여'라는 시혜적 의미에서 전개되는 것이 아니다.

19세기 가장 영향력 있는 영국의 철학자이며 정치가들 가운데 한 명이었던 존 스튜어트 밀은 1869년에 나온『여성의 종속』이라는 책에서 여성과 남성의 평등성이 법과 교육을 통해 가정과 사회에서 실현되어야 한다고 강력하게 주장함으로써 자유주의 페미니즘의 초석을 놓는 데에 기여한다. 그는 페미니즘의 역사에서 매우 중요한 '남성 페미니스트'들 중의 한 사람이다. 여성에 대한 고질적인 성차별과 성폭력이 사라져서 더 이상 '페미니스트'라는 언어가 필요 없을 때까지, 생물학적 성에 상관없이 더 많은 이들이 '페미니스트'가 되어가야만 한다.

한 사회의 진정한 변화는 한 특정 집단의 헌신과 기여만으로는 충분조건이 될 수 없다. 여성만이 아니라 남성 페미니스트들이 곳곳에 확산되어 갈 때, 한국 사회 구석구석에 퍼져 있는 성차별, 성폭력, 성희롱, 여성 혐오, 여성 비하의 '질병'을 넘어서서 모든 이들이 '인간'이라는 사실 하나만으로 그 존엄과 평등성이 존중되는 정의롭고 성숙한 민주사회로 한 걸음 더 나아갈 수 있게 될 것이다.

파블로 네루다 저항시인처럼 살고 싶다

김창규
(나눔교회 담임목사/시인)

　"지성보다 고통에 더 가까우며 잉크보다 피에 더 가까운" 칠레의 네루다 시인이 있었고, 우리 조선반도 한민족이 겪은 지난 세월을 당차게 살아온 민족 시인들이 있었다. 그의 시가 우리에게 다가와 감동으로 읽히는 것은 불의에 저항하였기 때문이다. 네루다의 시에 미치도록 한 것은 바로 그 때문이다. 그런 시인이 한국에는 너무 많다는 것이다. 민족 시인 신동엽 시인의 동학 농민 전쟁을 노래한 "금강"이라는 시처럼 역사는 시를 통해서 증명되고 확인된다. 그의 시 "껍데기는 가라"가 대표적일 것이다.

　1934년 12월 6일에 마드리드에서 파블로 네루다에 관한 유명한 강연에서 로르카는 네루다를 "철학보다 죽음에 더 가깝고, 지성보다 고통에 더 가까우며, 잉크보다 피에 더 가까운" 가장 위대한 라틴아메리카 시인들 가운데 한 사람이라고 말했다. 네루다의 시가 이성과 논리를 뛰어넘는 강력한 에너지를 품고 있음을 말해주는 대목이다. 그런 에너지는 의도적으로 만들어낼 수 있는 종류의 것이 아니다. 그것은 네루다가 살아온 환경과 풍토가 그의 가슴속에서 꿈틀거리면서 시로 되살아난 것에 다름 아니었다. 민요처럼, 유행가처럼 그의 시가 칠레와 라틴아메리카 쿠바의 카스트로와 볼리비아 전선에서 게릴라로 활동했던 체게바라에게도 읽혀진 시들이 노래가 되었다.

파블로 네루다는 자서전에서 이렇게 말했다. "유년 시절 얘기를 하자면 잊을 수 없는 것이 딱 하나 있다. 바로 비다. 남반구에서는 비가 정말 어마어마하게 쏟아진다. 마치 케이프혼이라는 하늘에서 개척지라는 땅을 향해 쏟아지는 폭포수와 같다. 나는 이 땅에서, 칠레의 '서부'와 같은 개척지에서 삶에 눈을 뜨고, 대지에 눈을 뜨고, 시에 눈을 뜨고, 비에 눈을 떴다." 네루다는 하늘에서 폭포수처럼 쏟아지는 비와 같은 삶을 살았고, 그 폭우와 같은 힘 있는 시를 썼다.

나는 시집 3권을 냈다. 첫 번째 시집은 『푸른 벌판』이고 두 번째 시집은 『그대 진달래꽃 가슴 깊이 물들면』, 세 번째 시집은 『슬픔을 감추고』 등이다. 시를 통해서 투쟁의 길이 무엇인지 알게 되었고 자유실천문인협의회, 민족문학작가회의, 마지막으로 한국작가회의로 명칭이 개명된 작가회의 소속 시인이다. 1985년 창작과비평 신작 시집 『그대가 밟고 가는 모든 길 위에』에 "토성리의 봄" 외 시 5편을 발표하면서 본격적인 시인의 길로 들어섰다. 나의 시도 민중들에게 즐겨 읽히고 부르게 될 것을 의심치 않는다. 시의 변방에서 크고 자란 나지만 한 위대한 시인의 행보처럼 그렇게 살고 있기 때문이다.

1904년 7월 12일, 파블로 네루다는 칠레 중부의 포도주 산지인 파

랄에서 네프탈리 리카르도 레예스 바소알토라는 이름으로 태어났다. 당시 네루다의 어머니는 서른여덟 살이었다. 노산이었기 때문에 아이를 낳는 것이 꽤 힘들었던 것 같다. 그녀는 출산하고 나서 두 달 후인 9월 14일 사망했다. 네루다는 자신을 세상에 나오게 해준 여인을 영영 알지 못했다. 아니 얼굴을 본적이 없다. 보았어도 알 수가 없다. 네루다가 그토록 절절한 사랑의 시를 썼던 것의 근저에는 어머니에 대한 그리움이 있었는지도 모른다. 어머니는 생전에 매우 친절한 여교사로 학생들에게 시와 작문을 가르치는 것을 좋아했다. 네루다는 어머니의 이런 면모를 닮았음에 틀림없다.

네루다의 아버지는 철도노동자였고 자갈을 까는 기차의 기관사였다. 자갈 기차는 침목 사이에 자갈을 제때 채워주지 않으면 철로가 유실되기 때문에, 그 자갈을 나르는 기차를 말한다. 이런 자갈 기차에서 일하는 인부는 철인이 아니면 버티기 힘들었다. 아버지의 성격은 매우 급하고 거칠었다. 아버지가 귀가할 때마다 문이 흔들리고 집 전체가 진동했으며, 계단은 삐걱거렸고, 험한 목소리가 악취를 풍겼다. 이런 아버지가 자식을 홀로 키워야 했다면, 네루다의 어린 시절은 몹시도 험난했을 것이다. 다행히 아버지는 재혼했고, 새 어머니는 상냥하고 온화했다. 그의 새어머니는 그의 어린 시절 사랑이었다. 그래서 네루다는 어머니에게 바치는 시도 썼다. 그의 초기 시는 사랑에 메말라 하는 그런 내용의 시가 많았다.

어린 시절부터 네루다는 감수성이 예민하고 동정심이 많은 아이였다고 한다. 짧은 예화를 소개하면, 한번은 어떤 사람이 상처 입은 고니한 마리를 네루다에게 주었다. 네루다는 상처를 물로 씻어주고 치료해주며 빵 조각과 생선 조각을 부리에 넣어주었는데, 고니는 모두 토해버

렸다. 그렇게 잘 돌보아주었다. 고니의 상처가 아물었는데도 고니는 네
루다 곁을 떠나지 않았다. 네루다는 고니를 어미가 살고 있는 고향으로
보내주어야 한다고 생각하고 새를 안고 강가로 갔다. 그러나 고니는 슬
픈 눈으로 먼 곳을 쳐다볼 뿐이었다. 그렇게 20일 이상을 고니를 강으
로 데려갔지만, 고니는 늘 너무도 얌전했고 네루다 곁을 떠나려 하지
않았다. 그러던 어느 날 고니를 다시 데리고 집으로 오려고 했는데 고니
의 목이 축 처졌고 죽었다.

물론 고니가 불쌍해서였지만 오래 전에 돌아가신 어머니의 죽음을
전혀 기억하지 못한 어린 소년은 고니를 통해 죽음을 맨가슴으로 온 몸
으로 받아 안았다. 생명이 얼마나 소중한지 알게 되었고 죽음이 무엇인
지 알게 된 것이다. 그런 그의 경험이 생명을 사랑하고 인간의 권리인
인권을 말살하고 억압하는 독재자 피노체트, 수 천 수 만 명의 사람을
학살하고 죽인 피노체트를 용서 할 수 없었던 것이다. 피노체트는 미국
의 하수인이었기 때문이다. 그의 어릴 때 자란 환경은 시를 쓰기에 충분
하였다. 그렇기 때문에 그는 스스로 사랑과 정의가 무엇인지부터 알게
되었을 것이다.

강압적인 아버지 몰래 필명으로 파블로 네루다라 붙인 네루다의 창
작 활동은 왕성하게 이루어졌다. 1915년 6월 3일, 네루다는 어떤 강렬
한 감정이 북받쳐 올라 생애 첫 시를 썼다. 그는 새 어머니에게 이 시를
바치기로 했다. 뮤즈의 첫 방문을 맞이한 흥분이 가시지 않은 채 그는
부모님한테 가서 시를 적은 종이를 내밀었다. 건성으로 읽어본 아버지
가 "어디서 베꼈니?"라고 아무 생각 없이 말했다. 네루다는 자서전에서
"그때 처음으로 문학비평의 쓴 맛을 보았다."고 회상했다. 그는 이미 식
을 줄 모르는 독서열로 밤낮을 거의 잊고 살 정도였다.

　1945년에 노벨 문학상을 수상하게 되는 여성 시인 가브리엘라 미스트랄이 그 고장의 여학교에 부임한 것은 네루다의 문학열을 더욱 부추기는 일이었다. 미스트랄은 네루다가 찾아갈 때마다 러시아 소설책을 주곤 했다. 톨스토이, 도스토옙스키, 체호프 등의 소설을 읽은 네루다의 꿈은 자연스럽게 문학을 향해 직행하고 있었다. 그리고 그는 라틴 아메리카의 위대한 시인이 되었다. 나도 한 때는 김지하가 위대한 시인으로 알고 추종하며 그의 정신을 따르고자 했던 적이 있다. 지금은 그가 불의한 세력에 동조하기 때문에 반대하지만 말이다. 시인들은 누군가에게 배운다. 나는 한국의 시인들에게 배웠다. 네루다가 저항의 길을 걸었다면 나도 걷고 있는 것이다.

　그러나 아버지는 아들이 시인을 꿈꾸는 것을 더 이상 참을 수 없었다. 네루다는 이미 학생 시인으로서 필명을 날리고 있었던 때였다. 아버지는 아들의 노트를 창밖으로 던진 후 불태워버렸다. 네루다가 필명을 사용하게 된 것은 아버지의 무지몽매한 문학과 시를 알지 못하는 억압 때문이었다. 1920년 10월, 그는 체코의 작가 얀 네루다의 성을 빌리고, 파울로(바오로, 바울)에서 영감을 얻어 파블로 네루다라는 이름을 만들었다. 파블로 네루다는 처음에는 단지 필명이었으나, 1946년도에는 아예 법적인 이름이 되었다. 이 이름은 가부장적인 아버지의 강압으로부터 벗어나겠다는 의지의 소산이었다. 그리고 그는 끝내 문학을 통해 아버지와 같은 폭력에 맞서는 칠레의 독재자 피노체트에게 저항하는 시인이 되었던 것이다.

　1921년 산티아고의 사범대학 불어교육과에 입학한 네루다는 본격적인 창작 활동에 뛰어들게 된다. 그의 창작열은 칠레의 자연만큼이나 왕성했다. 1923년 8월 그는 첫 시집『황혼 일기』를 펴냈다. 20세가 안

되는 어린 시인의 가슴속에서는 맑고 투명한 정열이 샘솟고 있었다. "하느님, 당신은 하늘을 불 밝히는 이 놀라운/ 구릿빛 황혼을 어디서 찾으셨나요?/ 황혼은 저 자신을 다시 기쁨으로 채우는 법을 가르쳐 주었어요."("마루리의 황혼")와 같은 구절은 젊은 영혼의 순수한 마음을 그대로 전달해주는 것이었다. 『황혼 일기』에 대한 반응은 뜨거웠다. 학창 시절 네루다가 숭배했던 칠레 시인 페드로 프라도는 "확신컨대, 나는 이 땅에서 그 나이에 그만한 높이에 다다른 시인을 따로 알지 못한다."고 말했다. 그만큼 그는 천재에 가까운 시인이었다.

　"산티아고에 내리는 비"라는 영화를 본 적이 있다, 그 영화는 칠레의 민주화를 이룬 사회주의 대통령 아옌데가 어떻게 대통령이 되고 또 어떻게 피노체트의 군인들에 의해서 무참하게 학살되었는지를 보여주는 영화다. 그 영화가 지금까지 기억나는 것은 당시 칠레뿐만 아니라 우리나라 1975년도의 역사도 박정희 쿠데타 정권에 의해서 인혁당 사건과 같은 민중들이 수없이 고통 받고 죽어갈 때이기 때문에 그 영화가 기억되는 것이다.

　네루다의 두 번째 시집 『스무 편의 사랑의 시와 한 편의 절망의 노래』(1924)를 펴내게 된다. 이 시집이야말로 네루다를 깊이와 넓이를 확보한 것으로, 그를 인기 있는 시인으로 만들어주었다. 이 시집의 시들은 마약과 같은 흥분제를 숨기고 있는 것처럼 읽는 사람의 마음을 들끓게 하면서도, 관능적이고 오묘한 여성의 몸처럼 아늑하고도 심오한 우주의 신비를 담고 있으며, 어느 순간 나락으로 떨어지는 것 같은 절망의 세계 속으로 깊이 파고 들어간다. 그러다가 다시 지상으로 하늘로 오르는 것 같은 기분을 느끼게 한다.

여자의 육체, 하얀 구릉, 눈부신 허벅지,

몸을 내맡기는 그대의 자태는 세상을 닮았구나.

내 우악스런 농부의 몸뚱이가 그대를 파헤쳐

땅 속 깊은 곳에서 아이 하나 튀어나오게 한다.

터널처럼 나는 홀로였다. 새들이 내게서 달아났고

밤은 내 가슴으로 거세게 파고들었다.

난 살아남기 위해 그대를 벼렸다, 무기처럼,

내 활의 화살처럼, 내 투석기의 돌멩이처럼.

그러나 이제 복수의 시간은 오고, 난 그대를 사랑한다.

가죽과, 이끼와, 단단하고 목마른 젖의 몸뚱이여.

아 젖가슴의 잔이여! 아 넋 잃은 눈망울이여!

아 불두덩의 장미여! 아 슬프고 느릿한 그대의 목소리여!

내 여인의 육체여, 나 언제까지나 그대의 아름다움 속에 머물러 있으리.

나의 목마름, 끝없는 갈망, 막연한 나의 길이여!

영원한 갈증이 흐르고, 피로가 뒤따르고,

고통이 한없이 계속되는 어두운 강바닥이여.

— "사랑의 시 1" 전문

네루다의 문학적 행보는 거칠 것이 없었다. 그 후의 작품『무한한 인간의 시도』(1926),『열렬한 투척병』(1933)을 거쳐, 초현실주의의 걸작으로 주목 받은『지상의 거처』(1935)까지 그야말로 네루다의 시적 행진은 쾌도난마 그 자체였다. 그 사이에 1926년 버마의 랭군(오늘날의 양곤) 주재 명예영사로 임명되면서 세계 곳곳을 여행하는 등 견문을 넓혔다. 1935년 마드리드 주재 영사로 부임했다가 이듬해 바르셀로나로 옮겨 스페인 내전을 경험한 것이 네루다를 공산당에 입당하게 만든 계기가 되었다. 그의 시도 역사의식을 가슴속 깊이 품게 되었고, 그 결과 『모두의 노래』(1950) 같은 총체적인 서사시를 생산해낸다. 그의 시는 세계 인민들에게 감동을 주고 읽히게 되었다. 그의 시는 전 세계 여러 나라 언어로 번역 되어 출판되게 되었다. 1971년 네루다는 칠레의 시인으로 노벨문학상을 받았다. 나는 이 시집을 고등학교를 졸업하고 한신대학을 들어 갈 때 이 책을 가지고 서울에 갔다.

네루다는 1973년 건강상의 이유로 대사직을 사임했으면서도 유럽과 라틴아메리카 지식인들에게 칠레 내전을 막아달라고 호소했다. 그러나 운명의 때는 오고 있었다. 칠레는 9월 11일 미국이 지지하는 피노체트 독재자가 주도한 군사 쿠데타로 인민전선 정부가 전복되고 살바도르 아옌데 대통령이 피살되었다. 대통령궁에서 나오는 각료들과 함께 학살된 것이다.

칠레 독립기념일인 1973년 9월 18일, 네루다의 건강이 갑자기 악화되었다. 아내 마틸데는 구급차를 불러 네루다를 병원으로 옮겼다. 9월 20일 멕시코 대사가 와서 네루다에게 칠레를 떠나도록 설득했다. 네루다에게 바깥 소식으로 아옌데가 죽었다는 소식이 전해지자 그는 슬픔을 누를 길이 없었고 어디로도 떠날 수 없었다. 그는 끝내 떠나지 않았고 마지막까지 칠레 민중들의 고통과 함께 하였다.

네루다는 아내 마틸데에게 말했다. "그자들이 무고한 사람을 죽이고 있어. 산산조각이 난 시신들을 건네주고 있다고. 노래하던 빅토르 하라에게 무슨 일이 있었는지 당신 몰랐어? 그 자들이 하라의 몸도 갈

기갈기 찢어 놓았어. 기타를 치던 두 손을 다 뭉개 놓았대." 그럼에도 네루다는 평생 견지해 온 낙관적인 자세를 잃지 않았다. 네루다는 문병 온 화가 네메시오 안투네스에게 말했다. "이 군인이라는 자들이 지금은 끔찍할 만큼 잔인하게 굴고 있지만, 조금 있으면 사람들 마음을 끌어보려고 할걸세." 그렇게 자신의 확고부동한 의지를 밝혔다. 그러나 그의 암세포는 끝내 생명을 앗아갔다. 마침내 그는 1973년 9월 23일 10시 30분을 넘기지 못하고 떠났다. 영원한 시인은 하늘의 부름에 응한 것이다. 그가 떠났지만 문학적으로 남긴 성과는 대단한 것이었다.

파블로 네루다처럼 다양한 시세계를 선보인 시인도 드물다. 그는 매우 감각적인 언어를 구사하는 초현실주의 시인이면서 동시에 인민을 선동하는 혁명시인이었다. 그는 아주 열렬한 사랑을 갈구하는 격정적인 연애시인이면서 사물의 본질을 꿰뚫어보는 냉철하고 지성적인 시인이기도 했다. 직관으로 쓴 짧은 서정시로부터 아메리카 역사를 노래한 서사시까지 네루다가 보여준 시의 스펙트럼은 엄청나게 다양했다. 칠레의 긴 영토가 넓고 긴 바다만큼이나 파란만장하였다. 그럼에도 불구하고 네루다가 유난히 사랑의 서정시를 많이 쓴 민중 시인임에는 틀림이 없다. 사랑의 시를 쓴 시인의 경우 대중성은 확보하지만 그 질은 떨어지는 경우가 많은데 네루다는 그렇지 않았다. 한국의 서정 시인들은 대부분 자기 부인이나 남편 가족의 죽음을 노래하고 꽃을 노래했지만 인민의 고통과 저항의 아픔을 노래한 시인은 네루다같이 그리 흔하지 않았다. 네루다야말로 지난 20세기 위대한 시인이었다.

사랑이여, 우리는 이제 집으로 돌아간다.

격자 위로 포도넝쿨이 기어오르는 곳:

당신보다도 앞서 여름이 그

인동넝쿨을 타고 당신 침실에 도착할 것이다.

우리 방랑생활의 키스들은 온 세상을 떠돌았다:

아르메니아, 파낸 꿀 덩어리─:

실론, 초록 비둘기─: 그리고 오랜 참을성으로

낮과 밤을 분리해 온 양자강.

그리고 이제 우리는 돌아간다, 내 사랑, 찰싹이는 바다를 건너

담벽을 향해 가는 두 마리 눈먼 새,

머나먼 봄의 둥지로 가는 그 새들처럼:

사랑은 쉼 없이 항상 날 수 없으므로

우리의 삶은 담 벽으로, 바다의 바위로 돌아간다:

우리의 키스들도 그들의 집으로 돌아간다.

_ 시 "100편의 사랑 소네트 033"

나의 서재에 네루다 시집이 꽂혀 있다. 파블로 네루다의 시 "마추픽추 산정"이라는 시를 읽으면 마음속에서 폭우와 세찬 바람이 불고 태풍처럼 큰 파도가 치다가 어느 순간 고요해진다. 비든 바람이든 파도든 정막한 고요든 그것들은 심장의 박동이 되어 내 몸을 달군다. 왜일까? 네루다의 시가 그만큼 격동하는 삶 속에서 긴장과 이완을 반복하는 우리의 심장 박동을 닮았고, 그리하여 우리의 뼈와 살과 피부가 느끼는 감각을 생생하게 옮겼기 때문이다. 특히 여름에 읽으면 그 감동이 태풍처럼 강렬해진다. 그것은 네루다가 뜨거운 사랑의 마음으로 시를 썼기

때문이다. 바로 다음과 같은 마음이다.

"고통 받으며 투쟁하고, 사랑하며 노래하는 것이 내 몫이었다. 승리의
기쁨과 패배의 아픔을 세상에 나누어주는 것이 내 몫이었다. 빵도 맛보
고 피도 맛보았다. 시인이 그 이상 무엇을 바라겠는가? 눈물에서 입맞
춤에 이르기까지, 고독에서 민중에 이르기까지, 그 모든 것이 내 시 속
에 살아 움직이고 있다."

_ 네루다의 자서전 "사랑하고 노래하고 투쟁하다" 중에서

나는 1975년 한신대학 수유리 캠퍼스 4·19날 축제 때 이런 시를
남겼다. "프라하의 봄"이라는 시이다. 이 시는 시화 액자로 걸리자마자
문제가 되었다. 학생처장에게 불려가고 결국은 전시되었다가 액자는
부서졌고 문집에 시는 잘려나가게 되었다.

불개미의 행렬이 강을 건너면
도시는 향기로 불타고
하늘에 붉은 깃발이 날린다
신기루 타오르는 오아시스에
프라하의 봄은 어디로부터 오는가
프라하의 봄은 어디로 향해 가는가
_ "프라하의 봄" 전문(김창규)

나는 고백한다. 한신대학을 다니지 않았다면 시인이 될 수 없었고
목사가 될 수 없었을 것이다. 목사보다 시인이 먼저 된 것은 천성이, 아

니 성품이 남과 달라서가 아니다. 이웃의 아픔과 역사 발전을 가로막는 권력을 쥔 악당들 그들 정치 세력에 맞서 저항하는 정신을 한신에서 배웠기 때문이다. 파블로 네루다라는 시인이 칠레에 있었다면 한국에는 신동엽, 김수영, 조태일, 김남주 같은 위대한 시인들이 있었다. 한 시대를 마감하는 우리 한신 75동지들에게 네루다 시인을 소개하면서 우리가 겪어야 했던 지난 40년의 고난의 시절은 또 다른 고난의 행진을 요구받고 있다. 고은 시인의 『부활』, 『새벽길』 같은 시집을 학교 앞 서점에서 사서 읽었고, 신경림의 첫 시집 『농무』 등을 읽으며 시인을 자주 만나게 된 것이 문학으로 가는 길을 선택하게 한 것이다.

3부

논문

근본주의 연구의 최근 동향과
그 기독교교육학적 함의

임희숙

(기독여성살림문화원 원장)

I. 머리말

1965년 『세속도시』(*The Secular City*)에서 종교의 쇠퇴를 예견했던 하비 콕스(Harvey Cox)는 오늘날 일부 종교가 새로운 활기를 띠고 주목할 만한 세력으로 부상하고 있음을 지적했다.[1] 대표적인 것이 근본주의와 체험주의다. 콕스는 근본주의를 그 태동지였던 미국 개신교 영역에 국한시키지 않고, 기독교 이외의 종교까지를 포함하는 넓은 의미로 사용한다. 그는 다양한 형태의 근본주의가 그 자체의 시대착오적인 모순과 결함 때문에 이 시대에 존립하기 어려울 것으로 예상하기는 하지만, 현대 사회의 시대적 제약인 상대성과 불확실성으로 인해 사람들

---

[1] H. Cox, *Fire from Heaven: The Rise of Pentecostal Spirituality and the Reshaping of Religion in the Twenty-first Century* (Cambridge, Mass.: Da Capo Press, 1995). 한역: 『영성. 음악, 여성』, 유지황 역(서울: 동연, 1995).

에게 매력을 제공하면서 급속히 확산될 수도 있을 것으로 전망하고 있다.2)

실제로 근본주의에 대한 연구는 요즈음 특정 종교, 특정 분야, 특정 지역에만 국한되지 않고, 전 세계에 걸쳐 포괄적으로 이루어지고 있다.3) 왜냐하면 근본주의는 교리와 신조의 차원을 넘어서서 현대 문명에 대한 하나의 대항 체계로서 현대인과 현대 사회에 지대한 영향력을 미치는 세력 혹은 운동으로 인식되기 때문이다.

한국교회로 눈을 돌려보면, 근본주의는 적어도 한국 개신교의 다수 분파들을 지배하는 신학노선일 뿐만 아니라, 한국 그리스도인들의 멘탈리티와 행동에 큰 영향을 미치는 요인이라고 말할 수 있다. 예를 들면, 성서에 쓰인 문자에 절대적인 가치와 권위를 주장하는 성서 문자주의, 자기가 신봉하는 진리의 절대성 주장과 담론 능력의 부재, 거기서 비롯되는 종교간 갈등 요인으로서의 개신교의 배타성4)과 적대감, 권위에 맹종하는 태도, 세상과 교회에 대한 양분법적인 태도 등이 근본주의적 멘탈리티의 단적인 모습이다.

한국교회에 깊이 뿌리박고 있는 근본주의 문제를 인식하기 위해서는 근본주의 연구가 심층적으로 이루어져야 하지만, 이제까지 이 분야

---

2) *Op. cit.*, 제15장 참고
3) 특히 M. E. Martin/S. R. Appleby (ed.), *Fundamentalisms Observed, Vol. 1* (Chicago: University of Chicago Press, 1991); M. E. Martin/S. R. Appleby (ed.), *Fundamentalisms and Society: Reclaiming the Sciences, the Family, and Education, Vol. 2* (Chicago: University of Chicago Press, c1993); M. E. Martin/S. R. Appleby (ed.), *Fundamentalisms and the State: Remaking Politics, Economies, and Militance, Vol. 3* (Chicago: University of Chicago Press, 1993); M. E. Martin/S. R. Appleby (ed.), *Accounting for Fundamentalisms: The Dynamic Character of Movements, Vol. 4* (Chicago: University of Chicago Press, 1994).
4) 이원규, 『한국교회 어디로 가고 있나』 (서울: 대한기독교서회, 2000), 241-250.

의 연구가 본격적으로 전개되었다고는 볼 수 없다. 이제까지의 연구는 주로 한국 교회에서 근본주의의 정당성 논쟁을 변증적으로 혹은 비판적으로 다루거나, 근본주의의 이식 과정과 체계화 과정을 교회사적으로 또는 교회론 적으로 다루거나, 근본주의가 정치적, 종교적 이데올로기로서 한국 교회와 사회에서 어떤 역할을 맡았는가를 단편적으로 연구하는 데 그쳤다.[5]

근본주의를 제대로 이해하기 위해서는 그것을 교회의 특수한 신조 체계로만 파악하는 관점은 충분하지 않다. 근본주의는 분명 특수한 신조 체계를 불변의 진리로 주장하지만, 그러한 진리 주장은 생활 세계의 변화에 대응하는 특수한 사고 방식과 행동 방식으로 나타나고, 매우 독특한 멘탈리티와 결합되어 있다. 이것은 한국교회에서 교단적 배경과 거의 무관하게 나타난다. 따라서 한국 개신교 근본주의 연구에 필요한 것은 근본주의적 사고 유형과 멘탈리티를 이론적, 실증적으로 분석하는 일이다. 이러한 연구가 이루어질 때, 비로소 근본주의의 영향 아래 있는 평신도들의 새로운 신앙 교육을 위한 기독교교육학적 연구가 본격적으로 진척될 수 있을 것이다.

이 글에서 필자는 이와 같은 연구의 기본이 되는 근본주의 연구의 관점과 방법을 제시하기 위해 독일에서 이루어진 근본주의 연구 동향을 비판적으로 점검하고자 한다. 이 글에서 독일에서의 근본주의 연구만을 검토하는 것은 그것이 우리에게 새로운 연구 방법론을 시사한다는 점도 고려한 것이지만, 지면 관계 탓도 있다.[6] 그런 다음 필자는 독

---

5) Hee-Sook Lim, *Eine Analyse des protestantischen Fundamentalismus Koreas im Rahmen der kirchlichen Erwachsenenbildung. Mit einer Fallstudie zum "Handbuch fuer den Gottesdienst im Hauskreis" der Presbyterianischen Kirche Koreas zwischen 1975 und 1985* (Dissertation, University of Hamburg, 1999), 21-29.

일의 근본주의 연구가 기독교 성인교육에 대해 갖는 함의를 언급하고
자 한다.

II. 독일에서 이루어진 근본주의 연구 동향

독일에서 근본주의에 대한 본격적인 연구는 1980년대 중반 이후에
이루어졌다. 독일의 복음전도주의 분파나 근본주의 분파에 대해 이루
어진 몇 가지 연구들[7]을 일단 도외시하면, 독일에서의 근본주의 연구
는 해외에서 벌어지고 발전하는 근본주의 운동들을 주제로 삼은 경우
가 많다. 독일에서의 연구는 이란의 시이파 혁명과 서구적 현대화에 대
한 이슬람의 저항 운동들에 자극받은 것이라고도 볼 수 있다. 그러나
이 말은 독일에서의 연구가 이슬람 근본주의에 국한되어 있다는 것을
결코 의미하지 않는다.

독일 학자들의 연구는 근본주의에 대한 개념 규정과 유형론적 비교
분석에 주안점을 두는 경우가 많다. 그들의 관점과 방법은 매우 다양하

---

6) 미국에서 이루어진 근본주의 연구들도 매우 중요하고 의미 있는 시사점을 던져주지만,
   이에 대한 비판적 검토는 다른 기회로 미룬다. 미국에서의 근본주의 연구에 대해서는 졸
   저, *op. cit.*, 29-38 참조.
7) R. Frieling (hg.), *Die Kirchen und ihre Konservativen: "Traditionalismus" und
   "Evangelikalismus" in den Konfessionen* (Göttingen: Vandenhoeck & Ruprecht,
   1984), 53-83; H. Schwarz, "Froemmer? Christlicher? Reaktionaer? Der
   Fundamentalismus im deutschen Protestantismus: Historische und aktuelle
   Bezüge, *Fundamentalismus*, hg. von Walther Künneth, Hans Schwarz, Albrecht
   Köberlin(Neuendettelsau: Freimund-Verl., 1990), 12-29; S. Holthaus,
   *Fundamentalismus in Deutschland: Der Kampf um die Bibel im Protestantismus des 19.
   und 20. Jahrhunderts* (Bonn: Verl. für Kultur und Wissenschaft, 1993).

며, 한국 근본주의를 연구하는 데에도 많은 시사점을 던져준다. 수많은 학자들 가운데 필자는 최근의 독일의 근본주의 연구에 초석을 놓은 토마스 마이어를 위시하여, 근본주의에 대한 종교심리학적 연구와 종교사회학적 연구를 전개한 슈테판 H. 퓌르트너, 마르틴 리제브롯 그리고 한국에 이식된 선교적 근본주의를 종교사회학적으로, 심층심리학적으로, 종교교육학적으로 연구하는 데 많은 시사점을 던지는 것으로 평가되는 하인리히 쉐퍼와 엘리자벳 로어의 이론을 소개하고 비판적으로 평가하고자 한다.

1. 토마스 마이어: 현대에 대한 저항으로서의 근본주의

마이어는 근본주의를 대체로 전통주의의 한 형태로 분석한다. 그에 따르면, 근본주의는 현대의 이중적 성격에 대한 반응이다. 현대는 인류에게 인간과 인간의 화해, 인간과 자연의 화해, 자기자신과의 화해 등 커다란 약속들을 해 왔지만, 이 약속들은 실현되지 않고 도리어 전쟁과 사회적 갈등, 자연파괴, 정체성의 상실 등이 사람들에게 강제되어 왔다는 것이다. 마이어에 따르면, 바로 이 "현대의 약속들과 강제들 사이의 모순들"이 근본주의가 싹트고 번창하는 토양이다.[8]

마이어의 근본주의 규정을 깊이 있게 인식하기 위해서는 먼저 현대성의 원리에 대한 그의 분석에 귀를 기울일 필요가 있다. 마이어는 현대 문화를 이성의 문화로 성격화한다. 현대의 이성 문화에서 개인은 종교와 전통에 의해 확립된 규범들로부터 벗어나 비판과 자주적인 성찰을

---

8) Th. Meyer, *Fundamentalismus: Aufstand gegen die Moderne* (Reinbek bei Hamburg: Rowohlt-Taschenbuch-Verl., 1989), 14.

통해 자신의 판단과 행위의 근거를 밝히고 이를 논증하지 않으면 안 된다. 계몽주의 이래로 이성은 사유하고 행동하는 인간의 자율성과 스스로 책임지는 태도를 강조하였다. 바로 이 이성의 요구가 현대성의 원리이다.

그러나 이와 같은 이성의 우위는 "확신의 붕괴"9)와 손을 맞잡고 나아갔다. 확신은 대체로 전통을 매개로 하여 확립되는 법인데, 전통의 구속력이 사라진 현대 사회에서 확신은 설 땅을 잃고 만다. 이제까지 경험되어 온 안정감은 무너지고 생각과 삶의 편안함은 사라진다. 이와 같은 전통의 붕괴와 이와 결부된 심리적 동요에 직면하여 사람들은 특정한 전통들을 되살리고 거기서 더 이상 배후를 물을 수 없는 거점들을 재발견함으로써 안정감과 편안함을 재건하려고 시도한다. 마이어는 이와 같은 생각의 회로가 근본주의의 특징을 이룬다고 보고, 근본주의를 전통주의의 한 형태로 규정한다.10) 전통주의는 담론과 논증을 핵으로 삼는 의사소통공동체에 저항하는 사고와 행위의 체계이며, 이 점에서 그것은 "비이성(非理性)의 반담론(反談論)"11)이다.

마이어에 따르면, 딱딱하게 응결된 절대적 거점들에 기대어 안정감과 완결성을 추구하는 퇴행적 사유와 행위는 그 탓을 남에게 돌릴 수 없다. 왜냐하면 그러한 사유와 행위는 스스로 생각하고, 스스로 책임을 지고, 자기 나름대로 판단의 근거를 제시하고, 스스로 타당성과 정당성을 수립하는 일을 번거롭게 생각하는 데서 출발하고, 또 그런 일에 동반

---

9) *Op. cit.*, 24.
10) Th. Meyer, "Fundamentalismus: Die andere Dialektik der Aufklärung," *Fundamentalismus in der modernen Welt: Die Internationale der Unvernunft*, hg. von Thomas Meyer (Frankfurt am Main: Suhrkamp, 1989), 15.
11) Th. Meyer, *Fundamentalismus: Aufstand gegen die Moderne*, 155.

되는 불확실성과 개방성을 참지 못하는 데서 비롯되기 때문이다. 계몽
주의와 현대가 자율적이고 자기책임적인 사유와 행위를 이미 돌이킬
수 없는 것으로 만들었음에도 불구하고 나타나는 근본주의의 이 퇴행
성은 절대적인 것으로 설정된 거점들 앞에서 모든 질문을 중지하고 그
것에 안주하는 데서 그 절정에 이른다.12)

앞에서도 이미 암시한 바와 같이, 현대의 한복판에 근본주의가 태동
하고 발전하는 것은 현대의 위대한 약속들이 실현되기는커녕 현실이
그 정반대로 치닫는 데서 오는 인류의 이성능력에 대한 의심 때문이다.
과학 기술의 진보는 대량살상 무기처럼 인류를 거대한 생존의 위기로
몰아넣었다. 외부 자연의 파괴와 인간 본성에 대한 조작은 손을 맞잡고
있다. 허무주의와 삶의 의미상실이 편만해 있다. 아도르노와 호르크하
이머가 "계몽주의의 변증법"13)으로 개념화한 것이 오늘의 현실로 경험
되고 있는 것이다.

이러한 조건 아래서 이성이 "그 마술을 제거해 버린" 전통적 가치들
과 교조들을 되살려내 순진무구한 삶의 질서들을 재건하고 현대의 위
기를 극복하고자 하는 프로젝트는 사람들의 관심을 불러일으킬 수 있
다. 그렇게 되면 그렇게 될수록 근본주의자들은 더욱더 강력하게 전통
에 호소하고 전통적 가치들의 절대적 타당성을 주장한다. 계몽된 이성
의 요구들이 전체주의적 성격을 띠면 띨수록 근본주의적 사고 모형의
타당성 요구는 더욱더 보편주의적 외양을 띠게 된다.14) 이러한 상황에

---

12) *Op. cit.*, 157.
13) M. Horkheimer/Th. Adorno, *Dialektik der Aufklärung* (Frankfurt am Main: Suhrkamp, 1969, 38f.
14) 계몽주의가 전체성을 추구하는 경향이 있다는 점을 아도르도는 다음과 같이 압축적으로 묘사한 바 있다. "계몽주의는 전체주의적이다." 이 테제에 대해서는 Th. Meyer, *op. cit.*, 12를 보라.

서 근본주의는 현대에 대한 총체적인 저항의 모습을 취하게 되고, 스스
로를 현대의 대척점으로 이해한다.15) 근본주의는 현대에 대항하는 반
동적인 프로젝트이다. 근본주의가 반동적이라 함은 마술을 이용한 듯
이 되살려 낸 전통의 보편주의적 타당성 요구를 비판적으로 성찰하여
이를 상대화시킬 수 있는 능력이 없기 때문이다. 전통의 독재는 근본주
의에서 불가피하다. 왜냐하면 근본주의는 과거로 회귀하는 것과 미래
를 위한 프로젝트를 제시하는 것을 동일한 일로 받아들이기 때문이다.

이미 보았듯이, 마이어는 현대와 근본주의를 양자택일적인 것으로
본다. 이러한 양자택일은 오직 이성주의를 담론의 유일한 전제조건으
로 가정할 경우에만 납득될 수 있다. 그것은 마이어가 비판적 합리주의
의 관점에서 근본주의를 비판하고 있다는 뜻이기도 하다. 또한 마이어
의 현대성 개념은 서구 계몽주의에 뿌리를 둔 이성 개념에 터 잡고 있
다. 따라서 그의 양자택일은 서구 문화사에 뿌리를 박고 있고 서구중심
주의를 내포하고 있다고 볼 수 있다.

마이어의 입장에 따르면, 근본주의는 현대의 도전들에 대한 자생적
인 반응이다. 현대의 도전들과 그것들에 대한 반응이 같은 토양에서 나
왔다는 뜻이다. 그러나 이처럼 근본주의를 자생적인 전통주의의 한 형
태로 보면, 선교사들에 의해 이식된 근본주의(이하 선교적 근본주의)가
피선교지에 뿌리를 내리고 발전해 가는 과정을 제대로 인식할 수 없을
것이다. 왜냐하면 선교적 근본주의는 피선교지 문화에 대해 이질성을
띠고 있기 때문이다.

---

15) Th. Meyer, *Fundamentalismus: Aufstand gegen die Moderne*, 59.

2. 슈테판 H. 퓌르트너: 극단성으로 도피로서의 근본주의

퓌르트너의 근본주의 연구는 마이어와 다른 전제에서 출발한다. 그는 현대성과 근본주의를 양립 불가능한 것으로 보는 마이어의 관점이 애초부터 현대성에 대한 특정한 규범적 판단에서 비롯되었다고 비판한다.16) 마이어는 현대가 "비판적 원리를 제시할 능력이 있으며, 이 원리를 통하여 근본주의는 현대의 가장 부정적인 반대자로 간주되어야 한다."고 확신한다.17) 그러나 현대에 대한 비판적 합리주의의 이 규범적 태도는 퓌르트너에게는 받아들여질 수 없다. 왜냐하면 현대는 이러한 규범적 판단의 기준을 내포할 수 없는 단순한 시대 구분 개념에 불과하기 때문이다. 근본주의와 접촉하고 근본주의의 치료를 위해 애쓸 때 정작 필요한 것은 오히려 "이 현대성과 대결"하는 자세이다.18)

근본주의를 인식 인간학적으로 설명하려는 마이어와는 달리 퓌르트너는 근본주의의 뿌리가 불안들에 있다고 보고, 이 불안들의 정체는 발달심리학과 사회심리학에 의해 밝혀질 수 있다고 생각한다. 여기서 퓌르트너의 말을 직접 들어 보기로 하자.

"삶에 대해 불안을 느낄 정도로 자신이 무능력하고 빠져나갈 구멍이 없다는 경험이 근본주의의 본래적인 맨 밑바닥 동인이다. 따라서 근본주의는 배후의 불안에서 기인하는 도피운동이며 퇴행이다. 그 불안은 공격성으로 반전(反轉)하기도 한다."19)

---

16) S. H. Pfuertner, *Fundamentalismus: Die Flucht ins Radikale* (Freiburg: Herder, 1991), 99.
17) *Op. cit.*, 104.
18) *Op. cit.*, 105.

근본주의 현상에 대한 심리학적 관찰에 기대어 퓌르트너는 근본주의를 억제된 과격주의 혹은 과격성으로의 도피로 규정한다. 그는 근본주의적 과격성과 경향적으로 결합되어 있는 폭력이 심리적 동기를 갖고 있다고 분석한다. 근본주의자들은 판단하고 행위하는 데 필요한 현실인식마저 거부하고 개인과 사회가 합리성과 자유의 신장을 필요로 한다는 것을 부정하는데, 그 까닭도 그들 가운데 불안이 확산되어 있기 때문이다.

퓌르트너는 근본주의에 대한 심리학적 해석으로부터 나름대로 결론을 이끌어낸다. 그것은 근본주의자들의 멘탈리티[20]를 분석할 때 비로소 근본주의에 제대로 접근하여 사회교육학적 치료법을 강구할 수 있다는 것이다. 이런 맥락에서 "사람들로 하여금 근본주의적 사상이나 거기서 비롯되는 행동방식에 특별히 쉽게 감염되도록 만드는 멘탈리티 구조가 따로 있는가?"[21]라는 퓌르트너의 물음은 매우 중요한 의미를 가졌다고 하겠다.

퓌르트너는 아도르노의 "권위주의적 성격에 대한 연구"[22]에 기대어 근본주의로 기울기 쉬운 권위주의적 멘탈리티가 다음과 같은 일곱 가지 측면에서 관찰된다고 본다.

1. 구루 혹은 위대한 영도자에 대한 흠모
2. 집단적 아이덴티티와 엘리트 의식을 매개하는 요구 집단의 존재
3. 자신의 진실함을 애써 입증하고 자신을 완전히 바치도록 집요한 요

---

19) *Loc. cit.*
20) 멘탈리티 개념에 대해서는 Pfuertner, *op. cit.*, 157-160을 보라.
21) *Op. cit.*, 156.
22) Th. Adorno, *Studien zum autoritaeren Charakter* (Frankfurt/M: Suhrkamp, 1973).

구를 받음

4. 더 이상 토론의 대상이 될 수 없는 행동 규범들과 도덕규범들의 부여

(그 규범들 앞에서는 조건을 내건다든지 딴전을 피울 수 없다)

5. 집단이나 운동에 의해 감정적으로 사로잡힘(예컨대 문자적 의미 그

대로의 황홀경)

6. 기능적 합리성과 사회적 합리성으로부터의 해방

7. 삶의 의미 - 의미 문제에 대한 답변23)

이 프로필들은 근본주의자들에게서 엿볼 수 있는 독특한 심리 상태와 행동 방식을 정리한 것으로서 근본주의를 종교심리학적으로, 사회교육학적으로 연구할 수 있는 가능성을 열어 주고 있다.

뛰르트너의 업적은 멘탈리티 개념을 근본주의 연구에 끌어들여 근본주의의 본질적 측면을 권위에 맹종하는 멘탈리티로 규정한 데 있다. 근본주의적 멘탈리티를 형성하는 데 결정적인 역할을 하는 것이 불안임을 밝혀낸 것도 뛰르트너의 예리한 통찰이라고 볼 수 있다. 그러나 근본주의적 멘탈리티에 대한 심리학적 고찰이 중요하다는 것을 인정한다 하더라도, 한 가지 질문은 여전히 남아 있다. 근본주의의 핵을 이루는 권위 맹종적 멘탈리티가 불안에서 비롯된다 하더라도 그러한 멘탈리티가 어떤 사회화 조건들 아래서 발생하는가 하는 질문이 그것이다.

3. 마르틴 리제브롯: 저항운동으로서의 근본주의

종교사회학자 리제브롯은 근본주의를 "잠재적 보편성을 갖는 종교

---

23) S. H. Pfuertner, *op. cit.*, 168.

적, 정치적 당대 현상"24)으로 규정한다. 근본주의의 보편성을 염두에
둘 때, 오늘의 연구 상황은 참으로 문제가 많다고 리제브롯은 개탄한다.
왜냐하면 "용어도 통일되어 있지 않은데다가 근본주의에 대한 명확한
규정도 분화된 유형론도 없기 때문이다."25) 이러한 문제점을 의식하고
서 리제브롯은 서로 다른 지역들과 문화들에서 나타난 근본주의 운동
들을 체계적으로 비교하여 근본주의에 대한 "개념 규정과 유형론적 설
명"을 제시하려고 한다. 이 과제를 풀기 위해 그가 사용한 방법은 비교
사회학이다.26) 그는 이 방법을 이용하여 한편으로는 근본주의를 다른
사회적, 종교적 운동들과 구별하고, 또 다른 한편으로는 근본주의 운동
들의 다양성을 사회학적으로 구분하고 이 운동들의 본질적인 구조적
징표들을 확인하고자 한다.

근본주의적 사유를 분석하면서 리제브롯은 근본주의가 현재의 위
기를 극복하려는 노력의 한 형식이라고 규정한다. 근본주의자들은 현
재의 위기가 "영원히 타당하고, 하느님에 의해 계시되고, 문자적-축자
적으로 전승된 질서 원리들로부터의 일탈"에서 비롯되었다고 생각하
기 때문에, 이 위기는 "오직 이 하느님의 율법규정들로의 복귀"를 통해
서만 극복될 수 있다는 결론을 내린다는 것이다.27)

이 전제에서 출발하는 리제브롯은 근본주의를 한편으로는 전통주
의와, 다른 한편으로는 위기극복의 유토피아적 전략과 구별한다. 이 세
가지는 일단 "계시된 질서 원리들의 진정한 실현을 목표로 삼는다."는

---

24) M. Riesebrodt, *Fundamentalismus als patriarchalische Protestbewegung:*
amerikanische Protestanten (1910-28) und iranische Schiiten (1961-79) im Vergleich
(Tübingen: Mohr, 1990), 4.
25) *Op. cit.*, 3.
26) *Op. cit.*, 6.
27) *Op. cit.*, 19.

데서는 공통점을 지닌다. 리제브롯에 따르면, 전통주의는 "어떤 의문의
여지도 없는 삶의 형식을 제시하고 그것을 인정하기" 위해 문자주의에
기대려는 사고방식이다. 근본주의는 단순한 전통주의와는 다르다. 그
것은 "혁명적이지는 않지만, 동원되고 급진화된 전통주의"이다. 왜냐
하면 근본주의는 문자주의 혹은 그것과 연계되어 있는 삶의 형식이 부
정되고 있음을 알고 그것에 집요하게 저항하는 문화투쟁상의 이데올로
기"이기 때문이다.[28]

　그 다음, 근본주의적 문자주의는 사회혁명적이거나 사회개혁적인
미래 구상과도 구별된다. 위기를 극복하고자 할 때 사람들은 본래의 이
상적인 질서를 신화적으로 혹은 유토피아적으로 그릴 수 있다. 신화로
서 나타날 때 이 질서는 "복고적인 위기 극복의 기능"을 맡는다. 유토피
아로서 나타날 때 그것은 "진보적인 위기 극복"에 기여한다. 리제브롯
의 개념 규정에 따르면, 근본주의에는 '신화적인' 사고 유형으로 규정되
거나 최소한 그것에 근접한 입장들만이 속한다고 한다.[29]

　근본주의의 유형론을 전개하면서 리제브롯은 근본주의 개념을 종
교적-정치적 운동들에 한정시키되, 그 운동에서 엿보이는 세계에 대한
서로 다른 다양한 입장들과 조직 형태들도 함께 고려한다. 막스 베버에
따라 그는 근본주의를 "세계부정적 태도"로 성격화하고, 이 태도는 "세
계도피"로 나타나거나 "세계지배"로 나타날 수 있다고 본다. 리제브롯
은 이와 같은 다양한 근본주의 유형들 가운데 오직 "세계 지배의 근본주
의" 유형만을 연구 대상으로 삼는다.[30] 이 근본주의는 각기 다른 조직
형태들, 말하자면 종교 운동, 사회적 저항 운동, 비밀결사, 혹은 당으로

---

28) *Loc. cit.*
29) *Op. cit.*, 20.
30) *Op. cit.*, 21.

나타날 수 있다.31)

　미국과 이란의 근본주의에 대한 비교사회학적 연구에서 리제브롯
은 저항 운동으로서의 근본주의가 갖는, 서로 밀접히 결합된 세 측면을
분석한다. 근본주의의 이데올로기, 추종세력, 동원 요인 등이 그것이다.

　리제브롯은 근본주의 운동에서 이데올로기가 갖는 중요성을 가장
중시한다. 그는 에드워드 쉴즈(Edward Shilds)32)의 개념 규정을 받아
들여 이데올로기가 세계 해석을 선택적으로 첨예화하고 극단화하며,
강력한 정당화 기능을 수행하는 체계라고 생각한다.33) "이러한 성격화
에 근거해서 생각해 볼 때, 근본주의 이데올로기와 그것에 바탕을 둔
행동은 급격한 세계 변동 과정에 대한 극적인 인상 아래서 표현되고 실
천되는 종교 전통의 재해석으로 이해될 수 있다."34) 이 이데올로기에
는 근본주의적 사고 유형과 세계에 대한 태도가 담겨 있고, 구원사적
차원과 사회비판적 차원이 모두 담겨 있다. 쉽게 말하자면, 사회가 본
래적 질서를 잃고 타락하였으니 이를 부정하고, 본래의 질서를 회복하
기 위해 강력한 운동을 조직하여야 한다는 것이다. 이런 점에서 근본주
의 이데올로기의 구원사적 차원과 사회비판적 차원은 "경험적으로 거
의 구별할 수 없을 정도로 서로 밀접하게 결합되어 있다."35)

　근본주의적 저항운동의 추종세력을 분석할 때 리제브롯이 도입한
것은 사회도덕적 환경(Milieu)이라는 개념이다. 라이너 렙시우스
(Rainer Lepsius)36)의 견해에 따라 그는 사회도적적 환경을 "종교, 지

---

31) *Op. cit.*, 23f.
32) E. Shils, "The Concept and Function of Ideology," *International Encyclopedia of the Social Sciences, Bd. 7* (1968), 66-76.
33) M. Riesebrodt, *op. cit.*, 28.
34) *Loc. cit.*
35) *Op. cit.*, 29.

역 전통, 경제적 형편, 문화적 지향, 중간 집단들의 계층 특유의 구성
등 몇 가지 구조적 지표들의 교합을 통해 형성되는 사회 단위"로 규정한
다. 리제브롯은 이 구조적 지표들에 "인종, 언어, 성, 세대 등"을 추가하
고, 이를 인구론적 의미에서가 아니라, 사회사적 의미에서 파악하고자
한다.37)

리제브롯은 근본주의 이데올로기의 동원 요인들을 개별적으로 분
석하고자 하지는 않는다. 오히려 그는 "동원의 계기들, 동원된 사람들
의 주관적인 자기 이해와 객관적인 운명을 연관짓고" 이를 "구조적인
변동과정과 논리적, 경험적으로 연결"시키려고 한다.38)

리제브롯은 근본주의 연구에 철저한 종교사회학적 관점과 방법을
도입하였다고 평가할 수 있다. 만일 근본주의의 현상 형태와 조직 형태
가 운동으로 규정된다면, 근본주의의 이데올로기와 추종세력과 동원
요인들을 하나의 연관 속에서 분석하는 리제브롯의 시도는 많은 점에
서 시사적이다.

근본주의가 운동의 성격을 띨 수 있다는 점에는 누구도 이의를 제기
할 수 없을 것이다. 그러나 교회 내부의 근본주의 현상을 놓고 볼 때,
근본주의를 운동으로만 성격화하는 데에는 문제가 있다. 기독교의 역
사에서 근본주의는, 그것이 소수파에 의해 지탱되건, 일시적으로 다수
파에 의해 대변되건 간에, 신학적 노선으로 확고한 기반을 갖고 안정된
모습을 보이는 경우도 있다. 어떻게 해서 근본주의가 운동 이데올로기

---

36) R. Lepsius, "Zur Soziologie des Buergertums und der Buergerlichkeit,"
   Bürger und Bürgerlichkeit im 19. Jahrhundert, hg. von J. Kocka (Göttingen:
   Vandenhoeck & Ruprecht, 1987), 79-100.
37) M. Riesebrodt, *op. cit.*, 35.
38) *Op. cit.*, 37.

로서 나타나지 않고 도리어 제도적으로 안정된 교회의 신학 노선으로 정착될 수 있었는가는 별도의 연구를 필요로 한다. 이를 연구할 때에는 아무래도 근본주의의 교회내적 사회화 과정에 중점을 두어야 할 것이다.

리제브롯은 압도적으로 하나의 종교가 지배적인 사회에서 발생한 근본주의 운동만을 분석하였다. 이란의 시이파나 미국 근본주의가 그 것이다. 일단 미국에 국한시켜 말하자면, 근본주의는 기독교 종교가 지배적인 사회에서 나타난 강력한 종교적-정치적 운동이었다. 리제브롯은 이 종교 운동에 담겨 있는 반도시적이고, 반계몽주의적이고, 반근대주의적 특성이 전통적 가족의 붕괴에 대한 불안에서 기인하였다고 보고, 이에 대한 종교적-정치적 저항 운동인 근본주의의 밑바닥에는 가부장제에 대한 옹호가 깔려 있다고 분석한 바 있다. 어쨌거나 이러한 근본주의 운동은 현대화 과정에 있던 미국 사회에서 개신교가 취한 극단적인 전통주의였다고 볼 수 있고, 그 유래와 발전 경로는 어디까지나 자생성을 그 특징으로 한다고 볼 수 있다. 그러나 피선교 지역들에서 종교적 소수파에 의해 대변되고 다른 종교들과 경쟁관계에 놓이게 되는 선교적 근본주의는 이와는 다른 특성을 갖는다. 개신교의 선교적 근본주의는 전통주의나 급진화된 전통주의라는 개념으로 파악하기에는 너무 복잡한 현상이다.

4. 하인리히 쉐퍼: 사회적, 문화적, 정치적 긴장 속의 선교적 근본주의

리제브롯이 압도적으로 개신교적인 미국 사회에서 나타난 저항운동으로서의 근본주의를 분석하였다면, 하인리히 쉐퍼는 압도적으로 가톨릭적이고 인종적 다양성이 나타나는 사회에서 선교적 개신교가 어떻

게 발전하여 가는지를 연구한다. 중앙아메리카의 선교적 개신교를 관
찰하면서 쉐퍼는 그것이 결코 하나의 일매암(Monolith)이 아니고 각기
다른 노선들로 나누어진다는 것을 전제한다. 역사적 개신교를 일단 논
외로 치면, 선교적 개신교는 복음전도주의적 개신교, 성령운동, 카리스
마 운동으로 대별된다. 선교적 개신교의 이 각기 다른 형태들을 구별하
면서 그는 각각의 노선이 어느만큼, 어떤 사회학적 맥락에서 사회전기
적 특성을 띠는가에 관심을 기울인다. 그리하여 그는 "개신교의 상이한
전통의 흐름들과 사회형태들의 계층적 차별성"을 분석하고자 한다.39)

선교적 개신교와 그 상이한 분파들에 대한 쉐퍼의 방대한 교회사적
연구40)를 자세히 다루지는 못하지만, 그가 시도한 선교적 개신교의 사
회전기적 유형화는 다음의 명제에 잘 집약되어 있다. 즉 카리스마 운동
은 중간층과 근대화를 추진한 상층에 영향을 미친 데 반해, 복음전도주
의적 개신교와 성령운동은 압도적으로 사회 하층을 동원시키고 있다는
것이다.41)

개신교 선교의 효과와 관련하여 쉐퍼는 개신교가 무엇보다도 사회
적, 문화적 변동 상황에서 성공적으로 도입될 수 있었고, 그것은 개신
교가 변동하는 사회 속에서 더 이상 존속할 수 없었던 종교 체제들을
대체할 수 있었음을 의미한다고 해석한다. 그는 선교적 개신교의 이와
같은 대체 효과를 다음과 같이 명제화 한다.

---

39) H. Schaefer, *Protestantismus in Zentralamerika. Christliches Zeugnis im
Spannungsfeld von US-amerikanischem Fundamentalismus, Unterdrückung und
Wiederbelebung "indianischer" Kultur* (Dissertation, Ruhr Universität zu Bochum
1991, 16.
40) *Op. cit.*, 37-90.
41) *Op. cit.*, 108ff. 154f.

"현대 자본주의적 생산이 농업에 도입되고 지역 경제들이 국민 경제와 국제 경제에 통합되자 인디오 종교들의 사회적 기반은 줄곧 침식되었다. 개신교는 이 과정에서 그 기능을 상실한 전통적 종교체계들을 대체하는 데 환영받을 만한 공급물로 받아들여질 수 있었다."[42]

그런데 여기서 주목되는 것은 이 선교적 개신교가 한편으로는 개종자들을 고유전통으로부터 문화적, 종교적으로 단절시키고, 또 다른 한편으로는 변화된 생산양식에 통합시킨다는 점이다. 쉐퍼는 선교적 개신교의 이 이중적인 작업을 과테말라 고원지대의 선교적 개신교에 대한 사례 연구를 통해 분석한다.

이 지역의 경제적 변동과정은 정치적-종교적, 전통적 지배 관계와 생산 관계를 완전히 변화시키고 많은 마을 주민들은 경제적 강제에 쫓겨 경제적 번영의 중심지로 옮겨갔다.[43] 쉐퍼는 이 변동 과정에서 발생한 사회 계층들과 선교적 개신교의 서로 다른 분파들이 서로 어떤 관계에 있는가를 밝힌다. 전통문화로부터 뿌리를 뽑힌 도시 이주자들이 무엇보다도 새로 도입된 선교적 개신교에 의해 포획되었다는 쉐퍼의 명제는 매우 큰 흥미를 끈다. 성령 개신교에서 개종은 본래의 종교적, 문화적 전통에 대한 철저한 단절을 의미한다. 성령 교회들은 도시 이주민들이 겪는 문화 단절을 전통종교 관습들의 기능 상실로 설명함으로써 효과적인 문화 단절 및 정복의 전략을 대변할 수 있다.[44] 이와 같은 문화 단절 및 정복의 전략이 성공적으로 이식될 수 있었던 까닭은 몇 가지로 설명된다. 첫째, "대정복"(Conquista) 기간에 가톨릭이 취했던

---

42) *Op. cit.*, 19.
43) *Op. cit.*, 147.
44) *Op. cit.*, 151ff.

태도와는 달리 성령 교회들은 단 한 번도 폭력을 동반하는 종교로 경험되지 않았고, 둘째, 성령 교회들은 주민들의 열악한 경제적 형편이 토착 종교의 실패에서 연유했다고 설득하는 데 성공하였다는 것이다. 셋째, 성령 교회들은 가톨릭주의와는 달리 전통적인 종교적 상징을 단호하게 거부하였다. 아무튼 도시 이주민들이 종교적, 문화적 전통으로부터 뿌리를 뽑히는 일과 인디오들이 자본주의적 내국 시장에 통합되는 일은 동시에 벌어졌다.45) 거대한 사회 변동 과정에서 성령 교회들이 맡은 역할을 쉐퍼는 다음과 같이 요약한다.

> "개종을 할 때 토착 종교와 연결되는 다리는 붕괴된다. 세계 해명을 위한 새로운 상징 체계가 종교를 완전히 개혁한다. 이렇게 해서 개신교, 특히 성령운동은 과테말라 고원 지대에서 토착 종교와 공동체를 해체하고 인디오들을 지배적인 사회적 생산 방식에 통합시키는 데 중요한 역할을 수행한다."46)

쉐퍼의 분석에 따르면, 흥미롭게도 복음전도주의적 교회와 성령 교회는 과테말라의 독재 시기에 압도적으로 교회의 존립에만 관심을 집중하고 그 구성원들에게 세상으로부터의 도피를 선전하였다고 한다. 제도로서의 교회가 생존을 위해 염려하는 까닭은 선교적 개신교가 아직 인정을 필요로 하는 소수파 종교였기 때문일 것이다.47) 그러나 세계 도피의 설교는 한편으로는 이 교회가 대변하는 전천년설에서 비롯되고,48) 또 다른 한편으로는 개종의 개인주의적 성격에서 기인한 것으

---

45) *Op. cit.*, 149.
46) *Op. cit.*, 154.
47) *Op. cit.*, 193f.

로 볼 수 있다.49) 이로 인해 이 세상에서 그리스도인들이 맡아야 할 정
치적 책임에 관한 개신교 특유의 가르침은 이 교회들에서는 찾을 수 없
게 된다.

자신의 종교사회학적인 연구, 특히 사회전기적 연구를 통해 쉐퍼는
선교적 근본주의를 사회적, 문화적, 정치적 긴장 속에서 파악할 수 있
는 길을 열었다. 리제브롯과 비교해 볼 때 그의 방법은 선교적 개신교
분파들의 분포를 계층적 관점에서 분석하고 설명하고자 한다는 점에서
독특하다. 그는 자신의 대체 명제와 통합 명제를 내걸 때 주로 에밀 뒤
르케임의 사회학적 관점을 따른다. 이 관점에서 그는 사회적, 문화적
변동 과정에서 뿌리를 뽑힌 사람들의 종교적 지향성을 분석하고자 한
다. 선교적 근본주의에 대한 그의 분석에서 눈길을 끄는 것은 그가 막스
베버와 마르틴 리제브롯이 중시한 세계 지배에 관심을 기울이지 않고,
도리어 세계 도피와 개종의 개인주의적 지향성을 중시한다는 점이다.
필자는 쉐퍼가 분석한 중앙아메리카의 선교적 개신교가 많은 점에서
한국의 개신교 근본주의와 유사점을 갖는다고 생각한다.

5. 엘리자벳 로어: 언어와 상상력에 대한 지배로서의 근본주의

엘리자벳 로어는 근본주의를 정신분석학적 관점에서 접근하며, 성
서문자주의로 무장한 선교적 근본주의가 어떻게 인디오들의 종교적 상
징들을 파괴하고, 이러한 상징의 파괴가 종교적 사회화에 어떤 영향을
미치는가를 주목한다. 에쿠아도르의 퀴추아 인디오들에 대한 선교를

---

48) *Op. cit.*, 194.
49) *Op. cit.*, 195.

사례 연구 대상으로 삼은 그녀는 선교적 성서문자주의의 이중적 영향을 분석한다.

그녀는 선교사들이 성서를 피선교지역 언어로 번역한 일이 어떤 의미를 갖는가를 묻는 데서 출발한다. 선교사들의 성서 번역은 이중적인 성격을 띤다. 한편으로 그것은 가톨릭교회가 그 때까지 소홀히 여겼던 인디오 언어와 문화가 개신교 선교에서는 마치 중시되고 있는 듯한 인상을 불러 일으켰다. 인디오 문화의 인정은 오래 동안 무시당하고 경멸받아 왔던 인디오들에게는 "비하, 가치박탈, 열등감의 족쇄로부터의 해방"50)을 의미할 수 있었다. 또 다른 한편으로 복음전도주의나 성령운동 측에서 강조하는 성서문자주의는 피선교민들을 "말씀"의 독재 아래 전체주의적이고 투시 불가능한 종속 상태로 이끌어간다. 로어의 말을 직접 들어 보자.

> "문자에 대한 믿음과 '말씀'에 대해 마치 군주를 대하듯이 충성의 의무를 바치는 복음전도주의적이고 근본주의적인 선교는 '말씀'의 독재를 실현하고 모든 상상력을 전체주의적으로 검열하기 위해 추진하는 어마어마한 사업이다."51)

인디오들 가운데서 사제의 권위를 확립하기는 하였지만 토착민들의 언어와 영혼을 지배할 수는 없었던 가톨릭교회와는 달리, 복음전도주의적이고 근본주의적인 선교는 이들의 언어를 지배하는 것을 목표로

---

50) E. Rohr, *Die Zerstörung kultureller Symbolgefüge. Über den Einfluss protestantisch-fundamentalistischer Sekten in Lateinamerika und die Zukunft des indianischen Lebensentwurfs*, 2. Aufl. (München: Eberhard, 1991), 118.
51) *Op. cit.*, 123.

하였다. 언어에 대한 지배는 언어의 활동 여지를 합리적으로 배제하고 언어의 거세로 대체하는 것을 의미한다.[52]

로어는 언어가 인격의 심층 구조에 뿌리를 박고 있고 사회화에서 언어가 중요한 기능을 맡고 있다는 점에 착안한 알프레드 로렌처의 이론[53]을 원용하여 복음전도주의적이고 근본주의적인 문자주의가 종교적 사회화에 미치는 결정적인 영향은 종교적 상징이 생활세계의 경험들과 감성으로부터 동떨어지게 하는 데 있다고 분석한다. 성서문자주의가 종교적 사회화에 미치는 이와 같은 영향으로부터 로어는 "일상 영역과 종교 영역에서 집단적인 삶의 구상이 파괴되어 실현되지 않게 되면 예전에 집단 내부에서 표피적으로 대변되었던 규범들과 가치들의 강제가 관철된다."[54]는 명제를 이끌어낸다.

문자적으로 고정된 규범들과 그에 대한 축자적 해석에서 도출되는 "진정한 그리스도인"으로의 개종이라는 이름으로, 개인성과 집단성을 매개하는 장소요 감성적인 상징형성의 장소인 전통 종교의 관례들은 새로운 종교와 화합할 수 없는 것으로 여겨져 배제된다. 이렇게 되면 인격은 불가피하게 불구화된다. "인격의 불구화"는 감성적이고 상징적인 상호행동 형식들이 제대로 형성되지 않고 체험 영역이 줄어드는 것으로 표현된다.[55] 이와 동시에 캘빈주의적 문명 모델을 지향하는 개종은 종교적으로 치장된 자본주의적 문화를 수립하고 정당화하는 일과

---

52) *Op. cit.*, 126.
53) A. Lorenzer, *Sprachzerstörung und Rekonstruktion: Vorarbeiten an einer Metatheorie der Psychoanalyse* (Frankfurt/M.: Suhrkamp, 1970); A. Lorenzer, *Das Konzil der Buchhalter: Die Zerstörung der Sinnlichkeit: Eine Religionskritik* (Frankfurt/M.: Suhrkamp, 1981).
54) E. Rohr, *op,cit.*, 184.
55) *Loc. cit.*

같이 간다. 그러한 문화가 인종 특유의 삶의 구상과 본질이 다르고, 집단적 구조를 갖는 인디오들의 삶의 맥락과 동떨어진 것인데도 말이다.56) 그리하여 마을 공동체에는 전통의 수호와 현대화 사이의 충성 갈등이 빚어진다. 여기서 주목되는 것은 복음전도주의적이고 근본주의적인 선교가 새로 구축된 자본주의적 사회질서 내부에서 영리 활동, 업적, 사회적 상승 등의 가치를 높이 평가한다는 점이다. 이러한 선교의 위험을 로어는 다음과 같이 요약한다.

"복음전도주의적 선교가 해방적이지 않다는 것은 필연적 귀결이다. 그것은 주변집단들이 사회를 그대로 만족스럽게 받아들이는 것을 목표로 하며, 분열정책을 통해 피지배자들의 연대가 철저하게 파괴되는 것을 지향한다. 이와 더불어 사회적 상승을 종교적으로 확언하고 부와 지배와 착취를 도덕적으로 정당화하는 일이 자행된다."57)

이미 보았듯이, 로어는 선교사들의 문자주의가 종교적 사회화에 미치는 영향을 연구하였다. 하인리히 쉐퍼가 종교사회학적 관점에서 고유문화와 종교로부터의 소외로 파악한 바로 그것을 로어는 심층심리학적으로 인격의 불구화라는 개념으로 표현한다. 로어에게서 인격의 불구화는 상징의 파괴로 인해 발생한 사회화 과정상의 장애이다. 이 통찰은 선교적 개신교를 분석하는 데 많은 것을 시사한다.

그러나 근본주의적 문자주의가 상징에 의해 매개되는 생활 세계에 대한 전체주의적 지배를 목표로 한다는 것이 제아무리 옳은 통찰이라

---

56) *Op. cit.*, 154.
57) *Op. cit.*, 164.

할지라도, 바로 그 때문에 선교적 개신교에 종교혼합주의가 나타날 수 있는 여지가 없다고 보는 것은 너무 멀리 나간 판단이라고 본다. 종교적 사회화는 근본주의적 문자주의의 영향들 아래서 왜곡되고 불구화될 수는 있지만, 전통 문화와 종교에 아로새겨진 멘탈리티가 완전히 지워진다고 볼 필요는 없다. 평신도들에게서 나타나는 신심의 구조를 살펴보면, 근본주의적 요소들과 전통 종교적 요소들이 묘한 혼합상을 보이는 경우가 많다.

또한 로어는 선교적 개신교가 캘빈주의적 사회 모델을 가지고 피선교민들을 자본주의적 생산방식에 통합시키는 역할을 한다고 주장하는데, 선교적 개신교가 많은 경우 전 천년설과 개인주의를 지향한다는 점을 감안한다면, 로어의 이 주장은 너무 일방적인 것으로 볼 수도 있다.

III. 독일에서 이루어진 근본주의 연구의 기독교교육학적 함의 — 맺음말을 대신하여

독일에서의 근본주의 연구를 검토하면서 필자는 근본주의를 "확신의 근거를 찾으려는 강박"(Sicherheitszwang) 아래서 추구되는 종교적 아이덴티티 형성의 한 시도라고 볼 수 있지 않을까 생각해 본다. 이 특수한 아이덴티티는 역사적으로 변화하는 생활 세계의 사회적, 문화적, 정치적 조건들 아래서 다양한 세계관들에 대해 선택적으로 반응하면서 형성될 것이다. 이렇게 형성되는 아이덴티티는 독특한 멘탈리티와 결합되어 있는데, 그것은 권위에 대한 맹종, 담론 능력의 결여, 자기가 믿는 진리의 절대화, 자기와 다른 의견에 대한 공격 등으로 표현될 것이다.

한국 개신교에 이식되고 정착된 근본주의도 과연 그러한지는 역사적이고 실증적인 분석을 필요로 할 것이다. 필자는 이와 같은 연구가 앞으로 체계적으로 이루어지기를 기대하면서 독일의 근본주의 연구가 기독교 성인 교육에 어떤 시사점을 던져 주는가를 몇 가지로 정리해 보고자 한다. 여러 가지 시사점들을 생각해 볼 수 있지만, 이 글에서 필자는 특별히 탈근본주의적 성인 교육에 대한 함의만을 언급하고자 한다.

탈근본주의적 성인 교육에서 우선 고려할 것은 강박적으로 확신을 추구하도록 만드는 "불확실성의 불안"을 어떻게 해소할 것인가이다. 필자는 "불확실성의 불안"에서 벗어나 "은총의 자유"를 수용할 수 있도록 용기를 북돋아주는 교육적 대안이 필요하다고 본다. 근본주의적 풍토 속에서 사람들이 갖게 되는 불안감은 불확실한 현대 사회의 조건에서 감지되는 위기의식과 구원에 대한 확증을 얻지 못함에서 기인한다. 실낙원 사건 이후의 전적인 타락을 집요하게 강조하는 근본주의적 인간관은 구원에의 확신을 성서에 쓰인 문자 그대로의 율법적인 신앙에서 찾을 것을 요구한다. 이 무리한 요구를 감당하지 못함에서 오는 불안 의식은 더욱 확신을 강박적으로 추구한다. 이런 강박적인 조건 아래에서 인간의 자유란 가능하지 않다. 스스로 생각하고, 옳고 그름을 시험해 보고, 스스로 책임지는 결정을 할 수 있는 가능성이 허용되지 않는다. 여기에 대한 하나의 대안으로는 의인론으로부터 자유의 가능성을 도출해내는 신학 작업이 있다. 즉 죄인인 인간을 의롭게 하는 것은 인간의 업적이 아니라 오직 하나님의 은총임을 새롭게 해석함으로써, 강박적으로 확신을 추구하는 인간의 노력과 그것의 원인인 불안 의식을 제거하거나 스스로 성찰하도록 이끄는 것이다.[58]

---

58) 이에 대해서는 F. Steffensky, "Wie ernähren wir unsere Traeume? Über den

둘째, 권위에 맹종하는 태도에서 벗어나 자기 주체적인 참여로 변화
될 수 있는 교육 내용과 교육 방법의 개발, 활용이 요구된다. 권위에 맹
종하는 멘탈리티와 태도는 스스로 책임지는 자세를 버리고 주어진 권
위에 복종하도록 길들어진 결과이다. 그 핵심은 주체적 자유의 포기와
권위로의 도피이다. 이를 극복하기 위해 필요한 것은 권위를 분별하는
능력을 기르고 복종의 기제를 스스로 성찰하도록 하는 것이다. 무엇보
다도 인격적 권위와 기능적 권위를 구별하는 것이 중요하다. 복종을 요
구하기에 합당한 권위가 무엇인지를 가르치고 배우는 일이 필요하다.
이와 동시에 복종을 강요하는 것에 대해 자율적으로 대응할 수 있는 능
력을 길러야 한다. 그런 의미에서 탈근본주의적 성인 교육은 무엇보다
학습자의 주체성을 적극적으로 강조하는 것이어야 한다. 성인 학습자
는 단순히 전달 내용의 수용자가 아니라 전달된 내용과 자신(축적된 지
식과 경험)과의 상호 작용을 통해 의미를 생산해 내는 구성적 행위자이
다.59) 성인 학습자의 주체성을 살리기 위해서는 개인의 생활사와 생활
세계의 개별적 경험을 자기성찰에 통합하는 교육학적 방법을 강구하여
야 한다. 진리에 대한 해석을 전문가의 권위에 맡기기만 할 것이 아니
라, 학습자 자신의 경험이 해석 과정의 핵심이 되도록 하는 것이다.60)
그렇게 해야만 진정한 권위를 존중하고 권위에 대한 맹종으로부터 벗

Zusammenhang von Spiritualität und der Liebe zur Gerechtigkeit," *Die
Sowohl-als-auch-Falle: Eine theologische Kritik des Postmodernismus,* hg. von Kuno
Fuessel u.a. (Luzern: Ed. Exodus, 1993을 보라.

59) H. Luther, *Religion und Alltag: Bausteine zu einer Praktischen Theologie des Subjekts*
(Stuttgart: Radius-Verl., 1992), 161.

60) 일례로 여성의 경험을 성서해석에 적용시키는 방법으로는 E. S. Fiorenza, *Zu ihrem
Gedächtnis...: eine feministisch-theologische Rekonstruktion der christlichen
Ursprünge,* aus dem amerikanischen Englisch übersetzt von Christian
Schaumberger (München: Kaiser, 1993), 66f. 참조하라.

어날 수 있다.

셋째, 다름을 무조건 배척하지 않고 다름을 다름으로서 받아들이고 존중하는 교육이 필요하다. 자기가 믿는 진리의 절대성을 주장하는 것은 자기와 다른 것에 대해 거부하고 공격하는 태도와 맞물려 있다. 이와 같은 배타적 태도의 이면에는 다른 것에 대한 두려움과 그것으로부터 자기를 완강히 지키려는 의지가 도사려 있다. 그렇게 되면 자기 안에 유폐된 정체성의 함정에 빠지고 만다. 그러나 참된 정체성은 다름을 다른 것으로 인정하고 존중하면서도 자기다움을 유지하는 것을 이름이다. 타자로부터 영향을 받지 않는 고립성은 폐쇄성을 뜻할 뿐이다. 이 고립성에서 벗어나 열린 정체성을 형성하는 것이 성인 교육의 중요한 과제이다.61) 정체성에 대해 부단히 비판적인 물음을 제기하고 정체성 형성의 장애요인을 찾아내도록 돕는 일이 탈근본주의적 기독교 성인 교육의 핵심이다. 낯설음은 인격의 유아적 미숙함과 자기 고집에서 비롯된다. 너와 나의 차이를 인식하고 너의 남다름을 인정하고 나의 나됨을 확인하는 것이 교육의 출발점이라면, 탈근본주의 성인 교육도 그것으로부터 시작해야 할 것이다. 차이가 차별에 이르지 않고, 열린 공동체 안의 신뢰관계로 발전하도록 돕는 일, 따라서 "생산적으로 차이를 경험할 수 있는 능력"62)을 통해 공동체 관계를 회복하는 일이 탈근본주의적 성인 교육의 방향이 되어야 할 것이다.

---

61) J. Lott, *Handbuch Religion 2: Erwachsenenbildung* (Stuttgart; Berlin; Köln; Mainz; Kohlhammer, 1984), 138-156.
62) A. Grözinger, *Differenz-Erfahrung: Seelsorge in der multikulturellen Gesellschaft: ein Essay* (Waltrop: Spenner, 1995), 26.

* 출처: 임희숙,『기독교 근본주의와 교육』, 동연, 2010. (대한민국 학
  술원 우수도서) 123-150.

기본소득 구상의 기독교윤리적 평가

강원돈

(한신대학교 교수)

I. 머리말

최근 몇 년 동안에 기본소득 구상은 위기에 직면한 사회국가를 개혁하기 위한 급진적인 강력한 대안으로서 큰 주목을 받고 있고, 전세계적으로 광범위한 찬반 논의를 불러일으키고 있다. 기본소득의 본래 개념은 '무조건적인 기본소득'(bedingungsloses Grundeinkommen)이다. 이 명칭에서 짐작할 수 있듯이, 기본소득은 모든 사람들이 노동 업적이나 노동 의사, 가계 형편과 무관하게 정치 공동체로부터 개인적으로 지급받는 소득이다. 기본소득을 주장하는 사람들은 이 획기적인 소득분배 장치를 도입함으로써 모든 사람들이 인간의 존엄성에 부합하는 삶을 누리고, 자본이나 국가의 지배로부터 자유로운 상태에서 자신의 발전과 공동체 형성을 위해 기여할 수 있을 것으로 기대한다.

이러한 기본소득 구상은 기본소득 지구 네트워크(Basic Income Earth Network)[1]를 통해 급속하게 확산되고 있으며, 2006년에는 『기본소득 연구』(Basic Income Studies)라는 전문 잡지가 창간되어 이 구상에 대한 논의를 강력하게 지원하고 있다. 기본소득에 대한 논의가 가장 활발하게 진행되고 있는 독일에서는 2004년 기본소득 네트워크 (Netzwerk Grundeinkommen)를 위시하여 수많은 온라인 토론장이 마련되어 있다. 우리나라에서도 복지정책 전문가들 사이에서 기본소득에 대한 논의가 시작되었으며,[2] 민주노총의 지원을 받아 기본소득에 관한 연구[3]가 본격적으로 진행된 바 있으며, 2010년 1월에는 서울에서 기본소득 국제학술대회가 열리기도 했다.

기본소득 구상은 그것이 갖는 무조건성 때문에 많은 논란을 불러일

---

1) 본래 기본소득 지구 네트워크(the Basic Income Earth Network, BIEN)는 1986년에 기본소득 유럽 네트워크(the Basic Income European Network, BIEN)로 세워졌으나 2004년에 그 활동 영역을 유럽에서 전 세계로 확대하였다. BIEN의 홈페이지 주소: http://www.basicincome.org/bien/

2) 성은미, "비정규노동자에 대한 새로운 사회적 안전망," 『비판과 대안을 위한 사회복지학회 2003년 춘계학술대회 발표논문집』(2003. 5), 273-306; 윤도현, "신자유주의와 대안적 복지정책의 모색," 『한국사회학』 37/1 (2003), 51-66; 이명현, "복지국가 재편을 둘러싼 새로운 대립축: 워크페어(Workfare) 개혁과 기본소득(Basic Income) 구상," 『사회보장연구』 22/3 (2006/8), 53-76; 이명현, "유럽에서의 기본소득(Basic Income) 구상의 전개 동향과 과제 – 근로안식년(Free Year)과 시민연금(Citizen's Pension) 구상을 중심으로," 『사회보장연구』 23/3 (2007/9), 147-169; 서정희·조광자, "새로운 분배제도에 대한 구상 – 기본소득(Basic Income)과 사회적 지분급여 (Stakeholder Grants) 논쟁을 중심으로," 『사회보장연구』 24/1 (2008/2), 27-50; 김교성, "기본소득 도입을 위한 탐색적 연구," 『사회복지정책』 36/2 (2009/6), 33-57 등. 복지정책과 관련된 경제철학적, 노동법학적 연구로는 곽노완, "기본소득과 사회연대소득의 경제철학," 『시대와 철학』 18/2 (2007), 183-218; 박홍규, "기본소득(Basic Income) 연구," 『민주법학』 36 (2008/3), 123-147 등을 보라.

3) 강남훈·곽노완·이수봉, 『즉각적이고 무조건적인 기본소득을 위하여 – 경제위기에 대한 진보의 대안을 말한다』(서울: 매일노동뉴스, 2009).

으키고 있으며, 기본소득 구상의 정당성과 필요성을 입증하기 위해 매우 다양한 논거들이 제시되고 있다. 한국교회도 우리나라의 사회복지 제도의 운영에 관심을 갖고 있고, 이 제도의 개혁과 맞물려서 현재 논의되고 있는 기본소득 구상에 대해 공적인 입장을 천명할 필요가 있기 때문에 기본소득 구상의 신학적 · 윤리적 정당성을 검토할 필요가 있다.

이와 같은 문제의식을 갖고서 나는 이 글에서 먼저 기본소득의 개념과 그 내용, 기본소득 구상의 역사적 발전, 사회국가 개혁에서 기본소득 구상이 갖는 의의, 기본소득 구상의 정당성 주장 등을 따져 기본소득 구상의 개요를 전반적으로 밝히고, 그 다음에 기본소득 구상의 정당성을 기독교윤리학적 관점에서 검토해 보려고 한다.

II. 기본소득 구상의 개요

1. 기본소득의 개념과 그 내용

기본소득은 논자들에 따라 조금씩 다르게 규정되고 있으나, 기본소득 구상을 가장 체계적으로 제시한 반 빠레이스의 규정이 표준이라고 볼 수 있다. 그에 따르면, "기본소득은 자산 조사나 근로 조건 부과 없이 모든 구성원들이 개인 단위로 국가로부터 지급받는 소득이다."[4] 이 규

---

4) 반 빠레이스, "기본소득: 21세기를 위한 명료하고 강력한 아이디어," 브루스 액커만, 앤 알스톳, 필리페 반 빠레이스 외, 『분배의 재구성: 기본소득과 사회적 지분급여』(서울: 나눔의집, 2010), 22; Yannik Vanderborgt/Philippe Van Parijs, *Ein Grundeinkommen für alle? Geschichte und Zukunft eines radikalen Vorschlags. Mit einem Nachwort von Claus Offe* (Frankfurt/New York: Campus, 2005), 37.

정에는 기본소득이 충족시켜야 할 다섯 가지 규준들이 명료하게 제시
되어 있다. 1) 기본소득은 원칙적으로 현금으로 지불되고, 2) 정치 공
동체에 의해 지불되고, 3) 정치 공동체의 모든 구성원들에게 개인적으
로 지불되고, 4) 곤궁함에 대한 심사 없이 지불되고, 5) 그 어떤 반대급
부 없이 지불된다는 것이다.

반 빠레이스는 이 규준들을 하나하나 상세하게 설명한다.5) 우선 현
금 지불 원칙은 현물 지급이 갖는 용도의 제한이나 사용 기한의 제한을
피하기 위한 것이지만, 교육, 의료, 기타 공공서비스 차원의 인프라 구
축과 같은 현물 제공은 보편적인 복지를 향상시키기 때문에 원칙적으
로 배제되지 않는다. 현금 지급의 액수는 각 개인이 가난의 문턱을 넘어
설 정도는 되어야 하지만, 각 개인의 기본 욕구를 충족시키는 데 충분할
정도가 되어야 한다고 애초부터 정할 필요는 없다고 본다.

둘째, 기본소득을 지급하는 정치 공동체는 많은 경우 국민 국가를
뜻하지만, 국민 국가보다 하위에 있는 지방정부나 국민 국가를 초월하
는 유럽연합이나 UN 같은 기구에 의해 기본소득 제도가 운영될 수도
있다고 본다.

셋째, 기본소득을 받는 사람들은 국적시민으로 한정할 필요는 없고,
국가 영토에 체류허가를 받고 살거나 납세의 의무를 다하는 외국인까
지 포함하여야 한다고 본다.6) 교도소 수감자들은 그들을 위해 이미 수

---

5) Yannik Vanderborgt/Philippe Van Parijs, 앞의 책, 37-60; 반 빠레이스, 앞의 글,
22-36.
6) 페터 울리히는 기본소득을 받을 자격이 있는 사람들을 경제적 시민권을 가진 사람들로
규정할 것을 제안한다. 경제적 시민권을 가진 사람들은 한 나라 영토에서 노동허가와 체
류허가를 받고 거주하면서 세금을 납부하는 모든 사람들을 가리킨다. Peter Ulrich,
"Das bedingungslose Grundeinkommen - ein Wirtschaftsbürgerrecht?" 2.
deutschsprachiger Grundeinkommens-Kongress, 5-7. Oktober in Basel

감 비용이 지불되고 있기 때문에 기본소득 지급에서 제외되어야 한다. 기본소득의 지급 액수는 수급자의 연령이나 지역 생활비 편차 혹은 수급자의 건강상태나 장애 정도에 따라 차등화될 수 있다. 기본소득은 수급자가 혼자 살든지 가족과 함께 살든지 엄격하게 개인 단위로 지급된다.

넷째, 기본소득은 곤궁함에 대한 심사 없이 지불된다는 점에서 무조건적이다. 이 점에서 무조건적 기본소득은 기존의 기초보장 제도[7]와 다르다. 이와 같은 제도들을 운영하기 위해서는 각 가구 유형에 따르는 최저소득 수준을 먼저 정하고, 노동 소득, 기타 사회 급부, 부동산 소유로 인한 수입, 연금 등으로 구성되는 각 가구의 총소득을 조사한 뒤에 최저 소득 기준에서 총소득을 공제한 차액을 지급하게 되는데, 기본소득은 이와 같은 자산 조사나 소득 조사 없이 무조건 지불된다.

다섯째, 기본소득은 근로조건을 부과하지 않는다는 점에서 무조건적이다. 기초보장 제도는 노동연계복지 개념(workfare concept)에 따라 수급자에게 일자리를 찾거나 일자리를 제공받을 경우 이를 받아들이도록 하는 노동 강제를 조건으로 급여를 지급하지만, 기본소득은 노동 의지와 무관하게 그리고 노동 수행과도 무관하게 지급된다. 이것은 기본소득이 노동과 소득을 분리시키고 정치 공동체에 속한 모든 사람들 혹은 앞서 말한 경제적 시민권을 가진 모든 사람들에게 소득에 대한 권리를 인정한다는 뜻이다. 바로 이 점에서 반 빠레이스는 앤소니 앳킨슨이 제안한 바 있는 '참여 소득'[8] 구상조차 받아들이지 않는다.[9] 참여

(http://www.archiv-grundeinkommen.de/ulrich/20071007-PUlrich-Basel.pdf), 1.

7) 우리나라에서는 '국민기초생활보장제도'라는 이름으로 시행되고 있다.

8) Tony Atkinson, "Participation Income," *Citizen's Income Bulletin* 16 (July 1993), 7-11, 여기서는 특히 10.

9) 이 점에서 반 빠레이스는 기본소득이 "노동 강제와 의무 없이, 그리고 활동 강제와 의무 없이" 지급되어야 한다고 주장하는 로날드 블라이슈케와 입장을 같이 한다. Ronald

소득은 영아 보육, 노인 수발, 장애인 보조, 공인 협회를 매개로 한 자원 봉사 등 공동체에 유익을 주는 사회적 기여일 터인데, 이러한 사회적 기여를 조건으로 한 급여를 실시하기 위해서는 행정 당국이 그 기여를 일일이 체크하여야 하기 때문에 행정 비용이 들 뿐만 아니라 사생활에 대한 공권력의 개입을 불러일으킬 수 있다고 본다. 또한 공동체에 유익을 주는 사회적 기여는 주로 명예직 활동의 영역인데, 참여 소득은 명예직의 영역을 빼앗을 수 있다고 본다.10)

이와 같은 기본소득 구상은 역사적으로 깊은 뿌리를 갖고 있다. 그런 점에서 기본소득 구상은 참신한 제안이기는 하지만, 사실은 오래된 이상이라고 말할 수 있다.

2. 기본소득 구상의 역사적 배경

기본소득 구상이 역사적으로 발전한 과정을 연구하는 것은 그 자체만 해도 매우 방대한 연구 과제라고 볼 수 있다. 여기서는 지면 관계상이 구상의 역사적 발전 과정을 상세하게 다룰 수 없기에 오늘의 기본소득 논의에 의미 있는 시사점을 던지는 몇 가지 맥락을 짚는 것으로 만족할 수밖에 없다.11)

Blaschke, "Warum ein Grundeinkommen? Zwölf Argumente und eine Ergänzung" (http://www.archiv-grundeinkommen.de/blaschke/warum-ein-grundeinkommen.pdf).

10) Yannik Vanderborgt/Philippe Van Parijs, 앞의 책, 60.

11) 기본소득 구상의 역사적 발전에 대한 간략한 서술은 Yannik Vanderborgt/Philippe Van Parijs, 앞의 책, 15-36; Philippe Van Parijs, "History of Basic Income, Part 1" (http://www.basicincome.org/bien/aboutbasicincome.html#history); "History of Basic Income, Part 2" (http://www.basicincome.org/bien/aboutbasicincome.html#hist2)에서 찾을 수 있다.

기본소득 구상의 주요 규준들 가운데 하나는 국가가 모든 시민들에게 소득을 보장하여야 한다는 주장인데, 이를 주장한 최초의 사상가는 르네상스 휴머니즘의 고전적 유토피아 이론가인 토마스 모어(Thomas More, 1478-1535)였다. 요한네스 루도비쿠스 비베스(Johannes Ludovicus Vives, 1492-1540)는 공적인 손에 의해 가난한 사람들을 도와야 할 이유들을 조목조목 밝힘으로써 기본소득 보장 제도를 선구적으로 주창하였다.

미국의 토마스 페인(Thomas Paine, 1737-1809)은 가난을 퇴치하는 수단으로서 지대를 분배할 것을 주장하였고, 이를 시민들의 당연한 청구권으로 인정하였다. 프랑스의 샤를 푸리에(Charles Fourier, 1772-1837)와 그 제자 빅톨 꽁시데랑(Victor Considérant, 1808-1893)은 국가 시민들에게 최저보장을 실시할 것을 주장하였고, 조셉 샤를리예(Joseph Charlier, 1816-1896)는 이러한 주장을 관철하기 위한 방책으로 "토지수익배당" 제도를 제안하였다. 영국의 존 스튜어트 밀(John Stuart Mill, 1806-1873)도 푸리에의 사상을 받아들여 노동 업적과 무관하게 최저보장을 실시하고, 최저보장을 위한 몫을 공제한 나머지 국민 총생산을 지대, 임금, 이윤으로 분배할 것을 주장한 바 있다.

기본소득 이념은 제1차 세계대전 이후에 대영제국에서 노동당에 의해 활발하게 논의되기 시작하였다. 그 논의의 스펙트럼은 매우 넓었다. 버트란드 러쎌(Bertrand Russell, 1872-1970)은 1918년에 사회주의와 무정부주의를 종합하면서 노동과 소득을 분리시키고 노동 강제를 배제하는 원칙에 입각하여 기본소득 구상을 제시하였다. 같은 해에 데니스 밀너(Dennis Milner, 1892-1956)는 생존 보장의 틀에서 국가가 국민총소득 가운데 일부를 가난 퇴치를 위해 국가 보너스(State

Bonus)로 내놓는 방안을 제시하였고, 클리포드 더글러스(Clifford H. Douglas, 1879-1952)는 전쟁 뒤에 마비된 소비를 끌어올리기 위해 사회적 신용(Social Credit)을 창출하여 국민 배당(national dividend)을 실시하는 방안을 제시하였다. 1929년 죠지 콜(George D. H. Cole)은 반대급부 없이 국가가 모든 시민들에게 지급하는 이전 소득을 도입할 것을 주장하고 이를 사회 배당(social dividend)이라고 규정하였다. 1943년 자유주의자 줄리엣 리스-윌리엄스(Juliet Rhys-Williams, 1898-1964)는 사회 배당 개념을 다소 수정하여 기본소득 개념으로 가다듬고, 이를 '새로운 사회 협약'의 핵심 내용으로 삼자고 제안하였으며, 이 구상을 갖고서 비버리지 계획(Beveridge Programme)에 대항하고자 하였다.

1960년대에 미국에서 밀튼 프리드먼(Milton Friedman, 1912-2006)은 마이너스 소득세(Negative Income Tax) 구상을 제시하였다. 그는, 마이너스 소득세를 도입할 경우, 복잡하기 짝이 없는 미국의 사회보장제도를 단순화하면서도 시장이 마찰 없이 제 기능을 수행하리라고 확신하였다. 로버트 테오발드(Robert Theobald, 1929-1999)와 제임스 토빈(James Tobin, 1918-2002)은 마이너스 소득세를 도입하여 소비를 안정시키고 가난을 퇴치할 수 있다고 보았으며, 특히 토빈은 모든 시민들에게 조건 없이 지급하는 시민보조금(demogrant)을 구상하였다. 이 이론가들의 논의에 힘입어 미국 행정부는 1968년부터 마이너스 소득세를 시행하는 실험을 단행하였다.

1984년 요아힘 미츄케는 마이너스 소득세 개념을 도입하여 독일의 복잡한 조세제도와 사회보장제도를 개혁하기 위해 시민 수당(Buergergeld)이라는 개념을 도입하였다.[12] 이 개념은 사회국가의 위

기에 대한 논의가 막 시작되는 시점에서 자유당과 기독교 보수당 일각
에서 사회국가의 대안 개념으로 수용되었다. 1984년 최저소득 방안과
최저임금 문제를 다룬『잘못된 노동으로부터의 해방』13)이 발간되면서
좌파 대안 세력과 녹색당 세력은 국가가 보장하는 최저소득 구상을 놓
고서 격렬한 논쟁을 벌였다. 이 논쟁에서 두드러진 역할을 한 이론가들
은 미하엘 오필카와 게오르크 포브루바였다.14) 특히 포브루바는 '노동
과 소득의 분리' 원칙에 입각하여 기본소득 제도를 구상하였다.15) 이
와 유사한 논의는 영국, 덴마크, 네덜란드에서도 활발하게 진행되었고,
약간의 시차를 두고 프랑스에서도 전개되었다.

　기본소득 구상의 역사적 맥락을 간략하게 살피더라도, 이 구상의 핵
심이 국가(나 정치 공동체)에 의한 보장, 소득과 노동의 분리, 소득에 대
한 시민의 권리를 인정하는 데 있다는 것은 주목할 만하다.

3. 사회국가의 급진적 개혁 방안으로서의 기본소득 구상

　20세기가 거의 끝날 때까지 기본소득 구상은 주로 이론가들 사이에
서 논의되었을 뿐, 정치적이고 시민적인 공론의 장에 큰 영향을 미치지

---

12) Joachim Mitschke, *Steuer- und Transferordnung aus einem Guß: Entwurf einer
　　Neugestaltung der direkten Steuern und Sozialtransfers in der Bundesrepublik
　　Deutschland* (Baden-Baden: Nomos-Verl.-Ges., 1985).
13) *Befreiung von falscher Arbeit: Thesen zum garantierten Mindeseinkommen*, hg. von
　　Thomas Schmid (Berlin: Wagenbach, 1984).
14) *Das garantierte Grundeinkommen: Entwicklung und Perspektive einer Forderung*, hg.
　　von Michael Opielka/Georg Vobruba (Frankfurt am Main: Suhrkamp, 1986).
15) Georg Vobruba, *Entkoppelung von Arbeit und Einkommen: Das Grundeinkommen in
　　der Arbeitsgesellschaft*, 2. erweiterte Auflage (Wiesbaden: Verlag für
　　Sozialwissenschaften, 2007).

는 못했다. 그러나 20세기 말과 21세기 초에 이르자 기본소득 구상은
제 기능을 발휘하지 못하는 사회국가의 강력한 대안으로 부각되었고,
예컨대 독일에서는 유력한 시민단체들과 거의 모든 정당들이 기본소득
에 관한 구상들을 제시하고 있다.16) 그것은 최근에 신자유주의적 노동
연계복지 모델에 입각하여 운영되는 사회국가의 위기가 그만큼 심각하
다는 뜻이다.

그렇다면 신자유주의적 노동연계복지 모델에는 어떤 문제점이 있
는 것일까?

1) 신자유주의적 노동연계복지 모델에 대한 비판

노동연계복지 모델은 본래 케인즈주의적 복지 모델에 근거한 전통
적인 사회국가의 위기에 대한 대응으로 강구되었다. 완전고용의 이상
을 더 이상 추구할 수 없게 된 1970년대 초 이래로 고용과 사회보장을
서로 결합시켰던 케인즈주의적 사회국가는 대량 실업으로 인한 실업
급부의 증가와 세수 감소로 인해 더 이상 제 기능을 발휘할 수 없었다.
1980년을 전후로 영국과 미국에서 집권한 대처와 레이건은 이와 같은
사회국가의 위기에 대응하기 위하여 신자유주의 정책들을 강력하게 추
진하면서 케인즈주의적 사회국가의 복지(welfare) 개념을 신자유주의
적 사회국가의 노동연계복지(workfare) 개념으로 전환시켰다.

노동연계복지 모델은 기본적으로 "일하지 않는 자는 먹지도 말라"

---

16) 이에 대해서는 Frieder Neumann, *Gerechtigkeit und Grundeinkommen: Eine
gerechtigkeitstheoretische Analyse ausgewaehlter Grundeinkommensmodelle*
(Münster: Lit, 2009), 15f.를 보라.

는 강령에 근거하고 있고, 그 운영 원칙은 크게 보아 두 가지이다. 하나는 복지 급여와 노동 의무를 결합하는 것이다.17) 복지가 국가로부터 모든 시민들에게 보장되는 권리라면, 그 권리에는 반드시 반대급부가 따라야 하고, 그것은 노동의 의무라는 것이다. 또 다른 하나는 앞의 원칙에서 도출되는 원칙으로서 복지 수급자의 자격을 엄격하게 규정하여 무임승차자를 철저하게 가려내는 것이다. 복지 수급자의 자격은 노동 의지가 있고 노동 의무를 수행하는 사람으로 제한되는데, 이것은 복지 수급이 시민의 지위에 따르는 무조건적인 권리가 아니라, 국가와 개인의 계약에 따르는 조건부 권리라는 것을 의미한다.18) 이와 같은 신자유주의적 노동연계복지 모델은 미국과 영국만이 아니라 스칸디나비아 국가들과 같은 전통적인 사회국가에도 도입되었으며,19) 우리나라에서는 1990년대 말에 국민의 정부가 들어서면서 "생산적 복지"에 근거한 국민기초생활보장제도가 운영되기 시작하였다.

신자유주의적인 노동연계복지 제도는 많은 문제를 안고 있다. 첫째, 노동연계복지는 논리적으로 완전고용을 전제하기 때문에 현대 자본주의 경제의 가장 심각한 문제인 대량 실업에 대한 효과적인 대응일 수 없다. 현대 자본주의 경제에서 대량 실업은 자본 투입을 늘려서 노동력을 절약하기 위한 노동 합리화 전략에서 비롯된 것이기 때문에 대량 실업은 급속한 노동 생산성 향상에서 비롯된 구조적인 현상이다. 노동 합리화 전략은 정보화와 금융의 지구화가 급속하게 진행되고 있는 상황

---

17) 김종일,『서구의 근로연계복지: 이론과 현실』(서울: 집문당, 2006), 60: "복지 급여를 받기 위한 조건으로 근로 의무를 이행하는 제도."
18) 김종일, 앞의 책, 60f., 76f.
19) 미국, 영국, 스웨덴, 덴마크 등에 도입된 노동연계복지 모델에 대해서는 이명현, "복지 국가 재편을 둘러싼 새로운 대립축: 워크페어(Workfare) 개혁과 기본소득(Basic Income) 구상," 59-62를 보라.

에서 기업 이윤의 극대화와 주주 이익의 극대화를 실현하는 중요한 장
치로 자리를 잡았다. 그 결과는 '고용 없는 경제성장'이다. 이러한 상황
에서 "일하지 않는 자는 먹지도 말라."는 노동연계복지의 강령은 노동
시장에서 밀려난 사람들에게 생존에 대한 불안을 확산시킨다.

둘째, 노동연계복지는 복지 수급에 대한 반대급부로서 노동의 의무
를 요구하기 때문에 복지 수급자들은 임금 수준이나 고용 형태 혹은 노
동 조건 등을 따지지 않고서 굴욕적이고 위험하고 불안정한 일자리를
찾게 하고, 그러한 일자리를 받아들이도록 강제한다. 노동연계복지가
자리를 잡은 나라들에서는 행정 당국이 알선한 '적절한' 일자리를 받아
들일 것을 약정하게 하고, 알선된 일자리를 정당한 이유 없이 거부할
수 없게 하는 것이 일반적이다.[20] 노동 시장에서 일자리를 찾지 못하
는 사람들에게는 공적인 손에 의해 마련된 노동 기회 혹은 일자리가 제
공되며, 이러한 노동 기회 혹은 일자리 역시 정당한 이유가 없는 한 거
부할 수 없다.[21] 이와 같이 노동연계복지 모델은 공공연한 노동 강제

---

20) 독일의 경우 사민당-녹색당 연정이 2004년에 법제화하여 시행하는 "구직자를 위한
실업급여" 제도는 구직자로 하여금 노동 센터에 등록하여 '노동시장 배치 약정
서'(Eingliederungsvereinbarung)를 작성하는 것을 의무화하고 있으며, 이 약정서를
작성하지 않으면 실업급여의 30%가 삭감되고, 25세 이하의 청년이 약정서를 작성하지
않을 경우에는 3개월간 실업급여가 전액 삭감된다. 약정서를 작성한 뒤에는, 어떤 일자
리가 제공되든, 이를 받아들이지 않으면 안 된다. 이에 대해서는 김종일, 앞의 책, 267을
보라. 우리나라의 경우에는 행정당국에 의한 일자리 알선 제도가 없다.
21) 우리나라에도 일자리가 없는 사람들에게 제공되는 자활사업 참여와 관련된 노동 의무
조항과 이를 이행하지 않는 경우에 대한 제재 조항이 마련되어 있다. "국민기초생활보장
법" 제9조 제5항은 "근로능력이 있는 수급자에게 자활에 필요한 사업에 참가할 것을 조
건으로 하여 생계급여를 지급할 수 있다."고 규정하고, 동법 제30조 제2항은 "근로능력
이 있는 수급자가 제9조제5항의 조건을 이행하지 않는 경우 조건을 이행할 때까지 (…)
근로 능력이 있는 수급자 본인의 생계 급여의 전부 또는 일부를 지급하지 아니할 수 있
다."고 규정하고 있다.

를 내포하고 있는데, 이것은 직업 선택의 자유(대한민국 헌법 제15조)를 침해하는 매우 심각한 인권 유린이라고 볼 수 있다. 셋째, 노동연계복지는 가난의 함정에서 벗어나는 일을 어렵게 만든다. 노동연계복지 모델은 기초보장 제도와 결합되기 마련인데, 기초보장 급여는 최저임금보다 적어야 한다는 계명이 통용되기 때문에 그 급여 수준은 생존을 가능하게 하는 정도에 머문다. 공적인 손에 의해 마련되는 일시적인 노동 기회 혹은 일자리의 소득 효과는 매우 미미하다.22) 게다가 기초보장 수급자가 일자리를 얻어 노동 소득을 취할 경우, 늘어난 소득만큼 기초보장 급여가 삭감되기 때문에 수급자는 기초보장 급여 수준 이상의 삶을 향유할 수 없다. 따라서 수급자는 가난의 함정에서 벗어날 수 없다.23) 가난의 함정을 벗어날 수 있는 경우는 수급자가 기초보장 급여를 훨씬 상회하는 노동소득을 얻는 경우뿐인데, 이는 오늘의 고용 상황에서 기대하기 어려운 일이다.

넷째, 노동연계복지와 결합된 기초보장 제도를 운영하기 위해서는 엄청난 행정 비용이 들 수밖에 없다. 기초보장 수급 자격이 있는 사람을 가려내기 위해서는 수급 대상이 되는 개인이나 가구의 재산과 소득원을 일일이 조사하여야 하기 때문에 천문학적인 행정 비용이 불가피하다. 독일의 경우, 이러한 제도를 운영하는 데 들어가는 행정 비용은 연

---

22) 우리나라의 경우에는 기초생활수급권자와 차상위계층을 위한 자활 사업이 조직되어 있고, 청년층을 대상으로 한 신규 일자리 창출 사업, 녹색 뉴딜을 통한 일자리 창출 사업, 고용 유지 사업, 사회적 일자리 창출 사업 등 다양한 일자리 창출 사업이 마련되어 있다. 그러나 자활 사업의 경우에는 성공률이 극히 낮고, 일자리 창출 사업은 불안정한 저임금 일자리를 양산하기만 한다는 비판이 따르고 있는 실정이다. 이에 대해서는 김교성, 앞의 논문, 38f.를 참조하라.

23) Ronald Blaschke, "Bedingungsloses Grundeinkommen versus Grundsicherung," *standpunkte* 15/2008 (July 2008), 7f.

간 1천 억 유로에 달한다고 한다.24)

다섯째, 앞서 말한 번거로운 자산 조사와 소득 조사를 한다 할지라도 기초보장의 수급 자격의 기준을 정하는 것은 어디까지나 국가의 권한이기 때문에 차상위계층처럼 수급 자격이 있다고 여겨지더라도 수급을 받지 못하는 광범위한 사각지대가 발생하기 십상이다.25) 또한 가족 부양 의무가 복지제도 운영의 전제로서 공공연히 인정되고 있는 우리나라에서는 수급 자격이 있는 사람조차 기초보장으로부터 배제되는 경우가 적지 않게 발생한다. 자식의 부양을 전혀 받지 못하는 사람이 자식과 연락이 끊겨 이를 입증하지 못할 경우에는 수급 자격이 부여되지 않는 경우가 그 한 예일 것이다.

이런 점들을 감안할 때, 노동연계복지 모델은 인간의 존엄성에 부합하는 삶을 보장하는 데 근본적인 한계를 갖는다. 기본소득 구상은 이와 같은 노동연계복지 모델을 비판하고 그 대안을 모색하는 과정에서 힘을 얻고 있다.

2) 사회국가의 급진적 개혁을 위한 기본소득 구상의 의의

기본소득 구상은 사회국가의 급진적 개혁을 위한 방안이다. 오늘의 사회국가는 케인즈주의적 복지 모델로 되돌아갈 수도 없고, 노동연계복지 모델에 계속 머물러 있을 수도 없게 되었다. 기본소득 구상은 이 두 가지 모델들을 넘어서는 의미 있는 방안들을 포함하고 있다.

---

24) Götz W. Werner, *Ein Grund für die Zukunft: Das Grundeinkommen; Interviews und Reaktionen* (Stuttgart: Freies Geistesleben, 2006), 41.
25) 이에 대해서는 김교성, 앞의 논문, 37을 보라.

우선, 기본소득 구상은 노동연계복지가 전제로 하는 국가와 개인의 계약에 근거한 조건부 복지 수급권이라는 개념을 깨뜨리고, "풍족하지는 않지만 적당한 생활 수준을 위해 충분한 수준의 기본소득"에 대한 요구를 시민의 무조건적 권리라는 데서 출발한다.26) 정의로운 국가는 이러한 시민의 무조건적 권리를 보장하여야 할 책임이 있다. 기본소득에 대한 요구를 시민권으로 보는 관점에 대해서는 뒤에서 상론하겠지만, 나는 이것이 사회국가의 급진적 개혁을 위한 기본소득 구상의 핵심이라고 본다.

둘째, 엄청난 규모로 자본이 축적되고 노동 생산성이 급속히 향상되는 오늘의 상황에서는 노동시장이 흡수할 수 없는 사람들이 있기 마련이기 때문에 이들이 일자리를 포기하는 대신에 기본소득을 받아 생활하도록 하는 '노동과 소득의 분리'는 현실에 부합하는 방안이다. 이것은 노동시장에 투입되는 노동력의 양을 제한할 수 있기 때문에 노동 시장에 걸리는 부하를 획기적으로 완화할 수 있다.27)

셋째, 기본소득은 소득을 위해 원하지 않는 일을 하지 않을 수 있는 자유를 보장하기 때문에 노동력을 '탈상품화'28)하는 효과를 거둘 수 있다. 이렇게 되면 "취약 계층이 매력적이거나 발전 가능성이 있는 일자리와 형편없는 일자리를 구분할 수 있도록 협상력을 확산시킬 수 있다."29)

넷째, 기본소득 구상은 기본소득 수급자가 노동 소득이나 부동산 소

---

26) 캐롤 페이트만, "시민권의 민주화: 기본소득의 장점," 브루스 액커만, 앤 알스톳, 필리페 반 빠레이스 외, 『분배의 재구성: 기본소득과 사회적 지분급여』, 162.
27) Georg Vobruba, 앞의 책, 37.
28) 반 빠레이스, "기본소득과 사회적 지분급여: 재분배의 새로운 디자인으로서 무엇이 더 적합한가?" 브루스 액커만, 앤 알스톳, 필리페 반 빠레이스 외, 『분배의 재구성: 기본소득과 사회적 지분급여』, 293f.
29) 반 빠레이스, "기본소득: 21세기를 위한 명료하고 강력한 아이디어," 39.

유에서 비롯되는 수익을 별도로 취득할 수 있도록 하기 때문에 기본소
득 수급자는 '가난의 함정'에서 쉽게 빠져나올 수 있다.[30]

다섯째, 기본소득은 사회국가의 억압적이고 관료주의적인 통제로
부터 시민들을 해방시키고, 사회국가 운영을 위한 천문학적인 비용을
절약할 수 있게 한다. 만일 전통적인 사회보험, 의료보험, 연금 등을 기
본소득으로 통합하여 운영한다면 사회국가를 매우 효율적으로 운영할
수 있을 것이고, 사회국가의 관료주의적 비대화 문제를 쉽게 해결할 수
있을 것이다.[31] 더 나아가 모든 시민이 기본소득의 수급자이기 때문에
전통적인 복지 급여 제도의 고질이었던 낙인 효과가 사라진다.[32]

여섯째, 기본소득은 개인별로 지급되기 때문에 케인즈주의적 복지
모델이나 노동연계복지가 전제하는 가부장적 복지의 굴레[33]로부터 여
성을 해방시킨다. 가정에서 여성의 경제적 의존은 줄어들거나 사라지
고 여성의 자율성은 신장된다. 또한 개인별 지급 방식은 "공동생활을
장려하고 가족 해체 함정을 없앤다."[34] 왜냐하면 다수가 공동으로 가

---

30) Georg Vobruba, 앞의 책, 178.
31) 물론 기왕 연금 기여금을 납부한 사람들에게는 과도기적으로 그 혜택을 주면 될 것이
다. 장애인 같이 특별한 보상이 필요한 사람들에게는 기본소득 이외에 별도의 보조금을
주어야 할 것이다.
32) Georg Vobruba, 앞의 책, 39f.; Manfred Fuellsack, "Einleitung: Ein Garantiertes
Grundeinkommen - was ist das?" *Globale soziale Sicherheit*, hg. von Manfred
Füllsack (Berlin: Avinus-Verl., 2006), 15f.
33) 시장경제는 돈벌이노동과 가사노동을 "공/사이분법"에 따라 서로 분리시키고 이를 성
별분업체계로 고정시키는 경향을 띠었고, 설사 여성이 돈벌이 노동을 하는 경우라 해도
임금 수준이나 승급에서 차별을 받아 왔기 때문에 이에 근거하여 조직된 전통적인 복지
모델은 여성차별적이거나 여성배제적인 성격을 띠었다고 볼 수 있다. 이에 대해서는 오
장미경, 『여성노동운동과 시민권의 정치』(서울: 아르케, 2003), 163ff.; Manfred
Füllsack, *Leben ohne zu arneiten? Zur Sozialtheorie des Grundeinkommens* (Berlin:
Avinus-Verl., 2002), 159ff.를 보라.
34) 반 빠레이스, "기본소득: 21세기를 위한 명료하고 강력한 아이디어," 29.

계를 꾸리는 것이 혼자 가계를 꾸리는 것보다 비용이 덜 들기 때문이다.

일곱째, 노동과 연계되지 않은 기본소득이 보장되면, 시민들은 돈 벌이 노동에 묶이지 않는 자유 시간을 활용하여 자신의 발전을 도모하고 공동체에 참여하여 공동체 발전에 기여하는 다양한 활동을 펼칠 수 있다. 임노동에 바탕을 두고 조직된 노동 사회는, 일찍이 랄프 다렌도르프가 예견했던 바와 같이, '생존을 보장하는 활동 사회'로 전환될 수밖에 없는데,35) 다렌도르프 이후에 많은 사람들이 활동 사회의 다양한 가능성들을 논하고 있다.36)

여덟째, 기본소득은 급진적인 노동시간 단축 정책이나 일자리 나누기 정책을 용이하게 도입할 수 있도록 한다. 이러한 정책들은 일할 능력이 있고 일할 의사가 있는 모든 사람들에게 사회적으로 필요한 총노동 시간을 공평하게 나눔으로써 대량 실업을 극복하는 유력한 방안이다. 그러나 고용에 따르는 사회비용이 크기 때문에 이 구상을 받아들이지 않으려는 기업의 저항이 만만치 않았다. 기본소득은 이러한 저항을 누그러뜨려서 고용을 촉진시키는 효과를 가질 것이다.37)

이처럼 기본소득 구상은 사회국가의 위기에 대응하면서 사회국가

---

35) Ralf Dahrendorf, "Wenn der Arbeitsgesellschaft die Arbeit ausgeht," *Krise der Arbeitsgesellschaft? Verhandlungen des 21. Deutschen Soziologentages in Bamberg 1982*, hg. im Auftr. der Deutschen Gesellschaft für Soziologie von Joachim Matthes (Frankfurt am Main/New York: Campus Verl, 1983), 37.

36) 해리 데 랑에와 밥 후즈바르가 제안했던 공동체의 편익을 위해 시민활동을 이전하는 사회(transduktive Gesellschaft), 제레미 리프킨의 제3섹터, 울리히 벡의 시민노동 사회 등이 좋은 예일 것이다. 이에 대해서는 Bob Goudzwaard/Harry de Lange, *Weder Armut noch Überfluss. Plaedoyer für eine neue Ökonomie* (München: Kaiser, 1990), 56; J. Rifkin, Das Ende der Arbeit und ihre Zukunft (Frankfurt/New York: Campus, 1995), 180f., 191ff.; 울리히 벡,『아름답고 새로운 노동세계』(서울: 생각의나무, 1999), 220f.

37) Ronald Blaschke, 앞의 글, 9.

를 급진적으로 개혁하기 위한 중요한 방안들을 담고 있다. 그 방안들은 오늘의 현실에 부합한다고 볼 수 있다. 그러나 이러한 사회 실용적인 판단에도 불구하고, 기본소득 구상은 노동과 소득의 분리라는 주장과 권리와 의무의 비대칭성이라는 주장을 담고 있기 때문에 그 정당성을 입증하여야 할 과제를 안고 있다. 아래서는 이에 대해 조금 더 깊이 살피고자 한다.

4. 기본소득 구상의 정당성 주장

기본소득 구상의 정당성은 시민권의 실현이라는 측면과 정의의 요구라는 측면에서 살필 수 있다. 아래서는 먼저 모든 시민이 기본소득에 대한 당연한 권리를 갖는다는 주장을 검토하기로 한다.

1) 소득에 대한 시민의 권리

이미 기본소득 구상의 역사적 맥락을 검토할 때, 많은 선구자들이 기본소득을 시민의 권리로 주장하였다는 것을 확인한 바 있지만, 이 점을 분명하게 천명한 우리 시대의 사상가는 에리히 프롬(Erich Fromm, 1900-1980)이다. 그는 자본주의 사회에서 소득이 보장되지 않음으로써 노동자들이 '불안'에서 헤어 나올 수 없게 되며, 이로 인하여 몸밖에 가진 것이 없는 노동자는 자신의 의지에 반하여 자본이 제공하는 일을 할 수밖에 없는 강제 아래 있다고 분석하였다. 프롬은 소득의 보장이 자유를 실현하는 전제조건임을 분명히 하고, 소득 보장의 요구가 인간의 권리임을 다음과 같이 강조한다.

"소득이 보장된다면, 자유는 현실이 될 것이다. 그렇게 된다면, 서구의
종교적 전통과 휴머니즘 전통에 깊이 뿌리를 박고 있는 원칙, 곧 인간
은 그 어떤 상황 속에서도 살 권리가 있다는 원칙이 옳다는 것이 실증
될 것이다. 생명, 음식, 주택, 의료, 교육 등에 대한 이 권리는 인간의
천부적인 권리이며, 이 권리는 그 어떤 상황 아래서도 제한되어서는 안
된다. 어떤 사람이 사회에 '쓸모'가 있는가를 보고서 그 사람의 권리를
제한해서는 결단코 안 된다."[38]

프롬은 근대 세계에서 확립된 자유권적 기본권을 사회적 기본권을
통하여 실질적으로 실현하고자 하였다. 프롬은 사회적 기본권의 핵심
을 소득 보장이라고 보았으며, 어떠한 반대급부도 전제하지 않는 무조
건적인 소득 보장을 옹호하였다. 이런 관점에서는 '노동과 소득의 분리'
나 '권리와 의무의 비대칭성'은 논란의 대상이 될 수 없다.

소득 보장의 요구가 무조건적인 시민의 권리라는 프롬의 사상은 기
본소득 구상을 가장 명료한 형태로 가다듬은 반 빠레이스에게 계승되
었다. 그는 근대 사회에서 확립된 자유는 안전과 자기자신에 대한 소유
를 그 핵심적 내용으로 하고 있지만, 그 자유가 실질적 자유(real free-
dom)가 되기 위해서는 인간이 무엇을 하려고 하든 그가 하고 싶어 하
는 것을 할 수 있는 기회와 그 실현 수단이 확보되어야 한다고 생각한
다. 따라서 그가 확보하고 있는 내적인 자원과 외적인 자원이 얼마나
확보되어 있는가에 따라 그가 얼마나 지유로운가를 판단할 수 있다.[39]

---

38) Erich Fromm, "Psychologische Aspekte zur Frage eines garantierten
   Einkommens für alle (1966)," *Erich Fromm Gesamtausgabe in zwölf Bänden*
   (München: Deutsche Verlags-Anstalt und Deutscher Taschenbuch Verlag,
   1999), Bd. V, 311.

인간은 '좋은 삶'을 실현하는 데 필요한 일정한 몫의 자원을 요구할 권리가 있으며, 국가는 각 개인이 갖고 있는 '좋은 삶'에 대한 구상에 대해 중립적인 입장을 취하되 모든 시민들에게 각자 자신이 생각하는 '좋은 삶'을 실현할 수 있는 동등한 자유를 보장하여야 한다는 것이다.40) 각 사람이 '좋은 삶'을 실현하기 위해 어떤 자원을 얼마큼 차지할 권리가 있는가는 정의의 원칙을 세워 정밀하게 따져야 할 일이겠지만(추후에 상론함), 여기서는 반 빠레이스가 실질적 자유의 실현을 각 시민이 국가에 요구할 수 있는 권리로 파악하고 있다는 점이 중요하다. 반 빠레이스는 기본소득을 실질적 자유의 실현을 위한 자원으로 간주하고, 기본소득의 요구를 시민의 권리로 주장한다. 캐롤 페이트만은 이러한 반 빠레이스의 사상을 다음과 같이 정리하고 있다.

"기본소득은 완전한 시민권의 상징이고, 그러한 정치적 지위를 유지하는 데 필요한 안전을 보장한다. 달리 말하면, 민주적 권리로서의 기본소득은 정치적 자유를 의미하는 자치와 같은 개인의 자유를 위해 필요하다."41)

기본소득이 개인의 실질적 자유를 보장하는 수단이라면, 모든 시민은 국가에게 기본소득을 보장할 것을 요구할 권리가 있다. 왜냐하면 모든 시민들에게 실질적 자유의 기회와 그 수단을 동등하게 부여하는 것이 정의로운 국가의 과제이기 때문이다.

---

39) Philippe Van Parijs, *Real Freedom for All: What (If anything) can Justify Capitalism?* (Oxford; New York: Clarendon Press; Oxford University Press, 1995), 23.
40) 앞의 책, 22.
41) 캐롤 페이트만, 앞의 논문, 162.

2) 정의의 요구

기본소득 구상은 정의의 관점에서도 정당성을 갖는가? 기본소득 구
상의 정당성을 논하는 정의론의 관점들은 이제까지 크게 두 가지로 대
별되어 왔다. 하나는 평등주의적인 관점(egalitarian perspective)이고,
또 다른 하나는 비평등주의적 관점(non-egalitarian perspective)이다.

평등주의적 관점을 대표하는 학자는 반 빠레이스인데, 그는 존 롤즈
의 차등의 원칙을 원용하여 사회적 분배의 원칙을 제정한다. 존 롤즈가
가장 나쁜 처지에 있는 사람들에게 가장 많은 것을 분배하여 자원 향유
의 격차를 줄이게 하는 평등지향적인 차등의 원칙 혹은 최소 수혜자 최
대 이익의 원칙(maximin principle)을 정의의 원칙으로 제시하였듯
이,[42] 반 빠레이스는 열악한 사회 계층들의 순서를 정하고 이를 사전
의 순서처럼 엄격하게 따르면서 더 열악한 처지에 있는 사람들에게 더
많은 것을 차등 배분하여 자원의 격차를 줄이는 차등의 원칙을 제시한
다.[43] 반 빠레이스는 이와 같은 '사전적 순서에 따르는 최소 수혜자 최
대 이익의 원칙'(leximin principle)을 가장 잘 구현하고 있는 것이 기본
소득이라고 본다. 따라서 기본소득은 정의의 요구에 가장 충실한 제도
라는 것이다.

반 빠레이스는 실질적 자유의 실현과 관련하여 각 시민이 어떤 자원
을 얼마큼 요구할 수 있는가를 묻는다. 이와 관련해서 그는 한 가지를
명확하게 해 두고 있다. 사회적 분배의 대상이 되는 것은 그 누구의 것
으로 돌릴 수 없는 자원들이라는 것이다. 대표적인 것은 자연자원이다.

---

42) 존 롤즈, 『사회정의론』, 황경식 옮김, 수정 제1판 제1쇄 (서울: 서광사, 1985), 316f.
43) Philippe Van Parijs, 앞의 책, 27.

자신에게 우연하게 속한 능력이나 성질에서 얻은 결과들이나 선물, 상속, 토지소유, 희귀성을 갖는 일자리에서 얻은 결과들도 사실은 그 누구의 것으로 돌릴 수 없는 자원들이어서 사회적 분배의 대상이 된다.44) 물론 그 누구의 것으로 돌릴 수 없는 자원들을 몽땅 분배하여 쓸 수 있는 것은 아니다. 갖가지 장애에 시달리는 사람들을 위한 장애 보상 비용, 경찰, 법원, 군대, 정치 기구 등과 같이 모든 시민의 형식적 자유를 보장하는 데 필요한 기구들의 운영 비용, 실질적 자유를 증진시키는 사회경제적 인프라와 문화적 인프라를 구축하는 데 필요한 비용, 인간의 삶의 욕구를 적절히 충족시키는 재화와 서비스를 생산하는 데 드는 비용 등을 공제한 다음에 남는 자원들만이 사회적 분배의 대상이 된다.45)

반 빠레이스는 노동하는 사람의 소득을 노동하지 않는 사람에게 이전하는 것을 정당화하는 데 많은 공을 들였다. 오늘처럼 일자리가 희귀한 자원이 된 세상에서 일자리를 갖는 특권을 차지한 사람들은 그 일자리를 임대하였다고 생각할 것을 제안한다. 또한 일자리를 차지하고 있는 데서 발생하는 고용 지대에 주목할 것을 주문한다. 고용 지대는 노동을 하는 데 드는 비용을 훨씬 상회하는 소득을 얻기 때문에 발생하며, 그 크기는 노동 소득에서 그 비용을 뺀 차액이다. 고용 지대는 자기의 공로로 얻은 것이 아니므로 이를 사회적 분배로 돌려서 비자발적 실업자들의 기본소득을 위한 자원으로 사용하는 것이 정의의 요구에 부합한다.46) 이와 같은 반 빠레이스의 고용지대론은 복지 수혜에 대한 반대급부로서 노동 의무를 주장하는 사람들에게 '노동과 소득의 분리'를 관철시킬 수 있는 논거들 가운데 하나이다. 비자발적 실업자들은 도리

---

44) 앞의 책, 59.
45) 앞의 책, 43ff.
46) 앞의 책, 121ff.

어 고용을 포기하고 일자리를 타인에게 임대하였기 때문에 임대료를 받는 것으로 생각할 수도 있다.

토마스 슈라메와 앙엘리카 크렙스 같은 비평등주의자들은 평등주의자들과는 전혀 다른 논리로 기본소득 구상을 지지한다. 비평등주의자들은 평등주의자들처럼 정의를 비교의 관점에서 보지 말고 정의의 절대적 기준을 제정할 것을 제안한다.[47] 사람들이 지닌 자원이나 기회의 차이를 비교해서 자원과 기회를 가급적 같게 하는 것이 정의의 실현이라고 보는 평등주의자들은 "평등은 그 자체가 좋다."고 생각한다. 이것은 평등이 정의의 내재적 가치라는 뜻이다.[48] 비평등주의자들은 평등주의자들이 평등을 보편성과 혼동하고 있다는 점을 날카롭게 지적하면서 정의론의 과제는 모든 사람들에게 '보편적으로' 적용할 수 있는 정의의 기준들을 찾는 것이라고 주장한다. 그들은 이와 같은 보편적인 정의의 기준들을 찾기 위해 인간의 존엄성이라는 절대적 개념으로부터 출발한다.[49]

이러한 휴머니즘적 관점에서 볼 때, "정의의 필수적인 기준들은 모든 사람들에게 인간의 존엄성에 부합하는 삶의 조건들을 보장"하는 것이어야 한다.[50] 여기에는 음식, 주택, 의료 혜택, 개인적인 자율성과 정치적인 자율성의 보장, 사회적 참여, 프라이버시와 친밀한 이웃관계

---

47) Angelika Krebs, "Gleichheit oder Gerechtigkeit: Die Kritik am Egalitarismus" (www.gap-im-netz.de/gap4konf/proceedings4/pdf/6%20Pol1%20Krebs.pdf), 565.
48) Thomas Schramme, "Verteilungsgerechtigkeit ohne Verteilungsgleichheit," *Analyse & Kritik 21* (1999), 174f.
49) Angelika Krebs, 앞의 글, 567.
50) 앞의 글, 568. 슈라메는 모든 사람이 "좋은 삶을 영위할 수 있는 가능성에 대한 동등한 권리"를 갖는다고 말한다. Thomas Schramme, 앞의 글, 182.

의 유지 등을 누릴 권리를 인정하는 것이 포함된다. 만일 이처럼 인간의 존엄성에 부합하는 기본적인 삶의 조건들을 모든 사람들에게 보장하는 원칙, 곧 기본 보장의 원칙을 정의의 한 원칙으로 확립한다면, 그 다음에는, 마이클 왈쩌의 정의의 영역이론이 주창하는 바와 같이,[51] 업적의 원칙, 자격의 원칙, 교환의 자유의 원칙과 같은 다원적인 정의의 원칙들을 인정할 수 있다. 그러나 무엇보다도 중요한 것은 기본 보장의 원칙이 다양한 정의의 원칙들에 앞선다는 것이다. 인간이 "인간으로 존재하고 있다는 바로 그 사실 때문에(qua Menschsein) 인간의 존엄성에 부합하는 삶을 보장받아야 한다는 논거는 기본소득에 대한 만인의 권리를 휴머니즘적 관점에서 정당화한다.[52]

그리고 바로 이 대목에서 기본소득에 대한 비평등주의자들의 정의론적 근거 설정은 시민권 이론으로 수렴된다.

IV. 기본소득 구상의 정당성에 대한 기독교윤리학적 검토

기독교윤리학적 관점에서 기본소득 구상의 정당성을 검토하기 위해서는 먼저 '노동과 소득의 분리'를 신학적 · 윤리적으로 용인할 수 있는가를 살피고, 그 다음에 인간의 존엄성과 권리에 대한 인의론적 이해로부터 기본소득 구상의 정당성을 입증할 수 있는가를 밝히고, 끝으로 하느님의 정의에 대한 인식으로부터 기본소득의 정당성을 주장할 수

---

51) Michael Walzer, *Sphären der Gerechtigkeit* (Frankfurt am Main/New York: Campus-Verl., 1992).
52) Angelika Krebs, "Why Mothers Should Be Fed: Eine Kritik am Van Parijs," *Analyse & Kritik 22* (2000), 174.

있는가를 검토할 필요가 있다.

1. '노동과 소득의 분리'의 정당성

'노동과 소득의 분리'는 개신교인들에게 받아들이기 힘든 주장으로
여겨지고 있다. 그것은 "이마에 땀을 흘려야 먹을 것을 얻을 수 있다."
는 창세기 3장 19절의 가르침이나 "일하지 않으려고 하는 사람은 먹지
도 말라."는 데살로니가후서 3장 10절의 가르침이 엄중하게 받아들여
지기 때문이기도 하지만 종교개혁 이래로 역사적 개신교에 깊이 뿌리
를 내린 직업윤리와 노동윤리의 영향 때문이기도 하다. 그러나 이러한
성서의 가르침이나 개신교 직업 윤리와 노동 윤리에 기대어 '노동과 소
득의 분리'를 거부하는 것은 졸속적인 판단일 수 있다.

역사적으로 볼 때, '노동과 소득의 결합'을 기본 원리로 해서 하나의
경제 체제가 전반적으로 운영되기 시작한 것은 불과 2세기 남짓밖에
되지 않는다. '노동과 소득의 결합'에 바탕을 두고 운영되는 사회를 노
동사회라고 한다면, 노동사회는 생계를 위해 노동을 하도록 국가가 강
제하고, 노동이 토지나 화폐처럼 상품으로 팔릴 수 있다는 "허구"가 자
리를 잡기 시작한 근대 세계에서 탄생한 것으로 볼 수 있다.[53] 한 마디
로 노동사회는 근대의 발명이다. 노동사회가 확립되면서 어떤 노동은
시장에서 그 업적을 인정받아 임금을 그 대가로 받았지만, 집에서 수행
하는 돌봄 노동이나 살림 노동은 전혀 그렇지 않았다. 돈벌이 노동을
위시하여 이 모든 노동들은 모두 인간의 삶을 위해 인간이 수행하는 노

---

53) 칼 폴라니, 『거대한 전환: 우리 시대의 정치·경제적 기원』 (서울: 도서출판 길, 2009),
   243f.

동이지만, '노동과 소득의 결합'은 오직 돈벌이 노동에만 해당되었다. 돈벌이 노동을 제외한 삶을 위한 다양한 노동은 삶을 위한 활동으로 범주화될 수 있는데, 이 삶을 위한 활동은 근대 사회에서 애초부터 소득으로부터 분리된 노동이었다.

돈벌이 노동과 삶을 위한 활동을 이원론적으로 분리시키는 근대 사회의 원리는 종교개혁자들에게는 낯선 것이었다. 예를 들면 마르틴 루터는 욥기 5장 7절을 "사람은 일을 하기 위하여 태어났고 새들은 높이 떠서 날아간다."54)고 옮겨서 인간은 천부적으로 노동의 위임을 받았다고 주장하였지만, 그가 생각한 노동은 근대 사회가 발명한 돈벌이 노동이 아니었다. 루터에 따르면, 인간이 해야 할 일은 하느님을 섬기고 이웃을 섬기는 일이다. 이를 위해 인간은 다양한 직무를 수행하도록 하느님의 부름을 받지만, 그 직무가 높건 낮건, 그 직무 수행이 돈벌이 노동이든, 대가를 지불받지 못하는 가사노동이든, 공동체를 위한 명예직 활동이든, 하느님을 섬기고 이웃을 섬긴다는 점에서 모두 똑같이 존귀하다. 루터는 사람의 일을 "생산성이나 수확이나 소득이나 노동 업적에 따라 평가"하지 않았고, 도리어 하느님과 이웃과 공동체를 위한 '노동의 봉사적 성격'을 강조했다.55) 루터가 강조한 직업이 돈벌이 노동으로 굳어진 것은 근대 사회가 들어선 뒤의 일이다.

"이마에 땀을 흘려야 먹을 것을 얻을 수 있다."는 창세기 3장 19절의

---

54) 루터의 욥기 5장 7절 번역은 오역에 가깝다. 그가 '노동'으로 번역한 히브리어 jamal은 본래 "고통", "재앙"을 뜻하는데, 현대 루터 번역본 성서는 욥기 5장 7절을 "인간은 스스로 재앙을 낳는데, 그것은 새들이 높이 날아오르는 것과 같다."로 옮긴다. *Die Bibel nach der Übersetzung Martin Luthers*, hg. von der deutschen Bibelgesellschaft (Stuttgart: Deutsche Bibelgesellschaft, 1985).

55) Hans-Juergen Prien, *Luthers Wirtschaftsethik* (Göttingen: Vandenhoeck & Ruprecht, 1992), 168.

말씀은 인간의 노동이 타락 이후에도 인간의 삶을 영위하는 방식으로 하느님에 의해 허락되었음을 뜻하며, 따라서 인간의 노동이 여전히 하느님의 축복 아래 있음을 강조한다고 해석될 수 있다.56) 그 노동은 삶을 위한 활동으로 넓게 해석되어야지 근대적 의미의 돈벌이 노동으로 해석될 수 없다.

"일하지 않으려고 하는 사람은 먹지도 말라."는 데살로니가후서 3장 10절의 말씀은 종말이 임박했다고 믿은 초기 기독교인들이 종말론적 열정에 휩싸여 일상적인 생활 활동이나 생업을 멀리하는 것을 경계하는 데 초점이 있다. 이 말씀을 옛 소련의 스탈린 헌법에서처럼 노동의 의무를 뒷받침하는 구호로 사용하거나 노동연계복지 모델에서처럼 돈벌이노동을 강제하기 위한 무기로 사용하는 것은 성서의 말씀에 대한 견강부회적 해석이라고 보아야 할 것이다.

이렇게 보면 개신교인들이 성서의 가르침이나 직업윤리와 노동윤리를 내세워 '노동과 소득의 분리'를 거부할 이유는 없다고 볼 수 있다. 창세기 1장 28절의 가르침에 따라 노동이 삶을 위한 활동으로서 하느님의 축복 아래 있다고 생각하는 개신교인들은 도리어 '노동과 소득의 분리'를 적극적으로 수용할 수 있을 것이다.57) 왜냐하면 '노동과 소득의 분리'는 삶을 위한 활동을 돈벌이 노동으로 축소시키는 근대적 관점을 깨뜨리고 있기 때문이다.

---

56) 이에 대해서는 강원돈,『인간과 노동: 노동윤리의 신학적 근거』(성남: 민들레책방, 2005), 53f.를 보라.
57) 강원돈, 앞의 책, 47-49.

2. 인간의 존엄성과 권리에 대한 인의론적 이해와 기본소득 구상

인간의 존엄성은 신학적으로 여러 가지 논거들에 의해 뒷받침되고 있지만, 나는 인의론(認義論)이 인간의 존엄성을 지지하는 가장 강력한 기반이 된다고 본다.58) 인간은 업적이 있든 없든 그것과 무관하게 예수 그리스도 안에서 하느님에게 받아들여지고 하느님 앞에 설 수 있게 된 존재이다. 이 인의를 통해 하느님의 정의가 드러나고, 인간의 존엄 성이 확립된다. 인간의 존엄성은 그가 하느님 앞에 서 있다는 것, 예수 그리스도 안에서 하느님에 의해 받아들여졌다는 것에 근거한다. 예수 그리스도 안에서 하느님과 바른 관계를 맺도록 해방된 인간은 자신의 존엄성을 존중하고, 삶에 대한 권리를 의식하는 인간이 되어야 한다. 바로 그것이 "인의의 핵심적 메시지"59)이다.

인간의 존엄성을 존중하는 것과 삶에 대한 권리를 보장하는 것은 같 은 동전의 두 측면이다. 삶에 대한 권리를 신학적으로 명석하게 규명한 신학자는 본회퍼이다. 그는 인의론의 관점에서 '자연적인 삶'이라는 개 념을 창안하였고, 이 '자연적인 삶'의 권리가 무엇인가를 물었다. 본회 퍼에게서 "자연적인 것은 타락한 세계에서 하느님에 의해 보존되는 생 명의 형태, 그리스도를 통한 인의와 구원과 갱신을 고대하는 생명의 형

---

58) 볼프강 후버와 하인츠 퇴트도 인의론에 근거하여 인간의 존엄성과 인간의 권리를 논한 다. 볼프강 후버/하인츠 E. 퇴트, 『인권의 사상적 배경』, 주재용·김현구 옮김 (서울: 대 한기독교서회, 1992), 216.

59) Franz Segbers, "Bürgerrechte, soziale Rechte und Autonomie: Weiterentwicklung des Sozialstaates durch ein Grundeinkommen," Verantwortungsethik als Theologie des Wirklichen, hg. von Wolfgang Nethöfel/Peter Dabrock/Siegfried Keil (Göttingen: Vandenhoeck & Ruprecht, 2009), 194.

태이다."[60] 바로 이 생명의 형태가 '자연적인 삶'인데, 본회퍼는 이 '자연적인 삶'을 살아가는 인간의 삶을 육체적인 삶과 정신적인 삶으로 구별하고, 인간은 육체적인 삶뿐만 아니라 정신적인 삶에서도 자기 목적으로 존재하여야 한다고 주장했다. 인간의 육체는 그 무엇인가의 도구나 수단이 될 수 없고, 인간의 정신도 마찬가지이다. 인간의 존엄성은 오직 육체의 온전함이 유지되고, 정신의 자유가 보장될 때 실현된다. 이를 위해서는 육체적인 삶의 자연적 권리들과 정신적인 삶의 자연적 권리들이 보장되어야 한다. 육체적인 삶의 권리들은 자의적인 살해를 당하지 않을 권리, 생식의 권리, 강간, 착취, 고문, 자의적 체포로부터 보호받을 권리 등이다. 정신적 삶의 자연적 권리들은 판단의 자유, 행동의 자유, 향유의 자유이다. 본회퍼의 권리 장전은 나치 독재가 판을 쳤던 어두운 시대의 산물이지만, 그의 인의론적 권리 이론의 관점과 방법을 창조적으로 계승하는 사람은 '자연적 삶'의 권리를 심화하고 확대할 수 있을 것이다. 오늘날과 같이 대량 실업과 사회적 양극화가 심각한 상황에서 육체의 온전함과 정신의 자유를 보장하기 위해서는 기본소득에 대한 인간의 권리를 권리장전에 추가해야 할 것이다.

인간의 존엄성이 업적 이전에, 업적과 무관하게 확립된다는 인의론의 가르침은 사회적 인정과 복지의 향유를 업적에 직결시키는 이데올로기와 그 이데올로기를 체화한 업적 사회를 넘어설 수 있는 안목을 열어준다. 물론 인간은, 가능한 한에서, 공동체를 위해 업적을 제공하여야 하고 업적 능력을 갖추어야 하지만, 업적이 인간의 존엄성을 평가하는 기준이 될 수 없다. 진정으로 인간적인 사회는 업적 능력이 없는 사람도 업적 능력이 있는 사람과 마찬가지로 인간으로 인정받는 사회이

---

60) D. Bonhoeffer, *Ethik* (München: Kaiser, 1981), 154.

다. 인간의 존엄성과 자연적 권리들을 존중하는 사회에서는 권리와 의무가 대칭을 이룰 수 없다.[61] 인간의 존엄성에 부합하는 삶을 영위하는 것이 인간의 권리로 인정되는 사회에서는 복지를 향유할 권리의 보장을 노동 의무나 업적의 의무와 결부시킬 수 없다.

따라서 인의론의 지평에서 인간의 존엄성과 삶에 대한 권리를 옹호하는 신학적·윤리적 관점에서 볼 때, 기본소득 구상에 반대할 이유가 없다고 말해야 할 것이다.

3. 하느님의 정의와 기본소득 보장

기독교윤리학적 관점에서 볼 때, 하느님의 정의로부터 기본소득 구상을 정당화할 수 있는가를 검토하는 것은 매우 중요하다. 성서에서 하느님의 정의는 어떤 개념이나 어떤 객관적인 척도로 주어져 있지 않다. 하느님의 정의는 오직 하느님의 구원하고 해방하는 행위로부터 인식되고, 그 인식은 하느님의 행위에 부합하는 인간의 응답으로 이어진다. 이것은 이집트에서 종살이하던 무리들 편에 서서 그들을 구원하고 해방하는 행위를 통해 자신이 야훼임을 알린 출애굽 사건 이래로 성서를 관통하는 기본 모티프이다. 하느님의 정의로운 행위를 통해 하느님과 바른 관계를 맺는 사람들은 그들 사이에서도 바른 관계를 맺어야 한다는 것이다. 성서에서 정의는 관계론적 개념이다.[62]

하느님의 정의의 요구에 따라 살아가는 사람들의 삶은 이집트에서

---

61) 볼프강 후버/하인츠 E. 퇴트, 앞의 책, 216.
62) U. 두흐로/G. 리드케, 『샬롬: 피조물에게 해방을, 사람들에게 정의를, 민족들에게 평화를』, 손규태/김윤옥 옮김 (서울: 한국신학연구소, 1987), 76f.

종살이하던 처절한 삶과 그 종살이로부터 해방시킨 하느님의 위대한 구원 행위를 기억하는 데서 출발한다. 계약법전에서 강조하고 있는 가난한 사람들에 대한 배려의 책임은 바로 이와 같은 역사적 회상에 터를 잡고 있다. "너희는 너희에게 몸붙여 사는 사람을 구박하거나 학대하지 말아라. 너희도 이집트 땅에서 몸붙여 살지 않았느냐?"(출애 22:20). 이와 같은 약자 배려의 정신은 과부와 고아에 대한 보호(출애 22:21f.), 떠돌이꾼에 대한 보호(레위 25:35) 등으로 이어지며, 타작이나 수확을 할 때 이삭을 남겨 두거나 열매를 남겨 두어 "가난한 자와 몸 붙여 사는 외국인이 따 먹도록 남겨 놓으라"는 분부로 나타난다. 출애굽 전승의 핵을 이루는 약자 배려의 정신은 사회기금의 원형이라고 할 수 있는 십일조 제도로 발전되었으며(신명 14:28-29), 예언자들에게도 계승된다. 예언자들에게 하느님의 정의에 대한 지식과 가난한 사람들의 권리를 보장하는 것은 둘이 아니라 같은 동전의 양면이었다(예레 9:23f.; 예레 22:15; 이사 58:10 등). 이러한 예언자 정신은 "가난한 사람이 복이 있다. 하느님 나라가 그들의 것이다."는 예수의 선언으로 이어진다(루가 6: 20-21).

이처럼 하느님의 정의를 가난한 사람들의 배려와 보호에 직결시키는 성서는 가난한 사람들이 생존에 필요한 소득에 대한 권리가 있다는 것을 뒷받침하는 여러 모티프들을 제공한다. 만나 이야기(출애 16:1-36), 주기도문(마태 6:11; 누가 11:3 병행), 포도원 주인의 비유(마태 20: 1-16), 최후심판의 비유(마태 25:31-46)가 그것이다.

여기서는 지면관계상 이 성서 모티프들에 대한 상세한 주석을 할 겨를이 없지만, 무엇보다도 만나는 이집트에서 탈출한 출애굽 공동체가 이집트의 축적 경제에 대항하여 추구하여야 했던 대안적인 삶의 상징63)으로 새길 수 있을 것이다. 출애굽 공동체에 속한 사람들은 기본 욕구를 충족시킬 자원이 전혀 없는 상태에서 하느님이 아무런 전제 없이 제공한 '일용할 양식'을 받았다. 그들은 '일용할 양식'이 공동체에 속한 모든 사람들에게 차별 없이 배분되어야 하고, '일용할 양식'보다 더 많은 것을 챙겨서 축적해서는 안 된다는 것을 배워야 했고, 그것이 바로 하느님의 정의임을 인식하여야 했다.

만나 모티프는 주기도문 제2항목 첫째 기원("오늘 우리에게 일용할 양식을 주십시오.")에 다시 등장한다. '일용할 양식'에 대한 루터의 해석은 매우 중요하다. 그에 따르면 '일용할 양식'은 "삶을 위한 양식과 필수품에 속하는 모든 것, 먹는 것, 마시는 것, 옷, 신발, 집, 정원, 경작지, 가축, 현금, 순수하고 선한 배우자, 순박한 아이들, 착한 고용인, 순수하고 신뢰할 수 있는 통치자, 선한 정부, 좋은 날씨, 평화, 건강, 교육, 명예, 좋은 친구, 신용 있는 이웃 등"이다.64) 한 마디로 그것은 인간의 정치적, 경제적, 문화적, 사회적 기본 욕구를 충족시키는 모든 것이다. 이 '일용할 양식'은 나 혼자 차지해서는 안 되고, '우리' 모두에게 허락되어야 한다. '우리'가 모두 "똑같은 기본적 필요를 가진 사람들"이라는 것을 인식한다면, "그 필요를 집단적으로 충족시킬 때 우리는 형제 자매가 된다."는 것도 자명할 것이다.65) 이것은 '일용할 양식'의 문제가 사회정의와 직결된 문제임을 뜻한다. 로호만은 하느님이 선한 사람과 악한 사람을 구별하지 않고 햇빛을 비추고 비를 내리는 것처럼 이 "양식은 수고

---

63) Jürgen Ebach, *Ursprung und Ziel: Erinnerte Zukunft und erhoffte Vergangenheit: Biblische Exegesen, Reflexionen, Geschichten* (Neukirchen-Vluyn: Neukirchner Verl., 1986), 141.

64) Martin Luther, *Der kleine Katechismus* (Göttingen: Vandenhock & Ruprecht, 1947), 43.

65) 레오나르도 보프, 『주의 기도』, 이정희 역 (서울: 한국신학연구소, 1986), 135-36.

하는 사람들에게만이 아니라, 모든 이들에게 허락된다."고 주장한다. "하느님의 의는 그 근본에서 효용성이라든가 이윤을 목적으로 하지 않는다. 은혜 충만한 공의이다. 이 점을 주목할 가치가 있다 — 사회적 결과를 지향한다는 점에 이르기까지 그렇다."[66]

포도원 농부의 비유는 '업적에 따른 정확한 분배'를 뒤집어엎는 '하느님의 기이한 의'를 묘사한다.[67] 하느님의 정의는 노동의 업적과 무관하게 삶의 필요에 따라 재화를 나누어 주는 행위를 통해 드러난다. 업적과 보상을 서로 분리하고, 보상과 삶의 필요를 직결시키는 것이 하느님의 정의이다. 그것이 기이하다고 여겨지는 것은 업적과 보상을 서로 결합시키는 일이 마치 하늘이 정한 법인 양 생각하는 통념이 그만큼 강력하게 자리를 잡았기 때문일 것이다. 이러한 통념에 사로잡힌 사람들은 노동할 기회가 전혀 없거나 노동 업적이 보잘 것 없는 사람들이 필요에 따른 분배에 참여할 기회를 얻는 것을 받아들이지 못하고 분개할 것이다. 그들의 눈에는 궁핍으로 고통당하는 사람들이 보이지 않는 것이다.

최후심판의 비유는 하느님의 정의에 따라 살아가는 사람은 기본 욕구를 충족하지 못하는 사람들과 연대하여야 한다는 것을 전율적으로 증언한다. 최후의 심판자가 의로운 사람들에게 한 말은 의미심장하다. "너희는 내가 굶주렸을 때에 먹을 것을 주었고 목말랐을 때에 마실 것을 주었으며 나그네 되었을 때에 따뜻하게 맞이하였다. 또 헐벗었을 때에 입을 것을 주었으며 병들었을 때에 돌보아 주었고 감옥에 갇혔을 때에

---

66) J. M. 로호만,『기도와 정치: 주기도문 강해』, 정권모 옮김 (서울: 대한기독교서회, 1995), 154.
67) E. 슈바이처,『마태오복음』, 황정욱/황현숙 초역 (서울: 한국신학연구소, 1982), 415.

찾아 주었다."는 것이다(마태 25: 35-36).[68] 의로운 사람들이 의아한
마음으로 최후의 심판자에게 그들이 언제 그렇게 하였느냐고 묻자 그
는 "네가 지극히 작은 자 하나에게 한 것이 곧 나에게 한 것이다."고 대
답한다. 의로운 사람들이 지극히 작은 자에게 한 것은 "양식, 주거, 의
복, 건강, 자유(존엄성)"과 같이 "인간의 경제적 · 정치적 기본 욕구"를
충족시키는 데 필요한 자원을 제공한 것이었다. 이와 같은 이웃의 기본
욕구에 대해 어떤 태도를 보이는가에 따라 우리와 하느님의 관계가 결
정되고 우리의 미래의 삶이 결정된다.[69]

위에서 본 바와 같이 하느님의 정의는 '일용할 양식'을 필요로 하는
사람에게 아무런 전제 없이 그것을 부여할 것을 요구한다. 루터가 해석
한 '일용할 양식'의 내용은 오늘 우리가 말하는 기본소득과 맥이 통한
다. 수고한 사람이나 수고하지 않은 사람 모두에게 '기본소득'을 주어
그들이 인간의 존엄성에 부합하는 삶을 살아갈 기회를 주는 것은 하느
님의 구원하고 해방하는 정의에 부합하는 일이다.

V. 맺음말

이 글에서 나는 기본소득 구상이 위기에 처한 사회국가를 급진적으
로 개혁하는 설득력 있는 방안임을 평가하고, 기본소득 구상이 시민권

---

68) 이 구절들에 명시된 굶주리고 목마른 사람들, 나그네 된 사람들, 헐벗은 사람들, 병든
   사람들, 감옥에 갇힌 사람들의 처지에 대한 사회사적 분석으로는 루이제 쇼트로프, "착
   취당하는 民衆과 勞動," 『새로운 성서해석 ‒ 무엇이 새로운가?』, 김창락 편 (서울: 한국
   신학연구소, 1987), 261, 263, 293을 보라.
69) U. 두흐로/G. 리드케, 앞의 책, 97.

이론과 정의론의 관점에서 정당성을 주장할 수 있다는 것을 밝혔다. 또한 나는 신학적·윤리적 관점에서 기본소득 구상의 정당성을 검토하였는데, 기본소득 구상을 둘러싼 논란의 초점이 되고 있는 노동과 소득의 분리나 권리와 의무의 비대칭성 문제를 수용하는 데 문제가 없다는 것을 밝히고, 하느님의 정의에 대한 인식에 근거하여 기본소득 구상을 지지할 수 있음을 밝혔다.

성경에 비추어 본 효(孝)

이영재
(화평교회 담임목사)

I. 머리말

현대 한국 사회에서 부모에게 순종하고 부모를 잘 모시는 효(孝) 사상이 실종되고 있다. 전통 사회에서 가장 중요하게 강조했던 가치는 충효(忠孝)사상이었다. 충은 국가에 관련되고 효는 사회의 기초 단위인 가정에 관한 가치였다. 입춘서첩에 "충효전가자손흥"(忠孝傳家子孫興)이라 노래하며 복을 기원하였다. 그러나 이 두 가지 가치 중에서도 특히 효의 가치는 현대 사회에서 거의 실종되는 위기에 직면하고 있다.

한국 사회가 근대화되면서 대가족제도가 완전히 붕괴되고 핵가족화가 급속하게 진행되었다. 특히 70~80년대에 세계 자본주의 경제권의 중심부로 편입되는 과정에서 서구 자본주의 사회에서 발달한 가치들이 우리 사회의 전통 가치들을 대체하였다. 특히 농촌의 부락 공동체가 해체되고 대부분의 인구가 도시 생활권으로 편입되면서 대도시들이 발달하였다. 대도시 중심의 경제 구조가 전통 사회를 압도하였다. 이에 전통사회가 강조하여온 효 사상은 급격히 그 힘을 잃어갔다.

특히 여성의 사회적 권리가 신장되면서 가정에서 차지하는 며느리의 위상도 변화를 맞았다. 전통적인 가부장 윤리가 무너져서 부부 사이의 역관계도 전도되었을 뿐만 아니라 대가족 사회에서 정립되어온 고부간의 역관계도 완전히 변하였다. 이에 따라 자녀가 부모에 대하여 갖는 전통적인 관계도 변하였다.

나는 현대의 변화를 탄식하면서 전통적인 효 사상을 수호하려고 이 글을 쓰는 것이 아니다. 이처럼 급변하는 세대에서 우리 교회가 어떤 입장을 취하여야 할 것인가를 성경에 비추어 생각해 보려는 것이다. 유교적인 효 사상을 옹호하려는 목적으로 성경의 본문을 골라서 연구할 동기는 추호도 없다. 효의 가치는 조선의 유교 사회에서 온 나라를 다스리는 중심 이데올로기로 작용하였다.[1] 효의 이데올로기는 문중이라는 정치 조직을 강화하였고 조선 사회를 문벌 사회로 갈라놓는 역기능을 했음을 부정할 수 없기 때문이다. 이와는 반대로 성경의 본문을 근거로 기독교의 근대적 역할을 옹호하려는 생각도 전혀 없다. 한국에서 기독교는 조선의 유교적 가치관에 도전하여 서구 근대라는 새로운 가치를 한국에 소개하고 근대적인 민주주의 국가를 건국하는 데 큰 공헌을 하였다. 하지만 문명의 융합 과정에서 전통 사회의 순기능적 가치들을 서구의 자본주의적 가치들로 억압하고 제거한 역기능도 부인할 수 없다.[2]

---

1) 박종수, "한국개신교 조상의례의 변천과 쟁점,"『종교연구』69(2012), 124.; 정진홍, "개신교의 관혼상제에 관한 소고 – 한국의 전통의식과의 관련에서,"『신학사상』37(1982), 243-245.
2) 박근원, "한국사회와 종교 갈등: 한국기독교와 조상제사,"『한국기독교신학논총』

나는 전통적인 가치나 기독교의 윤리를 전제하지 않고 우선 그냥 본문을 담담하게 읽어보려고 한다. 본문 속에서 부모와 자녀의 관계가 드러나면 그것을 있는 그대로 서술하고 감상하는 방법을 취한다. 효에 관한 성경의 메시지를 읽어내고 판단하는 일은 독자들의 몫이다. 먼저 오경을 읽어 볼 것이며 그 다음에 신명기사가의 사상을 검토한 후 지혜문학을 찾아 볼 것이다. 마지막으로 예수께서 사용한 신명 '아버지'를 논함으로써 미력이나마 이 글을 마치려고 한다.

II. 창세기에 나타난 부자 관계

1. 원역사에서(창세기 1-11장)

인류가 선악과를 먹고 타락하자 하나님의 구원 사역은 시작되었다. 파괴된 창조계를 회복하는 구원 계획을 성경은 보여준다. 하나님은 셋의 후예를 선택하여서 하나님나라의 백성으로 세우시려는 원대한 계획을 세우셨다. 이들과 반대로 가인이 세속의 도시를 건설하였고 그의 후예들에 의해서 세계는 폭력의 도가니로 변해 버렸다. 노아 시대에 악인들은 대홍수로 멸망하였지만 노아의 아들 함에게서 다시 폭력의 국가가 기원하여 새 언약의 백성으로 택함을 받은 셈의 후예들과 대립각을 세운다. 타락한 역사 속에서 부모와 자식의 관계는 어떤 기능을 하고 있는가? 의인의 효는 구원사를 계대하지만 악인의 효는 멸망사로 귀결

8(1991), 345. 340-359; 이진구, "최근 한국사회의 안티기독교운동과 기독교의 대응양상," 『한국기독교와 역사』 38(2013), 71-74.

된다는 하나님의 섭리를 창세기 서론은 보여주고 있다.

1) 가인과 라멕(창세기 1-5장)

선악과를 먹고 타락한 아담은 아들을 낳고 '가인'이라 불렀다. 이것
은 '획득하다/소유하다'란 뜻의 이름이다. 개역성경은 '득남하다'로 번
역했지만 그 뜻은 더욱 심각하다. 자식은 내 소유물이라는 뜻이다. 선
악과를 먹자 하나님의 창조계에서 악한 것을 가려내는 자기중심성에
빠지고 말았다. 하나님께서 지극히 선하다고 보신 것(창 1:31)을 사람
이 악하다고 규정하게 된 것은 모든 피조물과의 관계를 인간 중심으로
보게 되었기 때문이다. 하나님과 소통이 끊어진 아담에게 제일 먼저 다
가 온 것은 소유욕이었다. 소유가 존재의 기반을 이루었다. 아담은 아
들을 낳자 그를 자신의 소유물이라고 선언한다. 모든 자녀는 하나님이
주신 선물이며 하나님께서 맡긴 생명임을 그는 망각하였다.

하나님은 모든 생명의 창조주이심을 인식하지 못하는 사람에게는
모든 생명을 다스리라는 하나님의 뜻이 통하지 않는다(창 1:28). 보편
성을 상실한 것이다. 이기주의, 가족주의, 혈연주의, 지역주의, 민족주
의의 온갖 편협한 함정에 빠지고 만다. 창조주 하나님 없는 아버지와
아들의 관계에서 자기중심성이 낳는 죄의 열매가 열린다. 가인은 자신
의 욕망이 좌절되고 자존심이 상하자 화를 내며 동생 아벨을 죽였다.
자기를 부정하는 모든 타자를 제거하려는 폭력성이 본능처럼 존재를
압도해 버렸다.

가인이 살인하고 타자의 복수를 두려워하였다. 이웃을 믿지 못하고
불안에 떨며 방어기재(defence mechanism)를 쌓아갔다. 하나님이 보

호해 주신다는 표징을 받았지만 아들 에녹을 낳았을 때 그 표징조차 믿지 않았다. 자신이 소유하게 된 아들을 스스로 보호하기 위하여 성벽을 쌓아 올렸다(창 4:17). 인류 역사에 최초로 도성이 생겼고 성벽 안에서 인간의 문명이 발달하였다. 폭력은 에녹성의 본질이고 폭력성에서 도시문명이 발호하였다. 본디 채식을 하도록 창조되었건만(창 1:29), 가인의 후예 도성민들은 재산을 모으는 데 열을 올렸고, 강한 육체를 연마하려고 육식을 하였으며, 축산업을 장려했다(창 4:20). 육의 소욕을 만족시키려고 향연 문화를 개발하였고(창 4:21), 전쟁에서 이기기 위해서 무기생산에 열을 올렸다(창 4:22). 광산에는 노예들이 일하였고 성벽의 축성도 노예들의 몫이었다. 도성 문명은 노예 노동 위에 세워졌다. 가인의 오대 세손 라멕에 이르러 폭력성은 증대하여 라멕은 살인을 곱으로 저지르고 이윽고 살인자 가인 보다 열한 배나 더 불행하여 탄식하는 삶이 이어졌다(창 4:23-24). 가인의 후예들은 도시 문명에서 산업을 일으킨 문명 창달의 주체들이었다. 타락한 세상 문명에서 효는 악한 아버지의 삶을 자식이 그대로 계승하는 것을 의미한다. 아들이 악한 문명을 계승해 가는 모양은 가인의 후예들의 삶에서 나타난다.

악인의 정체는 폭력성에서 드러난다. 강한 영웅들인 '하나님의 아들들'이 사회적 약자를 대표하는 '사람의 딸들'을 제 마음대로 취하였다(창 6:1). 길가메쉬 서사시가 보여주는 바와 같이 바빌로니아제국의 영웅 숭배 이데올로기를 성경은 정면으로 뒤집어엎는다. 이들 사이에 태어난 폭력의 아들 네필림은 영성을 상실하고 육적인 존재로 타락하여 수명이 120세로 현격히 줄어들었다. 이들이 세상을 지배하자 세상에는 폭력이 넘치게 되었다(창 6:11). 이들의 폭행이 노아 시대의 대홍수 심판을 초래하였다.

2) 노아와 그 아들들(창세기 6-11장)

영웅들의 폭력성과 대조되게 노아는 하나님을 섬기는 평화로운 가정을 꾸리고 있었다. 노아는 당대의 의인이었고 완전한 사람이었다(창 6:9). 그는 모든 판단의 기준점을 하나님의 뜻에 맞추었다. 이것이 '의인'(처다카)이란 용어의 의미다. 셋의 족보는 노아에게로 귀결되었으며 가인의 족보는 대홍수 심판으로 멸문지화를 당했다(창 7:23).

죽은 아벨 대신에 하나님은 셋을 주셨다. '대신에'(탁하트)라는 전치사로써 하나님의 뜻대로 살려고 애쓴 아벨의 노력이 타살로써 좌절되지 않고 계속 승계되었음을 의미한다. 가인은 육의 소욕을 충족시키면서 이기적인 삶을 살았지만, 아벨은 하나님의 뜻을 실천하여 에덴동산으로 복귀하려고 무진 애를 썼다. 이것이 "그가 또 가인의 아우 아벨을 낳았는데 아벨은 양치는 자였고 가인은 농사하는 자였더라."는 말씀의 진의이다(창 4:2).3) 가인이 죽였지만 아벨은 셋이란 존재자로서 재창조되었다. 이것은 성경에 펼쳐지는 구원사의 시초이며 부활사상의 원점이다.

창세기 5장에 기명된 셋의 후예는 4장에 기명된 가인의 후예와 날

---

3) "가인은 농사하는 자였다(오베드 아다마)."는 문장은 창세기 3장 19절에 이어서 23절로 연결하여 읽고 이어서 창세기 4장 2절로 연결하여 읽을 때 제대로 이해할 수 있다.
창 3:19, 네가 흙으로 돌아갈 때까지 얼굴에 땀을 흘려야 먹을 것을 먹으리니 네가 그것에서 취함을 입었음이라 너는 흙이니 흙으로 돌아갈 것이니라 하시니라
창 3:23, 여호와 하나님이 에덴 동산에서 그를 내보내어 그의 근원이 된 땅을 갈게 하시니라
창 4:2, 그가 또 가인의 아우 아벨을 낳았는데 아벨은 양치는 자였고 가인은 농사하는 자였더라
위의 본문대조에서 밑줄 친 부분과 흘림체 부분의 히브리어는 각각 동일하다. 선악과를 먹고 동산에서 추방된 뒤의 문맥에서 이 두 가지 표현이 사용되었다. 가인의 생활은 자신을 이루고 있는 물질 곧 육의 소욕을 따라 이루어졌다는 뜻으로 창 4:2로 귀결된다.

카로운 대조를 이룬다. 에녹과 라멕이 동명이인으로 대조되어 있고 므
드사엘과 므두셀라가 대조법을 이룬다. 가인의 아들 에녹이 하나님 없
는 인간주의 도성 문명의 원조가 된 것과는 반대로 셋의 후손 에녹은
하나님과 함께 살다가 승천하였다(창 5:24). 승천한 에녹의 아들 므두
셀라는 969년을 살아 최장수의 복된 사람으로 기록되었다. 이 이름은
에녹성에서 도성민으로 살았던 가인의 후예 므드사엘과 비슷하며 두
사람 다 라멕의 아버지다(창 4:18). 가인의 후예 라멕은 상처로 말미암
아 겹살인을 저지르고 가인보다 11배나 더 불행하게 살았다고 탄식하
였으나, 셋의 후예 라멕은 완전수로 구성된 777세를 살았으며 당대의
의인 노아를 길러낸 거룩한 아버지였다(창 5:31). 4장의 족보는 세속
문명사를 이어가는 아버지와 아들의 관계를 보여주며, 5장의 족보는
하나님의 구원사를 이어가는 아버지와 아들의 관계를 보여준다.

하나님께서 대홍수로 부패한 땅을 다 쓸어버렸지만 노아의 아들들
중에서 다시 폭력의 부패한 문명이 흥기하였다. 셈과 함과 야벳 중에
함의 후예들이 가인의 폭력 문명을 계대하였다. 니므롯은 창세기 6장
의 네필림과 쌍벽을 이룬다. 니므롯과 같은 영웅들이 애굽(미츠라임)과
아시리아와 바빌로니아와 같은 국가들을 건국하고 이 국가들은 제국으
로 전개되었다. 국가는 여러 도시들의 연맹으로 성립하였다(창 10:10,
마믈레케트). 함의 후예들은 도시의 지배자가 되어 국가를 운영하는 권
력자들이 되었다. 이들이 바벨 도성을 세운 주체였다(창 11:2).

이들과 대조되게 셈의 후예는 데라를 통해 아브람에게로 내려간다.
셈은 에벨 온 자손의 조상이다(창 10:21). '에벨'이란 이름은 '히브리'란
명칭과 동일한 철자로 구성되어 있고 같은 뜻이다. 다시 말해서 셈은
히브리인의 조상이었다란 뜻이다. 히브리인들이 하나님나라의 백성으

로 성장하기까지 우여곡절을 겪는 과정을 족장사는 보여준다.

2. 족장사에서(창세기 12-50장)

이스라엘의 세 조상 아브라함과 이삭과 야곱의 이야기가 창세기 12-50장에 펼쳐진다. '톨도트'란 용어로 각 사람의 일대기를 펼치고 있다. 톨도트는 '족보/계보' 따위로 번역되었다. 이 용어의 개념은 중요하다. 아버지가 죽은 후에 아들의 톨도트가 시작된다. 다시 말하면 아버지의 톨도트 속에 아들의 생애가 포함되어 있다. 이 개념에 따라 창 12-50장의 문단을 구분하면 아브라함 이야기는 창세기 12-25장, 이삭 이야기는 창세기 25-35장, 야곱 이야기는 창세기 36-50장의 세 가지 큰 문단으로 나눌 수 있다. 이 세 가지 문단을 하나씩 살펴보면서 효의 주제를 묵상해 보자.

1) 아브라함과 이삭(창 12:1-25:11)

아브라함이 아내 사라의 몸종 하갈에게서 이스마엘이란 아들을 얻었다. 하갈은 애굽 여인이었다. 이스마엘은 서자로서 집에서 쫓겨나서 광야를 누비면서 성장하였다. 그는 애굽인들과 마찬가지로(창 10:6) 가인의 후예인 네필림과 니므롯을 흠숭하면서 광야에서 명궁이 되었다. 강한 용사 이스마엘은 하나님 없이 자신의 힘을 믿고 살다가 나중에 애굽을 내왕하는 상단을 구성하여서 노예매매에 종사하며 살았다(창 37:25). 마침내 이스마엘은 구원사에서 제외되었다.

이삭은 연약한 사람이었지만 하나님만 의지하여 구원사를 계승하였다. 아버지 아브라함이 모리야산에서 자기를 죽여서 희생제물로 바치려고 했을 때 이삭은 저항하지 않고 끝까지 순종하였다. 아브라함과 이삭 부자는 하나님의 요구를 거역하지 않고 끝까지 순종하는 모범을 보였다. 순종의 대가는 쓰라린 것이었다. 어머니 사라는 외아들 이삭을 죽이려고 했다는 사실을 나중에 알고 노발대발하였을 것이다. 모리야산의 '악게다'사건 이후로[4] 아브라함과 사라는 별거에 들어갔음을 성경은 암시하고 있다. 아브라함은 브엘세바에 살고(창 22:19), 사라는 헤브론에 거주한다(창 23:2). 물론 이삭은 어머니가 데리고 있다. 사라가 죽었을 때 아브라함이 문상을 와서 애도하며 막벨라 동굴에 아내를 장사하였다. 장례가 끝난 후에 이삭은 아버지 아브라함을 모시지 않고 멀리 떨어진 곳에 따로 생활하였다. 아브라함이 사망하기 전에 아들 이삭은 네게브 지역에서 살고 있었는데(창 24:62), 아브라함이 사망하자 이삭은 브엘라헤로이에 거주한다(창 25:11). 아브라함의 집안에서 자식이 부모를 모시고 살며 공양해야 한다는 효도가 실천되지 않았다.

성경에 효행의 모범이 부각되지 않음은 어떻게 이해해야 할까? 다만 시어머니를 따른 룻의 삶을 효행의 모범으로 겨우 내놓을 수 있을 정도다. 육신의 부모도 죄 속에 갇혀 있기 때문에 부모를 통해 하나님을 알고 하나님의 말씀을 부모를 통해 배운다는 것이 성경의 사상이지 싶다. 하지만 부모가 세속주의에 빠져 있을 때 성경은 구원사를 이어야할 자식으로 하여금 그 부모의 그늘을 벗어가게 만들고 있다. 이 점은 이삭 이야기에서 찬찬히 살펴보지.

---

4) 〈악게다〉는 '결박'이란 뜻으로 창세기 22장을 가리키는 명칭이다.

2) 이삭과 야곱(창25:12-35:29)

에서는 야곱의 쌍둥이 형이다. 에서가 먼저 나왔다. 배 속에서 싸우다가 에서가 이겨서 먼저 나왔다. 에서는 강건하여 힘이 세고 세상에서 누구에게도 뒤지지 않을 만큼 강한 영웅으로 자라났다(창 25:27). 늘 이복형 이스마엘의 힘에 짓눌리고 있던 이삭은 아들 에서의 강함에 희망을 걸었다. 에서를 편애하였다. 대신 연약한 야곱은 뒷전으로 밀쳤다. 대신에 어머니 리브가가 약한 아들 야곱을 편애하였다. 부모의 편애가 자식 사이를 갈라놓았다. 에서와 야곱은 장자권을 놓고 다투다가 이윽고 원수지간이 되고 말았다.

맏아들 에서는 이방 여인들과 혼인하여 부모의 마음을 괴롭게 하였다. 불효자였다. 야곱은 아버지의 명을 받들어 아람 족과 혼인하러 밧단아람 지역으로 갔다. 거기서 외삼촌이자 육촌 형제인 라반의 집에 들어가 머물며 그의 두 딸 레아와 라헬과 혼인하였다. 밧단아람에 거주하는 동안 야곱은 열한 아들들을 얻었다. 열두째 베냐민은 하란을 탈출하여 노중에서 얻었다. 아내 라헬은 베냐민을 낳고 죽었다(창 35:18).

성경이 가르치는 불효는 이방인과 혼인하여 우상숭배에 빠지고 마침내 구원사에서 탈락하는 것이다. 성경의 효는 하나님을 잘 섬기고 성경말씀을 잘 준행하여 하나님의 백성으로서 구원사를 힘차게 이루어가는 것이다. 불효와 효 사이의 경계선에 하나님의 말씀이 기준점으로 주어져 있다.

야곱의 열 두 아들들에 얽힌 이야기가 '이삭 이야기'의 문단에서 펼쳐진다. 야곱이 하나님의 명령을 따르지 않는다. 벧엘에서 맺은 언약(창 28장)을 야곱은 지키지 않는다. 그는 벧엘로 돌아가지 않고 중간에

서 방향을 바꾸어 세겜 도성의 영토로 나아간 것이다. 세겜 도시국가의
영토에서 토지를 매입하고 영주할 궁리를 세웠다. 도성에 폭력자들이
살며 우상숭배를 하고 있음에도 개의치 않고 세상 속에서 그들과 어울
려서 좀 더 편하게 살아보려고 세겜 근처에 정주하기를 도모한 것이다.
밧단아람에서 돌아와서 무엇보다도 먼저 아버지에게로 돌아가야 했지
만 야곱은 아버지 이삭에게로 돌아가지 않는다. 더구나 하늘 아버지 하
나님과 맹세한 벧엘 귀환의 약속도 지키지 않고 저버린다. 자신이 복을
받았다고 인정하지 않았기 때문에 벧엘에서 조건을 걸고 한 약속은 지
키지 않아도 된다고 생각한 것이다. "야곱이 서원하여 이르되 하나님이
나와 함께 계셔서 내가 가는 이 길에서 나를 지키시고 먹을 떡과 입을
옷을 주시어 내가 평안히 아버지 집으로 돌아가게 하시오면 여호와께
서 나의 하나님이 되실 것이요 내가 기둥으로 세운 이 돌이 하나님의
집이 될 것이요 하나님께서 내게 주신 모든 것에서 십분의 일을 내가
반드시 하나님께 드리겠나이다 하였더라."(창 28:20-22). 야곱이 벧엘
로 돌아가지 않는 까닭은 자기가 원하였던 복을 하나님께서 주지 않았
다고 간주했기 때문이었다.

　딸 디나가 세겜 도성에 구경하러 들어갔다가 성주 하몰의 아들 세겜
에게 강간을 당하는 수모를 겪었다. 오빠들 시므온과 레위가 칼을 차고
가서 세겜 성민을 학살하여 복수했다. 구원사를 짊어지고 갈 가계에서
폭력을 휘두르는 사태가 빚어진 것이다. 세상의 도성들이 자행하는 폭
력은 구원사의 가계에서 자행될 수 없는 것이었다. 야곱은 크게 실망하
여 나중에 유언할 때 시므온과 레위에게 저주를 퍼부었다. "시므온과
레위는 형제요 그들의 칼은 폭력의 도구로다. (…) 그 노여움이 혹독하
니 저주를 받을 것이요 분기가 맹렬하니 저주를 받을 것이라."(창

49:5-7). 아들들이 아버지의 평화원칙을 깨뜨리니 불효 중의 불효가 되었다.

세겜 사건으로 야곱 일가가 멸문지화의 위기에 직면한다. 인근의 가나안 족속들이 총궐기하여 야곱 일가를 죽이려 한 것이다. 절체절명의 순간에 하나님께서 현현하셔서 벧엘로 돌아가라고 지시한다. 구원을 체험한 야곱은 그제서야 집안에 모시던 우상들을 모두 끌어내어 상수리나무 아래 묻어 버리고 하나님께로 나아간다. 야곱은 벧엘로 가서 예배를 드린다. 야곱은 아버지 이삭이 죽을 때가 다 되어서야 기럇아르바 곧 헤브론에 사는 아버지에게로 나아가서 문안을 올린다(창 35:27). 만년에 이삭을 모시는 자식은 없었다. 에서도 야곱도 아니었다. 이삭은 눈이 어둡고 건강이 나쁜 상태에서 쓸쓸한 노년을 보냈다(창 27:1, 19). 야곱조차도 진작 아버지를 모시고 돌보지 않았다.

성경이 보여주는 거룩한 가정에서 세상의 믿지 않는 세속적 가정들보다도 못한 불효 사태가 이어지는 것을 보면 참 가슴이 답답하다. 하지만 창세기의 이야기들이 말하려는 주제는 효도의 모범 사례를 제시하려는 것이 아니다. 하나님의 택한 가계가 세속사회의 영향을 받아 얼마나 속절없이 무너지고 있는가를 보여주려는 것이 아닐까? 노아의 아들 셈은 아버지가 벌거벗고 주무신다는 소리를 듣고 동생 야벳과 함께 뒷걸음을 쳐서 아버지를 덮어 주었다. 셈은 효성이 지극하였다. 그러나 그 후예들은 세대를 거듭할수록 효성이 약해지고 있는 것 같다.

3) 야곱과 요셉, 열두 아들들(창 36:1-50:26)

요셉이 야곱의 열두 아들들 중에 단연 중심인물로 등장한다. 야곱이

라헬을 사랑하여 그녀에게서 얻은 요셉을 지극히 편애하였다. 편애는
질시를 낳았다. 더구나 요셉은 편애를 받으니 버르장머리가 없어져 형
제들의 잘못을 아버지에게 미주알고주알 일러바쳐 더욱 미움을 받았
다. 그 미움이 극하여 형들이 요셉을 죽이려고 하다가 애굽으로 팔아버
렸다. 야곱의 아들들은 요셉이 찢겨 죽었다고 아버지에게 거짓말을 한
다. 불효 중의 불효가 아닌가? 이런 후레자식들이 있나? 천인공노할 일
이 벌어진 것이다. 그러나 이 모든 일들이 많은 백성을 구원하려는 하나
님의 경륜 속에서 벌어진 일이라고 요셉은 나중에 고백한다. "당신들은
나를 해하려 하였으나 하나님은 그것을 선으로 바꾸사 오늘과 같이 많
은 백성의 생명을 구원하게 하시려 하셨나니"(창 50:20). 애굽의 총리
대신이 된 요셉은 기근을 이용하여 아버지 야곱을 애굽 땅으로 초청하
여 고센 땅에 모신다. 애굽 땅으로 모셨지만 정작 아버지의 시신을 유언
에 따라 가나안 땅 막벨라 동굴에 안장하였다. 요셉은 자신의 시신도
나중에 애굽에서 나갈 때 가나안 땅으로 들고 나가서 이장할 것을 유언
한다(창 50:25). 나중에 여호수아가 그의 시신을 막벨라가 아니라 그
보다 북부지방인 세겜에 안장하였다(수 24:32).

　이상의 세 족장의 삶이 보여주는 효도는 정말 형편없는 실망의 연속
물이다. 그러나 하나님께서 사람을 창조했을 애초에 말씀하시기를 아
들이 부모를 버려두고 떠나라고 명하신 것은 어떻게 이해할 것인가?
"이러므로 남자가 부모를 떠나(아자브) 그의 아내와 합하여 둘이 한 몸
을 이룰지로다."(창 2:24). 여기에 '떠나'란 동사는 히브리어로 '아자브'
인데 '버리다/포기하다'는 뜻이다. 고대사회가 가부장제 사회임을 생각
할 때 이러한 성경의 선언에서 모종의 반사회적인 외침이 울려나오는

것을 느낄 수 있다. 그렇다면 성경은 우리 인간들이 지어놓은 모든 효도의 제도를 거부하고 더 바람직한 효의 사회를 꿈꾸고 있다고 상정할 수 있다.

그것은 하나님 나라의 효 사상이다. 예수께서 어머니와 형제들이 만나자고 요청했을 때 주위에 말씀을 듣고 있는 사람들을 가리키면서 "이들이 내 형제요 부모다."고 선언한 것이 이와 맥을 같이 한다. "대답하시되 누가 내 어머니이며 동생들이냐 하시고 둘러앉은 자들을 보시며 이르시되 내 어머니와 내 동생들을 보라 누구든지 하나님의 뜻대로 행하는 자가 내 형제요 자매요 어머니이니라."(막 3:33-35). 이 선언에서 혈연가족의 일원으로서의 부자관계는 해체되고 있다. 하나님 나라의 공동체가 모든 인류를 한 가족으로 품어내고 있다. 교회가 바로 한 가족이라는 선언이다.

III. 시내산 율법에 나타난 부모와 자녀 관계

애굽의 파라오는 히브리인을 박해하여 영아 살해령을 내린다. 이 무슨 천륜을 어기는 만행인가? 아기 예수가 태어났을 때 헤롯이 두 살 이하의 아기들을 다 죽이라고 명령했다(마 2:19). 이와 같은 폭력이 애굽이나 유대와 같은 왕국에서 자행되었다.

애굽을 탈출한 출애굽공동체는 시내산에 이르러 하나님 나라의 백성이 되는 언약을 하나님과 체결한다. 시내산에 하나님께서 강림하셔서(출 19장) 하나님나라의 대강령을 선포하시는데 이것이 십계명이다(출20:1-17). 이어서 백성이 알아듣기 쉽게 풀어서 해설하여 계약법을 내려주신다(출 20:22-23:33). 성막법을 제정하여 주시는 중에 백성이 금송아지를 섬겨서 하나님의 모든 구원계획이 수포로 돌아갈 위기에 처한다. 모세의 중보를 받아들인 하나님은 백성과 새 언약을 다시 체결하신다. 새언약으로서 레위기에 세 가지 법을 내려주시고 이어서 민수기에 보충법을 제시하여 주신다. 이것들을 꼽아보면 모두 일곱 가지 법문인데 이것을 나는 '시내산 율법'이라고 칭한다. 이들 법들을 하나하나 뜯어보면서 거기에 무슨 효 사상이 나타나 있는지 살펴보자.

1. 십계명

우상을 섬기는 자의 죄는 그의 자녀 손 삼사 대에 이르도록 갚아야 한다. 그러나 하나님을 사랑하여 그 계명을 지키는 자는 그의 자녀 손 천 대에 이르기까지 복을 받는다(출 20:5-6). 여기서 모종의 연좌제와 같은 느낌이 든다. 아버지의 이가 시리면 아들의 이도 시리다는 속담이 있지만(겔 18:2), 예레미야는 아버지의 죄벌을 아들이 갚아야 한다는 이론에 대하여 반대한다(렘 31:29-30). 그러나 십계명과 예레미야의 말씀은 아버지가 우상숭배의 죄를 범할 경우에 아들이 그것을 결단하고 끊어야 한다는 강한 결의를 품고 있기 때문에 이 두 언설이 모순되지 않는다. 성경의 효는 아들이 아버지를 공경하되 하나님을 올바로 섬기는 경우에만 효가 가능함을 보여준다.

십계명 윤리 조항의 맨 앞에 '네 부모를 공경하라'는 규정이 나온다. '공경하라'로 번역한 원어는 '카베드'인데 이 동사는 '무겁다'란 뜻을 기본으로 하는데 피엘형이 되면 '공경하다'(honor)라는 뜻이 된다. 이 계명을 효 사상으로 인정할 때 명심해야 할 사항이 있다. 십계명이 처한

위치와 역할이 시내산 언약법의 서문으로 주어져 있다는 점이다. 하나
님의 백성이 반드시 지켜야할 하나님 나라의 헌법이 십계명이다. 우상
숭배의 세상 왕국을 바로 잡고 만민을 구원하시려고 하나님께서 자기
백성을 창설하시고 하나님의 나라를 세우시기 위해 십계명을 주셨다.
이 문맥에서 부모공경의 법은 하나님 나라의 언약을 실천하는 부모의
삶을 계대해야 한다는 뜻이 진하게 풍겨 나온다. 즉 하나님의 백성에게
효는 하나님 사랑이라는 대전제를 바탕으로 성립한다는 말이다.

2. 계약법

십계명의 뜻을 상론하는 것이 계약법이다. 존속상해는 사형에 해당
한다고 필살법(모트유마트)에 기록되어 있다. "자기 아버지나 어머니를
치는 자는 반드시 죽일지니라"(출 21:15). 부모를 저주하는 자도 반드
시 사형에 처해야 한다(출 21:17). 압살롬이 아버지 다윗을 죽이려고
하였으나 오히려 죽임을 당했다. 사울은 거꾸로 아들을 해치려고 하였
다. 잠언은 아버지가 아들을 노엽게 하지 말라고 가르친다. 이 모든 부
모와 자녀의 관계에 관한 교훈에서 하나님의 백성은 하나님을 사랑하
여 그 법을 준행해야 한다는 정신이 깔려 있음에 주목해야 한다. 우상을
숭배하는 자에게 이 법은 무관하다. 여기서도 효의 기본 조건이 하나님
의 나라임을 알 수 있다.

3. 제사법

레위기 1-10장을 제사법이라 부를 수 있다. 각종 제사에 관한 상규

가 주어진 가운데 마지막으로 아론의 두 아들 나답과 아비후가 제단에서 죽는 재앙을 당한다(레 10:1-2). 아버지 아론의 심정이 비통하였지만 두 아들이 제단에 규정에도 없는 다른 불을 드렸기 때문에 누구에게도 항변할 수 없다. 다른 불을 드렸다는 것은 하나님이 아닌 우상에게 제를 올렸다는 뜻이다. 말씀 없는 예배는 사람이 제멋대로 신을 섬기는 우상숭배가 된다. 그것을 주도하는 제사장은 죽어 마땅하다. 이 사건에서 우상숭배를 척결하려는 강한 의지가 엿보인다.

4. 성결법

레위기 17-26장을 성결법(HC=Holiness Code)이라고 부른다. 아버지와 어머니의 살붙이에게 다가가 그 하체를 범해서는 안 된다(레 18:7-14). 애굽인들은 부모의 살붙이와 성관계를 맺지만 하나님의 백성은 그래서는 안 된다. "나는 여호와 너희의 하나님이라."는 선언이 성관계 법문에 서두에 나온다(레 18:2). 레위기 20장에도 성관계를 규정하는 법문이 나온다. 거기에도 "나는 너희를 거룩하게 하는 여호와이니라."는 서문이 8절에 있어서 하나님의 나라와 세속 왕국의 법도를 날카롭게 대조한다. 성관계에 국한 하지 않고 부모를 저주하는 자를 사형에 처하라고 규정한다. 아버지의 아내와 동침하지 말 것을 규정한다. 이 모든 규례는 이방 풍속과 정반대되는 거룩한 법이다(레 8:21).

IV. 광야 유랑기에 나타난 부자 관계

아론의 손자 비느하스가 음란하게 우상을 섬기는 시므리와 고스비를 창으로 찔러 죽였다(민 25:8). 비느하스의 결연한 행동을 보신 하나님께서 이스라엘에게 '평화의 언약'(브리트 샬롬)을 주셨고 그의 행동으로 이스라엘은 속죄를 받았다(민 25:12-13, 카파르). 아론의 가문에 많은 실수가 있었지만 아론의 제사장 가계를 빛낸 참 효자는 비느하스였다. 그는 사사 시대에 제사장으로 봉직하였다(삿 2:28). 제사장 엘리에게 홉니와 비느하스란 두 아들이 있었는데 이들은 가문을 멸문지화에 빠뜨린 불효자의 대명사이다. 엘리의 아들 비느하스는 아론의 아들 엘리에셀의 비느하스와 날카로운 대조를 이룬다. 하나님의 법을 준행하는 것이 가장 큰 효도임을 민수기는 가르친다.

V. 신명기와 신명기 사가의 저작에 나타난 부모와 자녀

신명기에서 모세는 바알브올 사건을 회고한다. "바알브올을 따른 모든 사람을 너희의 하나님 여호와께서 너희 가운데에서 멸망시키셨으되 오직 너희의 하나님 여호와를 붙어 떠나지 않은 너희는 오늘까지 다 생존하였느니라"(신 4:2-3). 가문을 빛내는 것이 효라면 그 비결은 하나님 여호와를 붙어 떠나지 않는 것이다. 이스라엘은 하나님의 자녀임을 성결법과 마찬가지로 신명기법도 강조한다. "너희는 너희 하나님 여호와의 자녀다"(신 14:1-2). 신명기의 소위 '역사 신조문'에 조상에 대한 의식이 명증하게 기록되어 있다. 이스라엘의 조상은 아람인이다(신

26:5). 이스라엘의 번영과 쇠퇴는 하나님을 얼마나 잘 섬기고 따르느냐
에 달려 있다. 자식의 가장 큰 효도는 조상의 기원을 명확히 인식하여
아브라함과 이삭과 야곱을 택하시니 하나님의 은혜 아래에서 하나님을
잘 섬기는 것이다. "너는 마음을 다하고 뜻을 다하여 지켜 행하라. (…)
그런즉 여호와께서 너를 그 지으신 모든 민족 위에 뛰어나게 하실 것이
다"(신 26:16-19). 여호와 하나님의 말씀을 지켜 준행하는 것이 가장
큰 효도이다.

VI. 예언서에 나타난 부모 자식 관계 유비

예언서에 이스라엘을 하나님의 아들로 부르는 대목이 많이 나온다.
"에브라임은 나의 사랑하는 아들 기뻐하는 자식이 아니냐?"(렘 31:20).
하나님은 이스라엘의 하나님이고 이스라엘은 하나님의 백성이라는 점
을 예언서는 누누이 강조한다(렘 31:1). 이 백성이 곧 하나님의 아들이
다. 그러므로 효는 먼저 하나님 아버지를 향해야 한다. 하나님은 이스
라엘을 자식으로 삼고 양육하였다(사 51:18). "내가 자식을 양육하였거
늘 그들이 나를 거역하였도다. (…) 슬프다 범죄한 나라요 허물진 백성
이요 행악의 종자요 행위가 부패한 자식이로다."(사 1:2-4). 우상을 숭
배하는 이스라엘은 패역한 자식이다(사 30:1, 9). 디아스포라에 흩어진
이스라엘의 남은 자들은 하나님의 자식이다(사 43:6; 63:8). 예언자들
이 이스라엘을 하나님의 자식으로 부를 때 이스라엘의 효는 근본에서
하나님을 향한 것임을 선포한 것이다. 이것이 예수께서 하나님을 '아버
지'라고 부르는 배경이 된다.

VII. 지혜문학에 나타난 부모의 훈계

잠언서도 하나님과의 관계에서 아버지와 아들의 관계가 정립된다는 진리를 설파한다. "내 아들아 네 아비의 훈계를 들으며 네 어미의 법을 떠나지 말라."고 할 때 잠언은 토라의 교훈을 지시하고 있다(잠 1:8). 하나님의 계명이 육신의 아버지를 통해서 아들에게로 전수되며 아들은 그 계명을 잘 지킴으로써 여호와를 알게 되며 복된 삶을 누리게 된다(잠 2:1-5). 그래서 가장 큰 효도는 아버지의 훈계를 들으며 명철을 얻는 일이다(잠 4:1; 6:20-21; 7:1-2; 8:32). 하나님을 믿는 아버지의 지혜를 잘 듣고 물려받는 아들이 효자가 된다(10:1, 5). 아버지를 조롱하는 자는 저주를 받는다(잠 30:17). 이때에도 효의 기준은 하나님을 믿는 신앙의 수호에 달려있다. 하나님을 믿는 선인은 흥하고 하나님을 믿지 않는 악인은 망한다(잠 13:22). 악인의 가정에서 아무리 효도를 다 한다 하여도 그것이 하나님을 기쁘시게 할 수는 없는 법이다.

VIII. 예수의 '아버지 하나님'

예수께서 하나님을 '아빠'라고 부른 것은 육신의 아버지가 지닌 한계를 초극하는 효과가 있다. 예수께서 남성 중심의 가부장제 사회의 악습을 그대로 답습한다고 보는 여성주의자의 견해는 말씀을 오해한 것이다. 참된 아버지는 하늘에 계신 아버지이시며 그분은 창조주이시고 구원주이시다. 이 고백은 육신의 아버지로부터 받은 상처를 치유하는 효과를 낸다. 가정폭력을 휘두르는 아버지 밑에서 자란 자녀는 가슴에 큰 상처를 받고 일생을 어둡게 살게 된다. 이 자녀가 하나님을 아버지로 영접하면 그 상처가 치유를 받는다. 왜냐하면 창조주 하나님은 생명을 주셨고 또 사랑이시고 인애하고 자비로운 아버지이시기 때문이다.

하나님을 아버지로 모시면 그 자녀들은 육신의 아버지로부터 받은 모든 상처를 치유 받고 더 나아가 그 아버지를 불쌍히 여기는 영적인 여유를 누릴 수 있게 된다. 하나님을 아버지라고 믿고 부르는 순간 나를 괴롭힌 육의 부모가 다 용서되는 것이다. 용서함으로서 치유를 받고 사랑을 회복한다. 효를 할 수 있는 기회를 세상에서 박탈당한 불쌍한 자녀들이 영혼의 치유를 받아야 한다. 그래야 그들이 비로소 효도를 하는 자녀로 회복된다. 효도를 할 수 있을 때 비로소 인간성의 회복이 이루어진다. 그것은 믿음으로 하늘 아버지를 참된 어버이로 잘 모시고 살 때 효도를 다하는 기쁨이 넘치게 된다.

IX. 맺음말

지금까지 성경에 나타난 효 사상을 부모와 자녀의 관계에 비추어 살펴보았다. 우리 전통의 가치관이 충효 사상으로서의 효와는 확연히 구별되는 점이 눈에 띈다. 그것은 하나님을 믿느냐 믿지 않느냐가 효의 기준점이 된다는 것이다. 하나님 나라의 일꾼으로 사는 아들이 참된 효자다. 하나님 나라의 반대말은 세속 국가 내지는 세속 도시인데 이것을 성경은 '세상'이라고 부른다. 세상에서 세상을 위해서 사는 사람들에 효는 가족주의를 강화하는 수단이 될 뿐이다. 선악과를 먹고 이기주의가 발달하고 그것이 가족주의로 확산되며 이윽고 민족주의 내지는 국가주

의로 귀결된다. 로마 제국과 같은 사회를 하나님은 죄악의 도성이라고
노여워하시며 심판하신다. 이 심판의 세상에서도 기초단위를 이루는
것이 가족이다. 가족을 악인의 멸망사를 계대하는 주체가 되지 않도록
구원하여 하나님 앞으로 인도하는 것이 참 효도가 된다. 자녀들이 구원
사의 자녀로서 하나님께 먼저 효도를 다하고 육신의 아버지를 하나님
의 아들로 구원받게 하여서 그를 하나님 나라의 일꾼으로 인도하는 일
이 참 효도가 된다. 온 가족이 하나님을 참 아버지로 부르고 효도를 다
할 때 육신의 부모와 자녀로부터 받는 모든 상처들이 치유되고 아름다
운 가정으로 회복되며 그 때 비로소 이 땅에 하나님의 나라가 임한다.
이것이 우리네 전통의 효 사상과 성경의 효 사상 사이에서 결정적으로
다른 차이점이다.

道家思想에서 본 생명존엄과 비움의 미덕
― 신자유주의를 넘어

이성춘

(성은교회 담임목사)

I. 머리말

작금에 기독교는 위기에 처해 있다. 기독교가 한국 역사에 지대한 공헌을 남겼음은 재론의 여지가 없다. 초창기에 기독교가 많은 업적과 성과를 거둔 것은 선교사들의 헌신과 선교의 열정에 힘입은 바 크다. 젊은 나이에 가난과 무지와 질병이 만연한 미지의 한국 땅에서 그들은 좋은 조건의 본국을 떠나, 자신을 비우고 희생적 선교로 말미암아 한국교회의 부흥의 기초가 되었다.

20세기 후반까지만 하더라도 한국교회의 사회 발전을 위한 공헌은 여러 분야에서 적지 않은 사회 구성원들로부터 인정을 받았다. 그러나 21세기에 들어 한국교회의 사회적 신뢰도 수준은 위기감을 느낄 정도의 수준이다.[1) 낮은 신뢰도의 이유로 "언론에서 부정적인 내용을 많이 접해서"(18.6%), "언행일치의 모습을 볼 수 없어서"(15.6%) 그리고 "교인들의 비윤리적 행동 때문"(14.9%) 등이 주된 이유로 응답되었다. 한국교회가 신뢰를 회복하려면 내부적으로는 지도자의 자질 향상과 교회운영의 합리화와 교인들의 교육에 주력하며, 외부적으로는 사회적 섬김을 강화하여야 함을 다시 한 번 확인해 주고 있다.[2]

또한 신자유주의(신성장주의, 자본의 극대화 및 성과에 치중)에 교회가 편승하여 성장일변도의 선교 정책에 따른 결과로써 나타난 필연적 부작용이다. 신앙이 성숙한 이들은 더욱 깊은 영적 도전을 원하고 있지만 교회는 그 다음 단계로의 도전을 제공하지 못하고 오직 교회 규모와 외형불리기에 주력하였다. 영적 성숙과 함께 외적성장을 도모했어야 했다.

고대 희랍철학자들(소크라테스, 플라톤, 아리스토텔레스)이 영과 육을 분리하여 육체는 영혼의 방해물로써 영혼은 거룩한 것이며 육체는 낮은 등급으로 취급하던 이원론적 사고를 가졌던 시대가 있었다. 이것은 중세의 영지주의로 진화되었으나 신학자 토마스 아퀴나스에 의하여 이원론은 극복된 바 있다. 인간은 전인으로서 영과 육을 동시에 가진 존재이며 인간은 영과 육을 떠나서는 존재할 수 없다는 결론에 이르게 되었다. 인간을 몸으로 규정하여 인간 존재를 전인(全人)으로서 영과 육을

---

1) 기독교 윤리실천운동과, 바른 교회아카데미, CBS, 국민일보, 목회와 신학이 공동으로 참여하여 진행되는 한국교회의 사회적 신뢰도 여론조사의 결과는 충격적이다. 개신교의 신뢰도는 17.6%이며 신뢰하지 않는다는 48.4%이다. 종교에 대한 호감도에서도 가톨릭 35.5%, 불교 32.5%, 개신교 22.4%의 결과를 보였다. 2010년 11월8일부터 10일 동안 만 19세 이상의 남녀1,000명을 대상으로 글로벌 리서치에 의뢰하여 실시한 전화설문조사로 진행되었다. 임성빈, "위기의 한국교회와 극복방안 모색," 「제7회 한신교회 신학심포지엄 목회자연장교육 교재」(2013), 431.
2) 한국개신교회가 신뢰받기 위해 개선되어야 할 구체적 항목으로 응답자의 38.8%가 교인과 교회지도자들의 언행일치를 지적하였고, 타종교에 대한 관용,(19.7%) 재정사용의 투명화(13%)가 지적 되었다. 위의 교재, 432.

구분하지 않은 바울(Paul)의 인간론에서 볼 수 있듯이, 오늘 교회 부흥은 영적 성숙과 함께 그리스도인의 믿음과 행함이 동반되는 삶이어야 한다.

그러나 한국교회가 신자유주의에 편승함으로 교회 성장에 큰 획을 그었지만 동시에 몸집은 비대하나 영혼이 비어있는 기형아와 같은 결과를 가져왔다. 외적 성장과 함께 교인 개개인의 영성과 윤리의식, 사회적 책임, 교회지도자의 자질, 재정의 투명성 등 객관적으로 인정할 수 있는 수준도 함께 성장했어야 했다. 물질의 가치와 성장을 최우선시하는 흉흉한 우리의 자본주의 사회에서 생명의 존엄과 인간 존재의 목적성을 확연히 보여준 도가사상[3]을 들춰보고 살펴봄으로 오늘 우리 한국교회와 사회에 교훈이 되고, 인간 본연의 자리로 회복되는 데 일조가 되었으면 한다.

II. 초기의 道家思想

공자가 열국을 주유(周遊)할 때 은자(隱者)라고 부르는 자들과 만난 이야기가 있는데 은자는 세상을 도피한 사람들, 또는 현세를 피하여 숨어사는 현자라 말해지고 있다. 이 은자들은 공자가 세상을 구해보겠다는 노력은 헛수고라고 야유했다. 어떤 은자는 공자를 "안 되는 줄 알면서 해 보려고 하는 자"라고 비판했다.

---

3) 道家哲學은 楊朱로부터 시작하여 老子, 莊子에 이르러 정점을 이루었다. 그 중에 노자의 『도덕경』은 도가철학의 중심을 이루고 있다. 도가철학의 중심주제는 '생명' '경물중생'(물질을 경히 여기고 생명을 중히 여긴다)이다.

이에 대해 공자의 제자, 자로(子路)는 말하기를 자기 일신의 결백만을 생각하면 대인륜(大人倫)은 어지럽게 된다고 대답하였다.4) 은자는 일신의 결백만을 목표로 하는 개인주의라고도 할 수 있다. 세상이 너무 험악하여 어떻게 해 볼 수 없다고 생각했던 일종의 패배주의와 같다고나 할까. 다음과 같은 말은 이것을 잘 말해주고 있다.

지금 세상이 도도히 흐르는 흙탕물과 같은데 어느 누가 고치겠는가?5) 사람들과 어울리지 않고 자연의 세계에서 살았던 사람들로서 도가는 이런 은자에서 태생되었다. 그러나 도가는 세상을 도피하여 자기 일신의 결백만을 위하여 세상을 피하는 통념적인 은자와는 달랐다. 도가는 은둔하여 자기행위를 변호하려 하지 않았으며 오히려 은둔하여 자기 행위에 어떤 의미를 부여하기 위한 사상 체계를 수정하려고 시도하였다. 이 가운데 탁월한 최초의 대표자는 양주(楊朱)이다.6) 양주는 묵자(墨子)와 맹자(孟子) 시대에 사상적 교류가 있었으며 한 시대를 풍미할 정도의 널리 알려진 학자였고, 노자(老子)와 장자(莊子)에 이르기까지 그 영향을 미쳤다. 특히 생명존엄사상이 무엇보다 강조점이 있다.

1. 양주(楊朱)의 경물중생(輕物重生)

양주의 사상 첫 단계는 사물을 경히 여기고 생명을 중시하는 경물중생 사상이 요점이다. 삶을 온전히 보존하고 참 됨을 간직하며 물로써 형체를 얽매이지 않아야 함을 양주는 주장하였다. 한편으로 나, 자기는 物일 수 없으며 삶과 참의 관념에 부합된 나이어야 하며 물의 나는 아니

---

4)『論語 』,「微子篇」, 慾潔其身而亂大倫.
5) 上揭書, 曰滔滔者 天下皆是也 而誰而易之?
6) 양주의 생존연대는 묵자와 맹자의 동시대(B.C 479-371)에 활동하였다.

다. 참이란 물에 얽매이지 않는 순수한 자취이다. 양주는 최초로 생명아(生命我)를 말하였다.

"옛날 사람은 털 한 올을 뽑아 천하를 이롭게 할 수 있다 해도 하지 않았다. 온 천하를 맡긴다 해도 취하지 않았다. 모든 사람이 털 한 올을 뽑아 천하를 이롭게 하려고 덤비지 않는다면 천하는 안정된다."7) 大를 위해서는 小가 희생되어야 한다는 정치가들의 일상적 생각과는 다르다. 사소한 털 하나라도 상(傷)하면서 천하를 이롭게 하지 않는다는 말은 무엇보다 생명이 우선이고, 귀(貴)하다는 사상은 신자유주의가 만연한 세상에서 귀담아 들어야 할 말이다.

양주의 제자였던 맹손양은 "털 한 올은 피부보다 미소하고, 피부는 사지보다 미소하다. 그러나 많은 털을 모으면 피부만큼 중요하고 많은 피부를 합하면 사지만큼 중요하다 털 하나는 본래 몸의 만분의 일중에 하나인데 어찌 가벼이 여길 것인가?"라고 하였다. 이것은 도가철학의 중심이 잘 드러나 있음을 발견한다. 천자의 자리는 한번 잃었다가 다시 찾을 수 있지만 인생은 한번 죽으면 다시 살 수 없다. 예수가 "사람이 만일 온 천하를 얻고도 제 목숨을 잃으면 무엇이 유익하리요. 사람이 무엇을 주고 제 목숨과 바꾸겠느냐? 곡식을 창고에 가득 쌓아두고 네 영혼을 가져간다면 그것이 누구의 것이 되겠느냐?"8)고 생명의 존귀함을 강조한 내용과 상통된다.

老子는 "제 몸을 귀히 여기는 사람에게 천하를 맡길 수 있다. 또 제 몸을 천하같이 아끼는 사람에게 천하를 줄 수 있다. 이름과 몸, 어떤 것

---

7)『列子』「楊朱篇」, 古之人損一毛 利天下不與也 番天下奉一身不取也 人人不損一毛 人人不利天下 天下治矣.

8) 마태복음 16:26; 누가복음 12:19-20.

이 더 귀하며 제 몸과 물질, 어느 것이 더 중요한가?"9)라고 말했다.

도가철학의 출발점은 생명을 보존하고 상해를 피하는 것이다. 이를 위해 양주는 은둔의 방법을 택하였으며 은둔생활은 세상의 악을 피할 수 있다고 믿었다. 세상사는 복잡하고 피할 수 없는 위험이 항상 따른다고 보았기 때문이다.

양주의 영향을 받은 노자는 우주 내 사물의 근원이 되는 도를 밝히는 것이었다. 사물은 변하지만 변화의 근원이 되는 도는 불변한다고 주장하였다. 이 도를 이해하고 도에 따라 행동하면 모든 것이 순조롭게 된다는 것이다. 이것이 도가 발전의 2단계이며 장자에 이르러 도가 철학의 정점을 이룬다.

莊子는 삶과 죽음을 하나로 고찰하고 있으며 사물과 나를 잊어버리는 관점을 논하고 있다. 사물을 보다 높은 차원에서 통찰함으로써 현재의 세계를 초탈할 수 있다고 한다. 이것도 일종의 은둔이지만 현실사회 속에서 산속 깊숙한 곳이 아니라 현세에서 고차원의 세계로의 은둔이다. 고차적인 관점에서 사물을 통찰한다는 것은 이기적인 자신을 없애는 것을 의미한다.

2. 老子의 道

1) 본체로서의 도

노자10)의 사상은 세 부류로 나눈다. 1) 常, 道, 反. 2) 無爲, 無不

---

9) 『道德經』 제13장, 貴以身爲天下 若可奇天下 愛以身爲天下 若可託天下… 名與身孰親,身與貨孰多….

爲. 3) 守柔, 不爭, 小國寡民이다. 1)의 관념은 사상의 근저가 되고, 2)의 관념은 그 사상의 중심이며, 3)의 관념은 중심사상을 인사(人事)에 응용한 것이다.11) 노자는 모든 만상(萬象)은 흘러가 버려 오래 갈 수 없고, 한결같을 수 없음(常)을 말하였다. 말하자면 변화하지 않는 것이 없다는 뜻이다. 경험 세계의 사상(事象)에 속하지 않은 것들은 오래 지속할 수 있고 또 한결 같을 수 있다. 노자는 이것을 도라고 명명하였다. 도는 만유의 법칙을 가리킨다.

천지는 경험세계의 총체이다. 그러므로 도는 천지를 앞서서 생겨났다. 도는 경험세계의 총체가 아니지만 결코 초월해 떠나버린 존재가 아니고, 경험세계가 이것에 의지하여 형성된 법칙이 된다. 그러므로 "두루 운행하여도 위태하지 않다."고 하였으며 "천하의 모태가 될 수 있다."고 하였다. 만유만상은 모두 변하여 가버리고 덧없다(常道). 오직 도만이 만물을 뛰어 넘어 한결 같다. 그러나 말할 수 있는 도는 상도(常道)가 아니다. 움직임은 즉 운행이다. 되돌아감(反)은 순환하여 서로 바뀐다는 뜻을 포함한다. 반(反)은 도의 내용이다. 그러므로 노자는 하나의 사물 또는 성질마다 모두 변하여 그 반대의 면으로 될 수 있다는 이치를 설명하였다.12)

그의 저작이라 일컬어지는 도덕경에는 무명(無名)에 대한 언급이

---

10) 노자의 성은 李氏이고, 이름은 耳다. 字는 伯陽이며 시호는 聃이다. 초나라 苦縣, 厲鄕 曲仁 마을사람이다. 周나라 守藏室의 史官이었다. 孔子보다 연장자이며 동시대 사람이다. 중국철학자 풍우란은 책과 인물에는 필연적인 연관성이 없다고 말한다. 老聃이라는 인물이 살았다고 해도 노자라는 책은 후대의 저작일 수 있기 때문이라 한다. 실제 노자가 말한 것이 수록되어 있을 수 있으나 노자 道德經이 어느 때 저술되었는지 정확히 알 수는 없다고 한다.
11) 勞思光,『中國哲學史: 고대편』, 정인재 역 (서울: 탐구당, 1989), 215.
12) 위의 책, p216.

많이 나오는데 무명에 대해 이해하려면 명(名) 자체에 대한 논의가 필요하다. 사람들은 일상생활에서 사물에 대한 이름을 사용하고 있지만, 그것은 다만 편의상 붙인 이름이라는 것을 의식하지 못한다. 사물에 붙인 이름은 그 사물의 성격과 용도, 쓰임에 따라 붙여졌다. 따라서 그 이름에 충실함으로써만 체계 있는 질서가 진행될 수 있다. 이것은 유가(儒家)의 정명사상(正名思想)13)으로 나타났다. 철학자들이 이름 자체에 대하여 사색하기 시작하였을 때, 이 사상은 커다란 진보를 가져왔다.

모든 사물은 이름을 가지고 있다(有名). 노자는 이것을 유명과 대조시켜 무명을 말한다. 형상을 초월한 것이 모두 무명(無名)이 아니지만 그러나 무명은 형상(形象)을 초월해 있기도 하다. 노자의 도는 바로 이런 종류의 개념을 통해 설파되었다. 노자는 유와 무, 유명과 무명을 구분하지만 이 두 구분은 사실상 하나이다. 각 종류의 사물들은 그 종류마다 이름을 가진다. 도는 이름 붙일 수 없는 무명이며 도는 유명이 생기게 하는 원천이다. 도는 이름이 없으며 도는 무형이기 때문에 항상 메이지 않으며 이름 할 수 없음으로 무명이며 무명이기에 천지의 시(始)가 되고(根源), 유명(有名)은 만물의 어머니가 된다.14)

도는 이름이 없다. 무명은 형이상(形而上)이며 형이하자(形而下者)는 모두 이름을 가지며 유명이다. 도는 이름 붙일 수 없기 때문에 말(언어)로 표현될 수 없다. 억지로 굳이 이름을 붙이자면 도라고 부르는데 어떤 이름도 아니다. 도는 이름이 없는 이름(無名之名)이다. 단순히 하나의 명칭일 뿐이다. 그러나 도는 만물이 생겨 나오는 원천이다. 도는 만물의 근본이 된다. 도는 무명이지만 무이기도 하다. 유의 존재 이전

---

13) 정명사상은 공자의 중요한 관념 중 하나이다.
14)『道德經』, 제 1장, 道可道 非常道 名可名 非常名 無名天地之始, 有名萬物之母….

에 무가 있고, 무에서 유가 나며, 무에서 만물이 난다.15)

노자의 도는 천지만물의 도로 우주의 본체이다. 우주의 본체가 되는 도는 욕망이 없는 자연이므로 인간도 항상 무욕함으로써만 우주의 본체의 묘용을 볼 수 있고, 사심이나 욕망으로는 본체를 깨달아 알 수 없다. 욕망을 가진 마음으로는 오직 본체가 형상을 나타난 경계를 보는데 지나지 않는다. 도는 인격을 가지지 않는다. 만물이 도에서 생겨남은 유출이지 창조가 아니다. 도는 만물 위에 작용하는 것이지만 적연부동하여 무위적인 것처럼 보인다. 도는 체(本體, 根本)이지만 그 용(用, 實用)에서는 한시도 쉬는 일이 없다. 도는 성인(聖人)만이 알 수 있다. 무(無)는 아무것도 없다는 의미가 아니고 도를 규정한다든가, 한정할 수 없음으로 무라고 한다. 무는 우주의 실체이며 그것은 도이다.

2) 道의 작용

사람이 너무 과식하면 좋은 음식도 몸에 해가 된다. 비만과 성인병으로 고생하는 대부분의 사람들은 음식의 과다섭취와 관계된다. 따라서 적당량의 음식을 섭취해야 한다. 적당한 양의 음식은 그 사람의 나이와 건강과 먹는 음식의 질에 달려 있다. 이러한 것들이 사물의 변화를 지배하는 법칙들이다. 노자는 이것을 상(常)이라 한다.

노자는 상(常)을 아는 것을 명이라 하고 상을 알면 포용성이 있고, 포용성이 있으면 공평해지고, 공평해지면 두루 통하고, 두루 통하면 하늘과 같고, 하늘은 곧 도이다. 도는 영구하며 자신을 위태롭게 빠뜨리

---

15) 상게서, 제42장, 道生一, 一生二, 二生三, 三生萬物...(一은 一氣이며 一氣가 분화하여 陰陽(二氣)이 된다. 三은 二氣(음양)가 화합하여 만물을 생성한다.(필자 주)

지 않는다.16) 그러므로 우리가 "상을 몰라서 경거망동하는 경우가 있는데 그것은 흉하게 된다."(不知常 妄作凶). 우리가 자연의 법칙을 알고 그것에 따라서 행위해야 함을 강조한 것이다.

노자에게서 성인은 어떤 사람인가? 성인은 자신을 내세우지 않기 때문에 자신이 앞서고, 자신을 제외하지 않기 때문에 자신이 존재한다. 그것은 그에게 사심이 없기 때문이다. "성인은 스스로 나타내지 않기 때문에 밝게 돋보이고, 스스로 옳다고 주장하지 않기 때문에 드러나고, 스스로 뽐내지 않기 때문에 공이 있고, 스스로 자랑하지 않기 때문에 오래간다. 성인은 다투지 않는다. 그러므로 천하에 그와 맞서서 겨룰 자가 없다."17)

도는 언제나 하는 것이 없는 것 같으면서도 이루지 않는 것이 없다. 슬기롭게 사는 사람은 온순하고 겸양하며 쉽게 만족하여야 한다. 온순하게 되는 것은 힘을 기르고 강하게 되는 길이며, 교만은 겸손과 반대의 길이다. 교만은 인간의 진보가 극한에 이르렀다는 징조이며 겸손은 극한이 아직도 멀었다는 징조이다. 만족을 하는 것은 자신을 너무 지나치게 나아가는 것을 막아 극단에 이르지 않도록 자신을 보호하는 일이다. 그래서 노자는 "만족할 줄 알면 욕됨이 없고, 그칠 줄 알면 위태하지 않다. 성인은 심한 것, 과분한 것, 극대한 것을 버린다."18)고 하였다. 이러한 사상은 결국 도에서 나온 일반적인 법칙이다. 노자의 무위(無爲), 무불위(無不爲)는 도덕경의 사상적 중심을 이룬다.

---

16) 上揭書, 제16장, 知常曰明… 知常容, 容乃公, 公乃周, 周乃天, 天乃道, 道乃久, 沒身不殆.
17) 上揭書, 제22장, 聖人… 不自見故明, 不自是故彰, 不自伐故有功, 不自矜故長, 夫有不爭, 故天下莫能與之爭.
18) 上揭書, 제29장, 不足不辱, 不止不殆, 제44장, 聖人去甚, 去奢, 去泰.

3) 무위와 삶

무위는 문자 그대로의 의미는 "하지 않음" 또는 "함이 없음"이다. 그러나 무위란 말이 정말로 완전히 행동을 정지하거나 아무 것도 하지 않음이 아니다. 무위는 억지로 하지 않고, 별로 힘들이지 않고 행위하는 것을 뜻한다. 무위는 인위적이 아닌, 인공의 힘을 가하지 않은 자연스런 행위를 뜻한다. 그러므로 무위는 본래 아무 집착(執着)이 없음이다. 이 때문에 성인은 무위하므로 무너지지 않으며 집착하지 않음으로 잃어버리지 않는다. 성인이 이르기를 나는 무위로 백성이 스스로 교화되도록 한다.[19] 모든 자연이 그러듯이 하는 것 같지 않으나 치열하게 계속 행해지고 있으며 보이지 않는데서 이루어지고 있다. 무위는 바로 이것이다.

무위는 외재 사물에 함익되지 않음을 가리킨다. 무위는 집착을 깨뜨리는 것이며 만물에 빠져들지 않겠다고 자각하는 것이다. 자각심이 무위에 자리 잡고 있으면 집착하는 것도 없고, 요구하는 것이 없어지므로 비울 수 있고(虛), 안정(靜)될 수 있다. 아무 일도 함이 없으면서 하지 못하는 일이 없다.[20] 즉 무위의 정치를 하면 다스려지지 않음이 없다.[21] 무위의 정치가 바로 덕치이다. 무위로서 다스리면 천하가 안정된다.

사물은 제각기 자기가 할 수 있는 것을 하게 된다. 한 나라의 통치자는 도에서 본받아야 한다. 그 자신은 아무 것도 하지 않으면서 사물들이

---

19) 上揭書,제57장, 吾是以知無爲之有益, 是以聖人處無爲之事,行不言之教,聖人云,我 無爲而民自化.
20) 上揭書, 無爲而無不爲,
21) 上揭書, 爲無爲則無不治

스스로 할 수 있는 것을 하게 하여야 한다. 이것이 무위이며 도이다.

사람이 너무 지나치게 활동한다면 그것은 유익하게 되기보다는 오히려 해가 되는 경우가 있다. 과유불급(過猶不及)이란 말이 있지 않은가! 어떤 일을 너무 과도하게 하면 그 결과는 지나치게 되어 그 일을 하지 아니한 것보다 못하는 일이 있다. 노자는 "천하를 손에 넣으려면 반드시 일을 하지 않아야 한다. 무슨 일을 하기에 이르면 천하를 손에 넣지 못할 것이다."22)고 하였다.

일을 하지 않는다는 말은 참으로 지나친 일을 하지 않는다는 뜻이다. 인공적이고 인위적인 행위는 자연적이고 자발적인 행위와 대립된다. 무위의 가르침에 의하면, 사람은 필수적이고 자연적인 행위만 하라고 한다. '필수적'이란 어떤 목적을 성취하는데 꼭 필요한 것을 뜻하며 '자연적'이란 어떠한 인위의 무리를 가하지 말고 자기의 덕만을 따르는 것을 뜻한다.

이렇게 하여 인생에서 소박함을 그 지도이념으로 삼아야 한다. 사실 무명의 도(道)보다 소박한 것은 없다. 이름 지을 수 없는 도보다 더 소박한 것은 없고, 그 다음으로 소박한 것은 덕이다. 덕은 '힘' 또는 '장점'을 의미하는 말이다. 어떤 사물의 덕은 자연스럽게 있는 그대로의 상태를 말한다. "만물은 도를 존중하고 덕을 귀중하게 여긴다."23)

사람들은 너무 많은 욕심과 지식을 가지기 때문에 그 본래의 덕을 상실했다. 인간은 자기의 욕망을 만족시키면서 행복을 추구한다. 그러나 너무 많은 욕망을 채우려고 하면 반대의 결과를 얻고 만다. 노자는 말하기를 "자족할 줄 모르는 것보다 더 큰 화가 없고 손에 넣으려는 탐

---

22) 上揭書,제48장, 取天下常以無事 及其有事 不足以取天下.
23) 上揭書, 제51장, 道之尊 德之貴

욕보다 더 큰 죄악은 없다."24)고 하였다. 이것이 노자가 욕심을 줄여야 한다고 강조한 이유이다.

노자는 적은(小) 지식을 가져야 한다고 강조한다. 지식은 그 자체가 욕망의 대상이다. 오늘날 지식은 발달했지만 인간성은 상실되고 있다. 지식이 발달하면 할수록 인간성은 더욱 상실될 것이다. 인위적이고 가공의 힘에 의해 움직여지는 것들, 모든 것이 컴퓨터와 기계에 의존하여 인간은 소외될 것이다. 지식과 과학은 발달하고 있지만 인간을 괴롭히는 더욱 강력한 바이러스(에볼라, 메르스) 전염균이 창궐하여 속수무책이 되고 만다. 무인 폭격기와 로봇 무기와 같은 가공할 살상 무기가 개발되고 있다. 만족할 줄 모르는 인간의 지식 탐구는 더욱 발전하여 인간에게 약간의 혜택은 주어지겠지만 더 큰 화가 기다리고 있다. 더 많은 지식의 발달이 인간에게 오히려 재앙이 되는 경우가 있다.

따라서 노자는 2500여 년 전에 아이들처럼 제한 된 지식과 적은 욕망을 가지라고 권유하고 있다. 아이들은 본래 도에서 먼 곳에 있지 않다. 아이들의 순박하고 때 묻지 않은 상태를 가급적 간직하여야 한다는 주장이다. "덕을 두텁게 가진 사람은 젖먹이에 비유된다."25)

아이의 생활은 순박하기 때문에 성인 통치자는 자기의 백성들이 모두 소아처럼 되기를 바란다. "성인은 모든 사람을 아이로 취급한다."26)

기독교의 예수의 가르침에서도 어린아이 같아야 천국을 소유할 수 있다고 하였다. "누구든지 어린이와 같이 하나님 나라를 받아들이지 않는 사람은 거기에 들어가지 못할 것이다."27) 어린아이처럼 깨끗하고,

24) 上揭書, 제46장, 禍莫大於不知足 咎莫大於欲得
25) 上揭書, 제55장: 含德之厚 此於赤子.
26) 上揭書, 제49장: 聖人皆孩之.
27) 누가복음 18:15-17.

순박한 인간성을 간직하는 것을 옛 성현들은 바란다.

무위사상은 결코 허무주의나 패배주의, 은둔주의가 아니다. 지나친 욕망을 버리라는 것이다. 물이 높은데서 낮은 데로 흘러, 큰 계곡을 이루고 울창한 숲을 이루듯이 자연스럽게 이루어지는 것을 강조한 것이다. 하지 않는 것처럼 보이지만 그 내면에서는 쉼이 없이 치열하게 진행되는 자연의 이치처럼 말이다. 결국 무위는 물에 집착하지 않고 빠져들지 않음이며 집착을 깨뜨리는 것이다. 각자의 자각심이 무위에 자리 잡고 있으면, 집착하는 것도 없고, 요구하는 것도 없어지므로 텅 빌 수 있고[虛], 또 고요[靜]해질 수 있다는 것이다.

III. 신자유주의를 넘어, 비움의 미덕

불교는 노자사상의 영향을 받은 바 크다. 불교의 최대 최상의 목표의 하나인 공사상(空思想, Emptiness)도 사실 노자의 무, 무위사상과 크게 다를 바가 없다. 불도들은 오늘도 자기를 비우고 집착하지 않으며 공(空)에 도달하기 위한 정진을[28] 쉬지 않는데 우리 기독교는 반대로 채우기에 급급하고 있다. 더 큰 교회, 더 많은 신도로 가득가득 채우고

---

28) 불교계에 법정(法頂) 스님과 같은 훌륭한 분이 계셨다. 그가 쓴 책은 모두 품절되었다. 고인이 된 그는 생전에 자신이 쓴 책을 남기고 싶지 않다고 하여 이미 출간된 책 이외는 재판하지 않았다. 그가 쓴 책 제목만 보더라도 "텅 빈 충만," "버리고 떠나기," "무소유" 등 적게 가지는 것, 비우는 것 등이 책의 주제이며 내용이다. 그는 방안에 쓰는 가구도 일체 비치하지 않고 오직 차를 마시는 다기만 소중하게 여겼는데 어느 날 불자가 함께 차를 마시면서 "스님, 다기가 참 좋네요."라고 하자 즉시 그가 즐겨 쓰는 茶器를 신문지에 말아 주었다. 이 불자는 고인이 된 법정을 평생 잊지 못하고 그가 머문 산사를 자주 찾는다고 한다.

그 위상을 자랑하고 싶어 한다. 복음을 "땅 끝까지 전하라."[29]는 예수의 지상명령은 지역, 인종을 초월하여 복음을 널리, 많은 사람에게 전하라는 말씀이지, 교회를 크게 짓고 신도를 많이 모아 그 위용을 과시하라는 의미는 아닐 것이다.

산상수훈에서 예수의 첫 설교는 "심령이 가난한 자는 복이 있나니 천국이 그들의 것임이요."(마태복음 5:3)이었다. 이 말씀의 의미는 마음을 비우는 자, 가진 것을 내려놓은 자, 교만을 부끄러워하는 자[30]라고 로이드 존스 목사는 주석하면서 "이 세상에 탄생된 자연인 치고 심령이 가난하기를 좋아하는 자는 없으나 타락한 성품(옛 아담의 성품)이 좋아하고 행하는 것들을 밖에 두고 떠나야 한다. 산상 설교는 찬양해야 할 것이 아니라 실천해야 할 것"[31]이라고 강조했다.

오늘날 교회의 위기는 신자유주의에 편승한 욕망으로부터 온 것이다. "욕망은 누구나 가질 수 있지만 중요한 것은 욕망이 아니라 동기다. 선한 마음으로 욕망을 가지면 욕망자체도 좋은 것이지만, 이기적인 마음으로 욕망을 내면 좋지 않다. 세속적인 것이 행복의 원인이 아니라 고통의 원인이어서 집착할만한 가치가 없다는 것을 제대로 이해할 줄 알아야 한다."[32]는 티베트에서 온 '사캬 티진 린포체'의 불승의 말도 같은 맥락으로 이해된다.

브라질 상파울로 감리교신학대학의 한국계 해방신학자인 성정모

---

29) 사도행전 1:8.
30) D. Martyn Lloyd Jones, 『산상설교집 下』, 문창수 옮김 (서울: 정경사, 2001), 322.
31) 같은 책, 320-327.
32) 지난 5월 25일 석가탄신일을 맞이하여 티베트 불교 사카파수장인 '사캬 티진 린포체' 불승이 내한하여 한겨레신문과 인터뷰 하였다. 한겨레신문, 2015년 5월11일 27면 참조.

교수는 "신자유주의가 지배하고 있는 현 국제경제의 질서 안에 내재된 신학의 정체를 밝힐 필요가 있다."33)고 말한다. 신자유주의의 구원은 "번영과 승리"이다. 인류에게 유일한 구원은 물질적 번영이며, 인류의 최후 승리는 오직 시장 안에서 이루어진다. 물질적 번영은 시장의 신을 통해 인간에게 베풀어진 신적인 축복이다. 따라서 물질적 번영의 혜택을 받지 못하는 사람은 실패한 사람이며, 구원의 약속에서 저주 받은 사람으로 평가 받는다.

신자유주의의 새로운 인간이란 시장이 제공하는 복음을 받아들이는 사람이다. 시장 종교의 복음은 다름 아닌 경쟁이다. 시장 종교에서 유일하게 모든 것의 척도가 되는 것은 경쟁을 통한 경쟁력 강화이다. 경쟁은 모든 기업과 국가의 존재 기반이 되며, 경쟁력 강화는 모두가 추구해야할 사회의 가장 핵심적인 목표이다. 모든 기관(초등학교, 중·고등학교, 대학교, 병원, 가족, 기업, 종교기관)을 망라한 사회의 기구와 기관이 경쟁력 강화를 외치고, 교육의 목표는 온전한 인간형성이 아니라 경쟁력을 갖춘 새로운 인간을 배출하는 것이다. 경쟁은 신자유주의 사회에서 유일한 복음으로 받아들여진다. 이 복음 외에 우리를 구원할 이름은 없다.34)

성정모의『시장, 종교, 욕망』을 우리말로 옮긴 홍인식은 신자유주의를 넘어서는, 오늘 우리 현장의 교회와 목회를 위해 영성 목회와 강화와 회복을 제안한다. 신자유주의는 무관심하고 무감각한 문화를 지향한다. 나 자신만의 행복과 세계에 전념하며 모든 것은 "나의 세계"를 중심으로 움직인다. 이러한 상황에서 교회는 어떤 영성의 목회를 지향해야

---

33) 성정모,『시장, 종교, 욕망』, 홍인식 옮김 (서울: 서해문집, 2014), 261
34) 같은 책, 263-264.

할까? 신자유주의를 넘어서는 목회영성은 동정과 자비의 영성, 이웃의 영성, 연대와 공동체의 영성, 생명과 약함의 영성, 충돌과 비판의 영성, 멈춤의 영성을 들고 있다. 교회의 목회가 더 나은 세상을 가능하도록 하기 위해 가져야 할 영성의 모습은 보프가 지적하는 "이웃의 영성"이다. 이웃의 영성은 우리로 하여금 나와 다른 존재에 대한 인정, 섞임의 실천, 받아들임, 인종간의 교제와 소통, 문화 간의 대화 그리고 무엇보다 지금까지 잊히고 있던 억눌린 이웃, 소외받고 있는 이웃, 침묵을 당한 이웃, 모욕당하고 억압당하고 있는 이웃들에게 우리가 관심을 집중하도록 만들 것이다.35)

오늘 우리가 시급하게 회복해야 할 목회적 기획과 시도는 예언자적 비판, 교회가 신자유주의를 향해 질문을 던지고, 대결하며 충돌하고 갈등을 유발시키는 시도를 포기해서는 안 된다. 알베르 카뮈(Albert Camus)의 "나는 저항 한다. 그러므로 존재한다."는 말을 기억하면서 갈등과 충돌이 변화와 변혁의 중요한 원천임을 잊어서는 안 될 것이다.

IV. 맺음말

우리는 세월호 참사에서 보듯이 생명 존엄이 우선이 아니라 물질에 함익된, 인간성 상실의 극한을 보게 되었다. 이것은 우연이 아니다. 신자유주의는 욕망의 시대이다. 욕망은 본능이어서 그 자체를 비판힐 수 없지만 조절할 수 있어야 한다. 신자유주의는 욕망을 쟁취하는 데 정당

---

35) 마태복음의 산상수훈에서 볼 수 있듯이 잊혀지고 거부당한 이웃들에 대한 관심과 존중 은 기독교의 핵심적인 가르침이라고 볼 수 있다(마 5:1-9).

성을 부여해주고 있다. 욕망을 쟁취해낸 이들이 삶의 모델이 되고, 멘토로 떠오른다. 그로 인한 경쟁과 스트레스, 빈부격차, 집단 갈등 등 수많은 문제가 양산되고 있지만 너나할 것 없이 그 블랙홀에 빨려 들어가고 있다.

기독교 또한 신자유주의에 편승하여 교회의 몸집 불리기와 성장일변도의 욕망에 집착한 결과 대형 참사를 빚고 있다. 서울의 대형교회로 대표되는 교역자들이 교회헌금 횡령죄로 고소 고발되고, 형을 받았으며 검찰에 입건되어 조사를 받고 있다. 심지어 감리교의 대표적인 유명 목사는 미국 교포들이 북한에 교회를 건축하는데 모금한 헌금을36) 개인 용도로 사용하여 고발당하고 2년의 형을 선고 받기도 했다. 그런가 하면 대형 교회에 초빙 받기 위하여 학력을 위조하고 스펙을 가장하다 탄로가 나 목사파와 반대파로 교회가 분열되고 대립하는 현상을 빚고 있으며, 사회의 지탄을 받고 있다.37)

어떻게 해야 하는가? 욕망을 조절하고 집착을 버려야 한다. 죽음으로써 자신을 헌신한 그리스도의 영성이 오늘 우리 한국 기독교에 절실히 요청되는 시점이다. 교회는 이 시대에 물질에 함익되지 않고, 생명의 존엄과 비움의 미덕을 발휘할 때이다. 도가사상에서 경물중생과 무위사상이 강조되었던 것처럼 말이다.

가을은 수확하고 거두는 절기이지만 동시에 모든 것을 비운다. 비우면서 미래를 저장한다. 비워야만 내일의 생명을 보장하고 희망이 있다.

---

36) 미화 40만 달러(한화 약 4억 2천만원).
37) 서울 강남 소재의 대형 교회와 최근 익산의 큰 규모의 교회에서도 초빙 목사의 학력 위조가 문제가 돼, 교회가 분열 위기에 놓여 있다.

모든 나무들이 나뭇잎을 대지 위에 떨어뜨리는 원리이다. 집착하지 않고, 지나친 욕심을 버리는 것, 보이지 않게 하며, 자랑하지 않고, 교만하지 않으면서, 자연의 원리를 따라, 강제하지 않으며, 하지 않은 것 같으면서 내면에서 치열하게 행하고 이루며(無爲, 無不爲), 생명의 존엄의 가치를 최우선시하고 자신을 비우는 것이 가장 아름다운 미덕이며 우리 한국교회가 제자리로 회복할 수 있는 길이며 본연의 역할이라 할 것이다.

성장하는 교회의 관심은?*

갈 2:20, "내 안에 그리스도가 살아 계십니다."

요한 계시록 3:20, "보아라, 내가 문밖에 서서, 문을 두드리고 있다. 누구든지 내 음성을 듣고 문을 열면, 나는 그에게로 들어가서 그와 함께 먹고, 그는 나와 함께 먹을 것이다."

한국의 목회 현장에서 목회자들의 간절하고 공통적인 바람 중의 하나가 자신이 목회하는 교회가 질적으로 수적으로 성장하는 일일 것이다. 이를 위해 목회자들이 밤낮을 가리지 않고 헌신적으로 노력하고 있다고 생각한다. 어느 동료 목회자의 이야기처럼, "목회자들을 위한 집회에 가보면, 모두가 교회 성장에 대해 말하고 있으며, 대 교회가 되는 것에 대해서만 이야기하고 있다."라는 말에 이의를 달 사람이 별로 없

---

* 이 글은 『21세기 목회』(2013)에 출판되었던 글을 약간 다듬은 것이다. 이 글은 필자가 유학 후 귀국하여 "실천신학 연구" 모임에서 발표한 글이다.

을 것이다. 필자는 신학생 시절인 40여 년에 750여 기장 교회의 숫자가 지금은 1600여 교회가 되었다고 들었을 때 무척 반가웠다. 그런데 안타까운 심정이 들었던 것은 그중 과반이 넘는 교회가 미자립 상태에 있다는 것이다. 이 소식을 듣고 마음이 무거워 하늘을 바라보았던 기억이 지금도 새롭다.

교회 성장에 대한 이야기를 하면서 "필자가 속한 기장 교단뿐만 아니라 모든 개신교 교회에게도 적용될 수 있는 건강하고 온전하게 성장하는 길이 무엇일까?"라는 생각을 자주 깊이 생각하게 되었다. 신학은 교회에 봉사하는 학문이어야 한다는 바르트의 『교회교의학』에서 말하는 논제는 신학자뿐만 아니라 목회자에게도 해당된다고 생각한다. 그래서 필자의 주요 관심 주제인 신앙 체험과 관련하여 교회 성장을 종교사회적 시각에서 연구한 헤이더웨이와 루젠(Hadaway and Roozen)의 저서를 중심으로 고찰해보려고 한다.[1]

풀러 신학교에는 교회 성장학을 연구하는 학자들이 많이 있다. 그런데 교회 성장학과는 다른 관점에서 교회 성장을 연구하는 분야인 교회 회중(congregation study) 연구가들은 교회 성장에는 교회 주변 상황에 많은 영향을 받는다는 사실을 주장한다. 좀 더 구체적으로 말하면, 시골이나 작은 도시와 같이 거주 인구가 한정된 지역에서는 교인의 급격한 증가가 일어날 가능성이 낮다는 것이다. 그러나 대도시와 같이 인구가 많이 모여 사는 곳에서는 상황이 완전히 다르다는 것이다. 그래서 필자는 주변의 환경이 성장과 감소 가능성이 적은 지역에서의 성장을

---

1) C. Kirk Hadaway and David A. Roozen, *Rerouting the Protestant Mainstream: Sources of Growth & Opportunities for Change* (Nashville: Abingdon Press, 1995).

논의하는 것이 아니라, 대도시나 인구의 들고 나감이 빈번한 지역에서의 성장의 가능성을 논의하는 데 초점이 있다. 그렇다고 주변 환경의 변화 가능성이 적다고 해서 이 글에서 논의하려는 내용의 적용 가능성이 적다는 것을 의미하는 것이 아님을 또한 밝혀 둔다. 이 글에서 말하려는 핵심 내용은 교회의 크고 작음, 주변 상황이나 여건에 관계없이 교회가 교회이기를 원하는 교회는 누구나 한번 심각하게 고려해 봐야 할 주제를 다뤄 보려고 한다. 한국 목회 현장에서의 교회 성장을 위한 경험적 연구 자료가 빈약함에 아쉬움을 가지며, "무엇이 진정한 교회 성장에 기여하는가?"라는 근본적인 질문에 대한 논의를 시도한다.

이념(ideology)의 영향

교회들이 성장을 위하여 무언가를 하려 할 때, 먼저 생각하는 것은 성장과 관련된 교회 활동을 기존의 교회 활동에 추가하려는 경향이 있다. 예를 들면, 미국 서부에 있는 교회 성장 연구소의 맥가브란과 그와 비슷한 성향의 교회 성장 학자들이 주장하는 내용은 다음과 같다. 곧, 교회가 성장을 하려면, "해야 할 일은 첫째… 마지막으로 열 번째는 …을 해야 한다."는 식이다. 예를 들면, "교회의 주보는 교회의 얼굴이기 때문에 처음 오는 교인의 마음에 쏙 들도록 깔끔해야 한다." "처음 오는 교우를 반갑게 대해 우리 교회에 정을 붙일 수 있도록 안내부터 등록, 등록 후 심방에 이르기까지 세밀하게 신경을 쓴다."와 같은 이야기들이다. 우리의 주변에서 많이 들었던 낯설지 않은 내용들이다. 그러나 기존의 교회가 새로운 활동(activity)을 현재 진행하고 있는 교회 활동에 추가한다고 해서, 교회에 큰 변화가 올 것이라고 기대하는 것은 무리라

는 것이다.2) 물론 짧은 기간에는 뭔가가 새롭게 행해지고 있어, '성장'
하는 것처럼 보일지 모르지만 길게 지속되지 못한다는 것이 회중 연구
자들의 기본 입장이다. 그래서 교회 성장을 생각하는 사람은 "교회가
진정으로 무엇인가?", "무엇이 진정한 교회가 되게 하는가?"와 같은 보
다 근본적인 질문에 대한 답을 추구하고 실천해야 한다.

    이런 사실을 뒷받침해주는 아주 좋은 실례의 책이 있다. 미국에서
출판된 딘 캘리(Dean Kelley)가 쓴『왜 보수교회들은 성장하는가?』3)
이다. 이 책은 한국말로도 번역된 것으로 알고 있다. 교회 수적 성장을
원하는 많은 목회자들이라면 누구나 한번쯤 생각해봤을 주제이기도 하
다. 캘리의 주된 논점을 들여다보면, 보수주의나 수적 성장 그 자체 어
디에도 실제적인 관련이 없음을 알 수 있다. 그의 주요 논제는 한 마디
로 "엄격한(strict) 교회들이 강하다."고 말한다.4) 곧, 신앙생활의 실천
에서 보수주의 교회는 엄격한 경향이 있다는 것이다. 엄격한 교회들은
자신의 신앙에 대한 헌신적 결단이나 목적의식이 강한 경향이 있다. 그
리고 이런 교회가 성장하는 경향이 있다는 것이다.

    그러나 헤이더웨이와 루젠은 캘리의 논제에 대해 강하게 비판한다.
이들은 보수주의와 교회 성장과의 관계가 직접적인 상관관계가 존재하
지 않으며, 단지 보수주의 교회는 성장해야만 한다는 입장을 논리적으
로 따르고 있다고 비판한다.5) 어느 정도 숫자의 보수주의 교회가 현재
성장하고 있으며 그래서 큰 교회가 있다고 해도, 또 과거에 그러했다고

---

2) Robert Dale, *To Dream Again: How to Help your Church Come Alive* (Broadman
    Press, 1981), 5.
3) *Why The Conservative Churches Are Growing?* (New York: Harper & Row, 1977).
4) C. Kirk Hadaway and David A. Roozen, *Rerouting the Protestant Mainstream:
    Sources of Growth & Opportunities for Change*, 69.
5) 위의 글.

해도, 성장의 이유들은 보수 교회의 신앙생활의 "엄격한"(strict) 것과 아무런 관련이 없다는 것이다. 현 시점에서 몇 개의 미국 보수주의 교단의 교회가 성장과 보수주의가 연관이 있다고 해도, 엄격함의 항목들은 교회의 수적 성장과 직접적 상관관계가 없음이 경험적 연구로 점차 드러나고 있다.

캘리의 논제는 학계에서 경험 과학적인 검증을 시도하여 80년대 초반에 이미 그 효용성을 잃고 말았다. 그러나 캘리의 주장과 관련하여 말할 수 있는 것은 교회의 주된 현안이 이념과 경험(experience)이란 점에서 볼 때, 교인들에게 행하지 않고서는 못 배기게 만드는 종교적 특성(a compelling religious character)이 중요한 현안이지, 특성의 내용이 자유주의적이나 보수주의적이냐가 중요하지 않다는 것이다.6) 신앙의 내용이 진보적 색갈이냐, 보수적이냐에 따라 교회가 성장하고 못하는 것이 아니라는 것이다.

미국에서 교인의 숫자가 감소하고 있는 많은 주류 교단들에게 한 가지 공통적인 특성이 발견된다. 그것은 주류 교단 교인들이 "교회에 출석하지 않으면 안 될 강권적인 이유들을 가지고 있지 못하다."는 것이다. 다시 말해서 이들은 "자신이 누구인가?"라는 정체성과 "왜 그렇게 되어야 하는가?"라는 목적의식이 희박하다는 것이다. 교회에 다니는 동기가 자기 부모들이 다녀서거나, 교양 있고 사회적 지위에 맞는 친선도모에 좋다는 사교적 동기에서, 또는 그 밖의 동기에서 교회에 출석하는 경향이 강하다는 것이다.

미국 주류 교단의 교회들은 교인들이 교회에 출석하기만 하면 "자연스럽게" 종교적 의미(meaning)가 사람들에게 전달되고 형성된다는

---

6) 위의 글.

전제를 가지고 있는 것 같다. 그러나 목회자들이 알아야 할 것은 사람들이 교회에 갈 때, 부모가 다녀서 가기도 하고, 사교적인 면에 도움이 되는 면이 없지는 않다 해도, 그보다 더 근본적인 것은 "종교적인" 의미가 있다는 것을 잊은 듯하다. 특별히 교회의 설교에서 사회적인 지위나 학문을 토론하고 많이 논의하는 진보적인 교회들은 회중석에 앉아 있는 교인들의 내적 욕구에 대해 무언가 잘못 이해하고 있음에 틀림없다고 헤이더웨이와 루젠은 말한다.

여론조사에 의하면, 미국 사람들은 비신자와 신자를 모두 포함하여 항상 90% 이상이 하나님을 믿고 있다고 대답한다. 한국 사람도 종교심이 강하기는 미국 사람보다 더 하면 더 했지 덜하지 않다고 본다. 이런 사람들이 교회에서 찾고자 하는 것은 사교적인 면이나 과학에서 논의하는 내용보다는, 교회만이 줄 수 있는 무언가를 구하려 한다는 것이다. 곧, 교회에서 자신들의 삶의 근본적 문제들이 건드려지고 나름대로의 해답을 추구하면서 제공되는 면을 기대하며 출석한다는 것이다. 그러나 자유주의적이며 진보적인 지식인의 교회라고 자처하는 많은 교회들은 신비스럽고 분명한 답이 주어지지 않는 인생의 문제를 다루는 정도가 교인이 증가하는 교회들에 비해서 현저하게 떨어진다는 것은 많은 사람들이 이미 동의하고 있다.

헤이더웨이와 루젠은 캘리의 논제에 분명한 반대 증거를 찾기 위해 미국 전역에 걸쳐서 성장하고 있는 교회들을 찾아 성장의 요인들을 연구하기 시작했다. 물론, 진보와 보수 양쪽 모두를 아울러서 말이다. 그런 가운데 그들이 발견한 사실은 여태까지 숫자가 줄어간다고 아우성이던 주류 교단의 교회들 중에서도 성장하는 교회들이 있음을 발견했다. 이들은 성장하는 주류 교단 교회를 찾아 연구하여 발견하게 된 특성들 중에서 많은 교회들에게 희망을 줄 수 있는 요소를 발견하였다.

헤이더웨이와 루젠은 자유주의적 전통의 진보 교단들에게도 성장할 수 있다는 가능성을 발견하게 되었다.[7] 성장하는 교회들의 자유주의적 첫째 집단은 복음주의 교회처럼 '시장 원칙에 따르는'(market-driven) 교회들이다. 둘째 집단은 캘리의 논점과는 다르게 신앙이 덜 교리적이고 예배도 보수적인 교회보다도 덜 형식적이다. 그러나 이 교회들은 물론인구가 쉽게 성장하는 사람들이 많이 모여 사는 지역에 위치해 있으며, 교회가 튼튼하고 잘 조직되어 있고 친절하다는 것을 발견했다. 셋째 집단은, '특수 목적 교회'들로서, 동성애자 교회, 농아인 교회, 소수민족 교회, '급진적인 전위대' 교회들이었다.

영성 지향의 교회(spiritually oriented church)

마지막으로 성장하는 집단의 교회가 미국의 주류 교단처럼 숫자 감소와 싸우는 교회들에게 희망의 빛을 던져주고 있다. 이들은 한마디로 '영성 지향의 교회'들이다. 이런 교회들은 사회 정의에 대한 분명한 초점을 가지고 있으며, 교리 문제에 자유스럽고 지역 사회 봉사에 깊이 관여하고 있었다. 그러나 이런 교회들의 사회적, 도덕적 과제(agenda)들은 깊고도 의미 있는 예배 경험에 뿌리를 두고 있었다. 헤이더웨이와 루젠은 이런 유형의 교회들이 미국 주류 교단의 교회들의 교인 감소에 하나의 '해답'을 제공한다고 확신하고 있다. 곧, 자유스런 주류 교단 전통의 좋은 점들을 가지고서 복음주의적 형태의 활력(vitality)에 대한 막강한 하나의 대안을 제공한다고 보기 때문이다.

---

7) 위의 글, 80-81.

이들 회중 연구가들의 판단에 따르면, 영성 지향의 주류 교단 교회의 가장 중요한 요소는 예배이다. 이들 교회의 핵심적 요소는 "사람들의 삶이 하나님이신 성령에게 열려 있으며, 그리고 예배 속에 임재하신 하나님에 대한 기대(expectation)가 있고, 이 기대를 전제하고 있으며, 확신하고 있었다."[8] 리오나드 스위트(Leonard Sweet)가 말하는 것처럼, 이것은 "기타를 연주하고 손바닥을 치며 모닥불의 따뜻함을 주는 보수주의의 여름 종교 캠프가 아니다. (…) 또한 천막에서 영적인 현상의 출현과 비합리적으로 졸도가 일어나는 종교도 아니다."[9] 예배 중에 은사적이고 쓰러지는 빈야드와 같은 것을 의미하지 않는 듯하다. 성장하는 자유주의적 교회의 핵심적 요소는 이성이나 전통을 포기하지 않으면서도 신비 가운데 계신 초월적 하나님을 환영하는 종교 경험에 있다는 것이다.

헤이더웨이와 루젠에 의하면, 이들 영성적으로 지향된 교회들의 예배는 일반 주류 교회의 예배와 "다르게" 보인다고 말한다. 성장하는 교회의 예배는 재미있는 것으로 묘사되지 않는다. 이들의 예배는 의례(ritual)로서 하나님을 경외(reverence)하며 그분의 경험을 기대하며 행해진다. 성서, 성서 봉독, 기도, 성찬식의 참여, 예전 무용, 평화의 인사 나눔, 찬송들 모두가 아주 중요한 것으로 다뤄지고 있다. 어찌 보면 이러한 것들은 예배의 기교(technique)가 아니라, 예배를 향한 태도의 문제에 속한다고 할 수 있다. 수적으로 성장하는 영성적으로 지향된 교회에서 "하나님은 살아 계신 하나님이고 실제적으로 임재하심이 경험

---

8) 위의 글, 82.

9) Sweet, "Can a Mainstream Change Its Course?" *Liberal Protestantism*, ed. Robert S. Michaelson and Wade Clark Roof (New York: Pilgrim Press, 1990). Hadaway and Roozen, 위의 글, 82에서 재인용.

되고 인정되는 분이시다."10) 회중 연구가들의 연구에서 발견한 바는 성장하는 교회의 교인들이 경험하는 하나님은 멀리 계시거나 추상적인 하나님이 아니라는 것이다. 이 분은 초월적이며 동시에 내재적인 하나님이시다. 이들의 예배는 하나님의 임재와 이에 대한 인간의 응답이 동일하게 강했으며, 참여자의 가슴을 힘 있게 감동시키는 예배였다고 한다.

도날드 밀러(Donald Miller)는 이런 영성의 표출을 "종교 경험"으로 말하고 있다. 그는 종교 경험을 다음과 같은 방식으로 정의한다. "'종교 경험'이란 자기 초월의 경험인데, 자신이 이 세상에 홀로 있지 않다는 느낌을 경험적으로 불러일으키며, 자기 자신과 세계의 구조 속에 자신의 개인적 노력을 초월하는 성스런 질서가 있음을 깊이 느끼는 방식으로 표현된다."11) 이들 교회의 예배를 적절하게 기록하기란 쉽지 않다. 왜냐하면 힘 있는 예배 분위기, 깊이 있는 이해, 일치감, 하나님 임재에 접촉된 느낌을 잡아내어 기록한다는 것이 쉽지 않은 언어의 한계 때문이기도 하다. 그래서 루돌프 오토(Rudolf Otto)는 이런 종교 경험이 아주 독특한 것이기 때문에, 이를 이해하려면 그 분위기에 휩싸여봐야 한다고 말했던 것도 이 때문이다.12) 모든 경험이 그런 것처럼, 종교 경험에서도 느낌이나 감각이 중시되어야 한다. 힘 있는 모든 경험처럼, 종교 경험도 느껴진 것을 말로 서술하려고 할 때에 번역하는 과정에서 중요한 부분들을 잃어버리게 될 수 있다.

---

10) Hadaway and Roozen, 앞 글, 82-3.

11) Donald E. Miller, "Liberal Church Growth: A Case Study," unpublished paper presented at the 1989 meetings of the Society for the Scientific Study of Religion, 26. Hadaway and Roozen, 85에서 재인용.

12) Rudolf Otto, *The Idea of the Holy: An Inquiry into the non-rational factor in the idea of the divine and its relation to the rational* (London, New York: Oxford University Press, 1958), 6. (이 책의 제1판은 1923년에 나왔다.)

헤이더웨이와 루젠은 영성적으로 지향된 대부분의 교회들에게는 진보와 보수의 신학적 간격이 별로 의미를 갖지 못한다고 보았다. 만약 하나님께서 이곳에서 경험되면 하나님은 글자 그대로 여기에 임재하신 것이다. 성서를 문자적이나 상징적으로 해석을 하든 않든 간에, 또는 낙태를 찬성하든 안하든 간에 말이다. 이런 이유로 해서 영성적으로 지향된 교회들은 폭넓은 종류의 사람들을 끌어 올 수 있다고 헤이더웨이와 루젠은 주장한다. 자유주의적 미국 신자들은 예배의 정신과 종교적 의미와 함께 그런 교회 속에 임재하고 있는 개방성과 사회 활동에 매력을 느낄 것이며, 보수주의적 미국 신자들은 예배의 정신과 종교적 의미와 함께 성서를 진지하게 다루는 것에 매력을 느낄 것이다. 두 종류의 교회 모두 많은 사람들에게 매력 있게 보여 교회의 성장에 기여하게 된다는 것이다. 그래서 헤이더웨이와 루젠은 예배 중에 하나님의 임재의 확신과 이를 찬양하는 속에서 하나님에 대한 인간의 신학적 언쟁에 대해서 참여자들에게 중요한 것이 되지 않는다는 자각과 일치감이 존재하고 있음을 발견했다.

성장과 영성적 교회

영성적 교회가 성장과 어떤 관련이 구체적으로 있는가? 다음과 같은 구체적인 격언이 있다. "교회를 사람으로 채우는 것에 덜 관심하고 사람들에게 하나님을 채우는 것에 더 관심해야 한다."[13] 희망이 되는 좋은 소식은 신자들에게 하나님으로 채우는 데 관심하는 교회들이 숫

---

13) Sweet, "Can a Mainstream Change Its Course?" 239. Hadaway and Roozen, 86에서 재인용.

자의 성장(또는 감소하지 않으려 애쓰는)에 관심하는 주류 교단 교회들보다 성장을 경험할 가능성이 더 높다는 점이다.

헤이더웨이와 루젠과 같은 회중 연구가들이 주장하는 것은 성장하고 또 계속해서 성장하기 위해서는 필수적으로 각 주류 교단의 교회들이 활기찬 종교적인 교회와 하나님의 임재에 환호하는 교회가 되어야 한다. 분명한 종교적 정체성과 권능을 제공하는 종교적 목적, 그런 정체성과 목적에서 우러나온 일관된 방향 감각을 반드시 개발해야만 한다. 토마스 딮코(Thomas Dipko)는 "우리가 신비감(the sense of the numinous)이나 우리 가운데 임하는 초월의 미세한 신비감을 회복하지 못한다면, 이런 예배는 진정한 예배를 독특하게 만드는 영성적 배고픔을 채워주는 것이 아닌 아마 다른 욕구들을 만족시킬 것이다."고 주장한다.14) 성장하기 위해서는 신흥 교회이든 주류 교단 교회이든 종교적 "실체"(substance)가 반드시 있어야 한다. 그렇지 않으면 주류 교단이든 신흥 교회이든 자기 교인들에게 종교적 의미를 나눠줄 수 없을 것이라고 헤이더웨이와 루젠은 주장한다.

이 실체는 세상적인 것을 초월하지 않고 아주 구체적이다. 교인들이 반드시 예배에서 하나님의 임재를 감지할 수 있어야만 하며, 궁극적 의미에 대한 질문들에 대해서도 공개적으로 씨름할 수 있어야 한다. 헤이더웨이와 루젠은 이런 질문들은 복잡한 것이 아니라 단지 답하기 어려울 뿐이라고 말한다. 교인이나 교회에 나오지 않는 사람들도 하나님께서 왜 착한 사람들에게 악을 허락하셨는지 알고 싶어 하며, 왜 친구나 친척들이 죽으며, 왜 교회 안의 수많은 교인들이 기독교인처럼 행동하

---

14) 1993년 12월에 토마스 딮코와 커크 헤이더웨이와의 전자우편 중에서, Hadaway and Roozen, 위의 글, 86쪽.

지 않는지를 알고 싶어 한다.[15]

　이런 질문들에 대한 답변들 뒤에 존재하여 권능을 부여하는 권위(authority)는 맹목적 신앙, 종교 전통, 하나님의 말씀, 또는 냉철한 합리성이 제공해주지 않는다. 우리가 알다시피, 궁극적 실재에 대한 종교적 해석은 일차적으로 합리적이 아니다. 다시 말하면, 우리가 믿는 신에 대한 서술은 초월해계시는 분을 완전하게 서술하여 이해시킬 수 없다는 것을 말한다. 또한 현대는 근대성의 발달로 인해 모든 권위가 상대화되어 전통적 권위의 기반들을 약화시켰다. 그럼에도 불구하고 교회의 답이나 진리에 대한 정의들은 제공자의 "경험"에 담겨있다.

　"경건(piety)은 진리를 요구하지만, 그러나 옛 의미의 절대성을 반드시 의미하지 않는다. 자신이 하나님과 대면하고 그의 목소리를 들었다는 확신은 역사의식의 상대화에 영향 받지 않는다. [초월적 존재와의] 만남들은 그런 사람들에게 내재적 진리의 확신을 제공한다. 사람들은 이런 확신 속에서 확실성을 발견할 수 있다. 이들이 비록 역사적, 사회과학적 상대주의에 빠진다고 할지라도, 스스로 진리로 경험한 것을 확신할 수 있으며, **많은 다른 사람들의 삶에서 진리로서 증명된 것을 결코 비진리로 보지 않을 것이다.**"[16](강조는 원저자의 것)

　영성적으로 지향된 예배의 주요한 국면은 순수하게 감정적이거나 지성적이지 않다. 온몸에서 우러나오는 느낌(gut-level sense)으로 하

---

15) 이런 질문들은, 페니 롱 마라러와 C. 커그 헤이더웨이가 백합연구기금으로 종교의 주변인들에 대한 연구과제의 일환으로 사람들을 면담할 때, 교회에 다니지 않는 사람들과 가끔 출석하는 사람들에게 자주 묻는 질문들이었다.

16) Peter L. Berger, *The Heretical Imperative*, 139.(밑줄 친 강조점은 필자의 추가임.)

나님께서는 여기서 살아 활동하시고 계심을 느낀다.[17] 또 이러한 느낌
은 다른 앎의 방식으로서 종교적 경험의 감정을 덜 낯설게 만들며 교회
가 제공하는 답변들이 더 사실처럼 보이게 하는 것이다.

예배 속에 하나님께서 살아 계시도록 허용하는 교회는 사람들의 관
심을 끄는 데 어렵지 않다. 하나님 임재의 경험은 진정으로 사람들의
마음을 끌어당긴다. 교회가 활기에 차있거나, 사람들의 관심을 끌고 반
응하게 하는 핵심적 활기(a core vitality)가 있을 때, 그 교회는 성장한
다. 이런 교회에서는 교인들에게 무언가를 해야 한다는 요구사항
(demanding)들이 자연스럽게 받아들여지고, 또 이것을 자신과 교회의
과제로 받아들이고 실천하기 위해 노력하게 된다. 이와 반대로 교인들
의 심령 속에 이와같은 활기나 뜨거움이 없으면, 이성적으로 "하라,"
"해야 한다."고 해도 그들을 움직이기 힘들 것이다. 마치 비유적으로 엔
진에 동력이 걸리지 않는 데 돌리려고 애쓰는 상태와 유사하다고 말이다.

헤이더웨이와 루젠의 교회 성장의 공통적 요소의 결론은 분명하다.
목회자들이 성장하는 교회가 되기 위해서 자신의 전통을 심각하게 생
각해보지도 않고, 성장된 교회들이 외부적으로 쉽게 보이는 보수주의
와 오순절 계통의 복음주의 교회들이 많다고 해서 그들의 신앙과 목회
형태의 뒤를 답습하는 것은 바람직하지 않다는 것이다. 그렇다고 피터
와그너나 도날드 맥가브란과 같은 교회 성장론자들이 주장하는 합리주
의적(rationalistic) 접근 방법도 해결의 답이 아니다. 곧, 자유주의 시
장 경제 속의 경영자가 조언해주는 것처럼 "10가지 교회 성장을 위한

---

17) 바바라 도허티(Barbara Doherty)는 1993년 10월 9일 발파라시오 대학에서 있었던
"지식인 사회에서 영성의 다양성"(The Diversity of Spirituality in the Communities
of Learners)이라는 강연에서 이런 "자이아나"(Jiana)나 "배에서 나오는 에너지"에 대
해 강연했다.

조언들"을 따르는 것도 성공하기 어렵다. 왜냐하면, 이제까지 해 온 교회의 활동에 다른 한 가지의 활동을 추가하는 것은 교회 프로그램 한 가지를 추가하는 것이지, 그 교회에 "교회가 진정으로 무엇인가?"라는 정체성의 변화가 일어날 가능성이 크지 않기 때문이다. 헤이더웨이와 루젠이 자유주의적 주류 교단에서 성장하는 교회들을 연구한 결과, 이들 교회들은 영성 지향적이며, 예배를 중시하고, 하나님께서 예배 속에 임재하심을 경험하는 종교체험들이 일어나며, 예배에 참여하는 사람들에게 변화가 일어나고 있음을 발견하였다.

다시 말하면, 교회는 그 속에 속한 교인들 자신들의 독특한 신앙 특성(character), 신앙 비전(vision), 신앙의 방향감각(direction)에 대한 인식이 필요하다. 정체성(who we are, identity), 목적의식(why, purpose), 방향성(what, vision)이 형성되고 실천되는 속에 영성적 경험이 일어나며, 이런 가운데 교회는 다른 사람들을 끌어들이는 흡입력을 발휘하게 되면서 성장이 짧은 기간에도 일어날 뿐만 아니라 오랜 기간 동안 성장이 계속될 수 있다는 것이다.

위에서 말한 정체성, 목적의식, 방향성에 대한 분명한 의식은 교회라는 조직의 젊음의 정도를 말해주는 주요한 지표가 될 수 있다. 새롭게 탄생하는 조직이나 기관은 이런 세 가지 요소에 대한 인식을 점점 분명하게 보다 많은 사람들 사이에 확산되어 가야 한다. 그래서 이런 의식이 한 집단의 조직(organization) 내에 점점 분명해지면서 그 조직이나 기관이 성장해가고, 종국에는 정점을 맞아 꽃을 피우게 된다. 그러다가 이런 정체성과 목적의식, 꿈들이 집단 구성원 사이에 희미해져가는 정도에 비례하여 이 집단의 젊음이나 활력도를 예측할 수 있으며, 특정 집단의 연령이나 성장단계를 추정할 수도 있다. 이 말은 교회 조직도 하나의 유기체처럼 발달 단계를 거친다는 아이작 아디지스(Ichak Adizes),[18] 조지 톰슨 2세(George Thompson, Jr.)[19] 등이 주장하는 조직의 발달 단계이론이 적용됨을 의미한다. 성장하는 교회의 관심을 한마디로 요약한다면, 무엇보다도 "가장 우선적인 관심이 교인들의 가슴 속에 하나님으로 채우려고 시도한 교회가 또한 자신들의 회중석에 교인들로 가득차게 되는 교회"로 된다는 것이지, 그 반대가 아니라는 역설적인 격언이다. 그래서 진정한 성장을 위해 노력하는 많은 목회자들이 관심해야 할 것은 눈에 보이는 것보다 눈에 보이지 않는 것을 채우는데 더 힘쓰고 기도해야 할 것이다.

---

18) Ichak Adizes, *Corporate Lifecycles: How and why corporations grow and die and What to do about it* (Englewood Cliffs, New Jersey: Prentice Hall, 1989).

19) George B. Thompson, Jr. *Futuring your church: finding your vision and making it work* (Cleveland, Ohio: United Church Press, 1999).

편 집 후 기

이성춘

(편집위원장)

임마누엘 40년을 회고하며 75동기 기념문집을 출판하는 일은 값지고 자랑스러운 일이 아닐 수 없다. 지난 40년을 되돌아보며 임마누엘 동산에서 학문과 경건의 신학 수업을 쌓으며 자신을 치열하게 투쟁하면서 또 한편 유신독재와 싸웠다. 그 시절이 우리에게는 황금과 같은 젊음이 있었고, 꿈과 비전을 가슴에 안고 서로를 부둥켜 안고 격려하며 공동체를 이루었다.

다산 정약용(茶山 丁若鏞) 선생은 노론파의 모함으로 강진으로 유배당하여, 자신의 간절한 포부를 펼칠 기회를 상실하자 글을 남겼다. 유배 생활 18년 동안 무려 500여 권이나 되는 문집을 썼다. 그는 이 책으로 반대파의 모함을 이기고 자신의 포부를 펼치고자 하였다. 그는 개혁되어 변화된 세상, 백성이 풍요하고 잘 사는 세상을 위해 녹을 먹는 사람은 반드시 목민관(牧民官)이 되어야 한다고 강조했다. 다산의 원대한 목민을 향한 포부는 그의 문집에 기록되어 후세에 깊은 감동과 교훈으로 이끈다. 그래서 글은 산 역사를 만든다. 우리가 문집을 공들여 만든 이유가 여기에 있다.

다산은 그가 칩거했던 강진과 남양주 자택의 문 앞에 여유당(與猶堂)이라는 푯말을 걸었다. 이 용어는 노자(老子) 도덕경에서 인용한 말로 "얼어붙은 겨울 시냇가를 조심조심 걷듯이 자신을 살피고 성찰하며 살라."는 의미이다. 이제 이순(耳順,『논어』「학이편」에서 공자는 나이 60세에 누가 뭐라고 말해도 귀에 거슬릴 것이 없었다고 한다. 초연한 경지에 도달한 모습을 말한다)을 넘기고 지난 40년을 변화된 세상 속에서 한신의 임마누엘 복음을 각자 펼친 모습을 이 책자에 담아보려고 우리는 수시로 메일을 주고받으며 시간을 내어 서로 만나고 토의하고 협력하였다.

그리고 동기들의 삶의 이야기와 사역의 모습을 나누기 위해 독촉하며 기다리고 또 기다렸다. 가능하면 동기들이 모두 참여하기를 바랐지만 연락이 두절된 동기도 있었고, 사역에 너무 바빠 불가피하게 참여하지 못한 동기도 있었다. 더 기다려 보려고 했지만 시일이 걸려 너무 늦게 문집이 출판되는 것도 참여한 동기들에게 미안한 일이다.

문집 발간을 위해 후원과 조언을 아끼지 않은 동기들에게 감사를 드리고, 특히 임마누엘 광야 40년 행사를 위해 수고한 정상시 동기회장과 조헌주 총무, 그리고 편집위원으로 수고한 강원돈 박사와 김창규 시인과 원고를 보내 준 동기들에게 감사드린다.

우리의 영원한 스승이신 김경재 한신대 명예교수님께서 학생시절에도 많은 가르침을 주셨듯이, 이번에도 격려의 글로 좋은 말씀을 들려주신 데 대해 특별히 감사드린다. 이 시대에 우리에게 존경하는 스승이 계시고, 신문지상(한계레신문)에서 시대를 진단하고 이끄는 선생님의 글을 대할 수 있는 것은 크나큰 행복이다. 선생님께 거듭 감사드리며 건강한 삶을 살아가시기를 기원한다.

보내준 글의 내용을 가감 없이 살리고자 하였으나 책의 통일성과 가독성을 위해 약간의 가필과 수정이 있었음을 양해 바라며, 1, 2부는 이성춘 박사가, 논문 부분은 강원돈 박사가 담당하여 수고하였음을 밝힌다.

[글쓴이]

강남순(미국 텍사스크리스천대 브라이트신학대학원 교수)
강원돈(한신대학교 신학과 교수)
권명수(한신대학교 신학과 교수)
김일원(동련교회 담임목사)
김진덕(능동교회 담임목사)
김창규(나눔교회 담임목사/시인)
김철환(목사/루터교 총회장)
김치홍(교동교회 담임목사)
김하범(민주주의국민행동 운영위원장)
김현수(들꽃 피는 학교/목사)
유재훈(표적교회 담임목사)
이성근(단계장로교회 담임목사)
이성춘(성은교회 담임목사/편집위원장)
이영재(화평교회 담임목사)
이형호(남수원교회 담임목사)
임희숙(기독여성살림문화원 원장)
정상시(안민교회 담임목사/한신 75 동기회 회장)
주용태(임마누엘교회 담임목사)
진　철(예실중앙교회 담임목사)

[편집위원회]

위원장 이성춘
위　원 강원돈, 김창규

[임원회]

회장 정상시
총무 조헌주

임마누엘 광야 40년
한신대 신학과 75학번 동기 문집

2015년 12월 4일 초판 1쇄 인쇄
2015년 12월 10일 초판 1쇄 발행

엮은이 한신대 신학과 75학번 동기회 편집위원회
펴낸곳 도서출판 동연
펴낸이 김영호
등 록 제1-1383호(1992. 6. 12)
주 소 우 03962, 서울시 마포구 월드컵로 163-3 2층
전 화 02-335-2630, 4110
전 송 02-355-2640

잘못된 책은 바꾸어드립니다.
책값은 뒤표지에 있습니다.

ISBN 978-89-6447-293-4 03800